# Jules Verne

*Tous les regards étaient fixés sur ce point…*

Jules Verne

*La boule, adroitement lancée…*

《Helena! Helena!》

Jules Verne

*Ni Olivier ni Helena n'avaient vu le Rayon-Vert.*

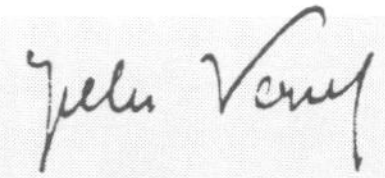

# 目次

Le Rayon-Vert

*Illustrée par*

Léon Benett

Jules-Descartes Férat

# 緑の光線

# I

## LE FRERE SAM ET LE FRERE SIB

# I　メルヴィル兄弟

「ベット!」
「ベス!」
「ベッシー!」
「ベツィー!」
「ベティ!」

つづけざまに呼ぶ声が、ヘレンズバラの別荘の立派な広間に響きわたった。サムとシブの兄弟には、いつもこんなふうに愛称を並べたてて家政婦を呼ぶ奇妙な癖があった。

しかしこのとき、いくら呼んでも、しっかり者のベスおばさんが姿を見せなかった。「エリザベス!」と呼んでも同じことだったろう。

広間の入口に現われたのは、縁《ふち》なしのスコットランド帽を手にした執事のパートリッジ自身だった。大きな張出し窓——三面に菱形ガラスが入り、館の正面へ突き出ている窓を背に、血色のよい人物が二人、腰をおろしている。

「ベスおばさんをお呼びでございましたが」と執事は二人に向かって言った。「ベスおばさんはただいま、お留守で……」

「じゃ、どこへ行ったんだね、パートリッジ?」

「ミス・キャンベルのお伴でお庭を散歩しているようでございます」

さがってよいという合図に、パートリッジは、しずしずと広間を出ていった。

この二人の人物はサムとシブ――ちゃんとした洗礼名で呼べば、サミュエルとセバスチャン――の兄弟で、ミス・キャンベルの伯父たちだ。由緒ある家系に生まれたスコットランド人で、ハイランド地方の氏族の出だ。年齢《とし》は二人あわせて一一二歳。といっても、兄のサムが弟のシブより一歳と三ヵ月年長であるにすぎない。

名誉と善良と献身の模範ともいうべき、この人物たちのエスキスを描くには、今日まで彼らの全生活が姪のために献げられてきたということを想い起こせば足りよう。二人は、ミス・キャンベルの母親の兄にあたる。この女性は結婚後一年で夫をなくし、ほどなく自分も突然の激しい病に命をうばわれたのだった。幼い孤児を見守る者といえば、この世ではメルヴィル兄弟だけ、つまりサムとシブの二人だけになってしまった。姪にたいする情愛はどちらも同じで、それからというもの両人は心をひとつにして、ひたすら彼女のためにのみ生き、考え、夢をいだいてきた。

姪のために、彼らは独身のまま。もちろん、後悔などしていない。後見人として添え木になることよりほかに、この世で自分たちが果たす役割はないと考える人情に厚い人びとがいるものだが、この兄弟も同じ考えだった。さらに言えば、兄のほうは自ら子供の父親をもって任じ、弟のほうは母親をもって任じていた。だから、伯父たちに向かって――

「お早うございます、サムお父さま！　ご機嫌はいかがかしら、シブお母さま？」

こんな挨拶がごく自然にミス・キャンベルの口からとび出すこともあるのだった。

この二人の伯父とよく似た人物を求めるとすれば、あのディケンズの想像力が生んだもっとも完全な人物、ロンドン市の慈悲深い商人チェリブル兄弟のほかに誰がいるだろうか。こんなに善良で、こんなに情愛が深く、こんなに心と心が結ばれている兄弟ほど、サムとシブの兄弟が似ている人物はいない。実業にたいする適性のあるなしは別として、これ以上ぴったりした類似はとても見いだせないだろう。たとえ作者が、二人の伯父の原型を傑作『ニコラス・ニクルビー』（訳注―チャールズ・ディケンズの小説（一八三九）。前記チェリブル兄弟はその主人公）から借用したという非難を受けねばならぬにせよ、この借用を何人《なんびと》も遺憾に思いはしないだろう。

メルヴィル家のサムとシブは、妹の結婚によって、古くからつづいているキャンベル家の傍系と姻戚になってからも、別々に暮らしたことは一度もない。受けた教育が同じだったため、精神の構造もよく似たものになった。彼らは同じカレッジの同じクラスで学んだ。何ごとによらず、同じような考えを同じような言い方で表現するから、つねに、一方が語る言葉をもう一方が引き継いで完結させることができた。表現も同じなら、強調する身ぶりも同じ。要するに、この二人の人物は、体格などに若干の相違が見られるものの、一心同体だった。たしかにサムはシブよりもいくらか背が高く、シブはサムよりもいくらか太り気味だ。が、白いもののまじった頭髪を互いに取りかえたとしても、その誠実な容貌《かお》に表われている特徴はすこしも変わりはしなかったろう。メルヴィルという氏族の後裔たる者の気品が刻まれていた。

なおまた、彼らが着用する簡素で旧式な衣服の仕立や、彼らが選ぶ良質なイギリス・ラシャにも、似かよった趣味が生かされていたことなど、言いそえる必要もないくらいだ。もちろん、わずかながら趣味の相違は見られた――そのわけは本人たちに訊いてみるしかない。どちらかといえばサムが地味なブルーを好めば、シブは暗いマロンを好んだ。

たしかに、誰もが羨まずにはいられぬような水入らずの日常を、この立派な紳士方はすごしていた。人生を同じ歩調で歩むことに慣れているから、最終的な休息の時が到れば、きっと彼らは、ほとんど相前後して、その歩みを止めることになるだろう。とにかく、このメルヴィル家を支える最後の二本の柱は、しっかりしていた。一四世紀の昔から続いている古い家系を、これからも長く維持することになっていた。一四世紀といえば、ロバート・ブルース（訳注―スコットランド王位継承権所有者。一三〇六年にロバート一世即位）や、ウィリアム・ウォレス（訳注―独立戦争で反乱軍を指揮したが、捕えられ、処刑された）のような人物が活躍した叙事詩の時代、英雄の時代で、そのころスコットランド人は独立権を主張してイングランド人と戦ったものだ。

しかし、メルヴィル家のサムとシブは、もはや祖国のために戦う機会にめぐまれなかったとしても、また、彼らの人生が、あの時代ほどの不安動揺もなく、財産のおかげで平穏と安楽のうちに過ごされたとしても、そのために彼らを非難してはなるまいし、彼らが堕落したなどと思ってもいけない。人のためになろうと努めることによって、先祖伝来の寛い心を彼らは受け継いだのだった。

という次第で二人とも健康そのもの、あとあと悔むような不規則な生活はただの一度もしたことがなかったから、精神的にも肉体的にもまったく老いこまずに、そのまま年をとっていくことになっていた。

おそらく彼らとて欠点のひとつやふたつはあったろう。――いったい自分は完全無欠だなどと確信をもって言える者がいるだろうか。この兄弟の欠点といえば、会話を彩るために、かの有名なアボッツフォード邸の主人（訳注―ウォルター・スコットのこと。スコットランド生まれの詩人・小説家。一八一二年エジンバラの南東、ツィード川の岸に豪邸を構え、歴史小説の執筆をつづけ、一八三二年ここで没した）からイメージを借用したり文章を引用することだった。オシアン（訳注―三世紀にいたといわれるスコットランドの伝説的英雄・吟唱詩人）の叙事詩にいたっては、彼らが夢中になっていただけに、いっそう念の入ったものだった。しかし、『フィンガル』（訳注―スコットランドの作家マ

クファーソンの散文詩〔一七六二〕。オシアン詩からの翻訳ということになっている）やウォルター・スコットが愛読される国で、誰がこのような欠点をとがめることができよう。

二人の肖像画に仕上げの一筆を加えるとすれば、彼らが大のかぎタバコ好きだったということを言っておかなくてはなるまい。周知のごとく連合王国内のタバコ屋の看板には、たいてい伝統的な服装で、タバコ入れを手に、すましこんだスコットランドの勇士が描かれている。ところで、どこかのタバコ屋の店頭で、がたぴし音をたてる、あのごてごてした色を塗りたくったトタン板の扉の上に、メルヴィル兄弟を連れてきたら、さぞ見ばえのすることだろう。二人が用いるかぎタバコの量は、ツィード川をはさんでのこのあたり一帯の誰よりも少なくはなかった。むしろ多いくらいだった。しかも、細かいことだが特徴的なのは、彼らがただひとつのタバコ入れを共用していたことで、そいつがまた、とてつもなく大きかった。この携帯用品は、交互に二つのポケットを往復していたものだった。それは、二人を結ぶもうひとつの絆のようなものだった。このフランスから取り寄せているひじょうに良質なニコチン性粉末を、おそらく一時間に一〇回ほど、それも同じ瞬間に、かぎたくなるのが常だった。一人が服の内ポケットからタバコ入れを取り出すときは、もう一人のほうも、うまい一服をやりたくなっているころだし、タバコの刺戟によって出るくしゃみも二人同時で、そんなときは「神のお恵みを！」などと、冗談を言いあうのだった（訳注―くしゃみは不吉なものだと考えられていて、悪魔ばらい、厄ばらいにまじないの言葉を唱える習慣が古代からあった）。

要するに、サムとシブの兄弟は、およそ人生の現実というものについては子供に等しく、世の中の実際上のことにはかなり無知だった。産業とか財政とか商業とかにかんしては、まったく無能で、知ろうという気もいっこうにない。政治的には、おそらく底を割ってみればジャコバイト（訳注―イングランドの名誉革命

〔一六八八〕で廃位されたスチュアート家のジェームス二世を擁護して王位の回復をはかった一派）だったのだろう、当代のハノーヴァ王朝にたいしていくらか偏見をもちつづけ、スチュアート家の最後の一人のことを忘れない。それは、フランス人がヴァロア家（訳注―フランスのカペー王朝の分家で、フィリップ六世からアンリー三世まで〔一三二八～一五八九〕。このあとがブルボン家になる）の最後の一人のことを忘れないようなものだった。感情の問題にいたっては、なおいっそう疎かった。

メルヴィル兄弟の頭には、たったひとつのことしかなかった。それは、ミス・キャンベルの心のうちを洞察し、どんなに秘密な思いでも見抜いて、必要なら然るべき方向に向けてやり、さらに必要なら発展させてもやり、最終的には、彼女をある律義な青年と結婚させること。彼らのめがねにかなったこの若者なら絶対にまちがいなく彼女を幸福にしてくれるはずなのである。

メルヴィル兄弟の話を聞いていると――かくも楽しい任務を負わされた律義な青年が、もう見つかってでもいるようだった。

「そうか、ヘレーナは出かけているのか、ねえシブ？」

「そうらしいよ、サム。でも、もう五時だから、おっつけ戻ってくるはずだが……」

「で、帰ってきたら、さっそく……」

「わしはねえ、サム、あの娘とまじめに話してみるいい折りじゃないかと思うんだが……」

「あと何週間かで、わしらの娘は一八になる」

「ダイアナ・ヴァーノンと同じ年齢《とし》だ。ヘレーナはすてきな娘だよ。『ロブ・ロイ』の愛らしいヒロインにだって負けんくらいじゃないか？」

「そのとおりさ。物腰のしとやかなこと……」

「才気煥発……」

「ものの考え方も斬新で……」

「やはり『ウェーヴァリ』の立派で堂々としたフローラ・マキーヴァというよりも、ダイアナ・ヴァーノンというところだな！」（訳注―ダイアナは、スコットの小説『ロブ・ロイ』〔一八一八〕に登場する活気のある美しい令嬢。ちなみに題名の人物は一八世紀初頭のスコットランドに実在した義賊。また、フローラは、スコットの小説『ウェーヴァリ』〔一八一四〕に出てくる美貌の女性で、ジャコバイト一派への信義をつらぬき、尼僧となる）

祖国の生んだこの作家を誇りに思うメルヴィル兄弟は、さらに、いくつかの作品に登場する女主人公たちの名を引きあいに出した。『好古家』、『ガイ・マナリング』、『修道院長』、『修道院』、『パースの乙女』、『ケニルワースの館』等々（訳注―いずれもスコットの作品）。しかし彼らの意見によれば、どれもミス・キャンベルにはおよばないのだ。


「あの娘《こ》は、すこしばかり急いで伸びたバラの若木のようなものだよ、シブ、だから……」

「添え木で支えてやらなくては……ところで、サム、これはわしの勝手な考えなんだが、いちばんよいのは……」

「むろん、亭主にきまっているさ。亭主という木を添えてやれば、それが、同じ土のなかで根を張り……」

「若いバラの木を守りながら、いとも自然に伸びてくれるってわけだ！」


ミス・キャンベルの伯父たちがこんな隠喩《たとえ》を考えついたのも、『園芸全科』からの知識によるものだった。きっと彼らは満足したのだろう、その善良な顔に、同じような嬉しげな微笑が浮かんだ。共用のタバコ入れを開けると、弟のシブは二本の指をそっと上品に差し入れた。それからタバコ入れは兄のサムの手に渡り、こちらは、たっぷり一服分つまんでから、自分のポケットにしまいこんだ。

「これで、意見は一致したね、サム？」

「いつものとおりさ、シブ！」

「添え木を誰にするかも？」

「あの若い学者のほかに、もっと感じのいい、もっとヘレーナの気に入りそうな相手が見つかるかどうか。いままで彼が何度となく見せてくれた気持にしても、まことに品がよく……」

「ヘレーナにたいしても、じつに真剣だしね」

「そりゃ気むずかしい面だってあるかもしれない。なにしろオックスフォードとエジンバラと、大学を二つも出た学士で、教育のある人だ……」

「チンダルのような物理学者で……」

「ファラディのような化学者で……」

「世界の万物の理に深く通じ……」

「いかなる質問にも、びくともしない……」

「ファイフ州の名家の出で、財産だって相当なもの……」

「容貌《かお》は言うにおよばず。ま、いい感じじゃないかね。かけている眼鏡の縁《ふち》がアルミニュームであってもだ！」

たとえ、この主人公の眼鏡が鋼鉄《てつ》の縁であっても、ニッケルの縁であっても、あるいは金縁であってさえも、メルヴィル兄弟は、それが契約解除のもとになるほどの疵《きず》だとは考えなかったろう。たしかに、この光学的器具は若い学者たちによく似合い、彼らのいささか謹厳な顔つきを望みどおり補うのに役立っている。

だが、二つの大学を出た学士で、物理学者で、化学者であるこの人物が、はたしてミス・キャンベルにふさわしい相手なのだろうか？　ミス・キャンベルが似ているというダイアナ・ヴァーノンだが、人も知るとおり、ダイアナが彼女の従兄で学者のラシリーにたいしていだいた感情は、控え目な友情以外のものではなかったし、二人が結婚するようなことには小説が終わるまで、けっしてならなかったのだ。

それはそれで結構！　それぐらいのことで心配になるようなメルヴィル兄弟ではない。老いた独身男の経験不足、この種の問題にたいするかなりの無能力を、充分に彼らは示していた。

「これまでだって、あの二人はたびたび顔を合わせている。わしらの若い友人がヘレーナの美しさに無頓着だったようには思えんのだがね、シブ！」

「まさにそのとおり、サム！　詩聖オシアンが、もしあの娘《こ》にそなわっている徳、美しさ、優雅さを称讃しなければならなかったとしたら、あの娘をモイナと呼んだにちがいない。つまり誰もが愛する女性モイナ……」

「でなければ、フィオーナと名づけたろう。すなわちゲール時代の並ぶ者なき美女！」

「オシアンには、まるで、わしらのヘレーナをうたったんじゃないかと思いたくなるような箇所がある。

〝隠れ処《が》に　人恋うためいき　乙女　麗しく　あゆみでる　いま　東天の雲の端に倚る月さながら……〟」

「〝光の輻《や》　乙女をつつみ　眉目《みめ》さわやかに　歩み軽やかに　われらの耳をよろこばす！〟」

さいわい詩句の暗誦はここまでで、メルヴィル兄弟は、詩人《バルド》の薄雲のかかった空から現実世界へと舞いおりた。

「たしかに」と一人が言う。「もしヘレーナが、わしらの選んだ若い学者の気に入っているのなら、彼だってきっとあの娘の気に……」

「そこなんだがね、サム、もしヘレーナがまだ充分な注意を彼に払っていないとしたら、つまり、彼の豊かで偉大な天性にたいし、それにふさわしいだけの注意を払っていなかったとしたら……」

「それはだな、シブ、ただそれは、わしらがあの娘に、まだ話してなかったからだよ、結婚を考えていいころだって……」

「しかし、ヘレーナにしてもだ、なんらかの先入観を、夫というものにたいしてはともかく、少なくとも結婚というものにたいしていだいているかもしれない。それを承知で、ただこちらの目標のほうへあの娘の考えを向けさせた、というようなことになった日にゃ……」

「あの娘は、すぐ結婚する気になるよ」

「あの、結構なベネディックのようなもので、長いこと、なんだかんだと文句の末に……」

「とどのつまりは、ベアトリスと結婚して、『から騒ぎ』（訳注—シェイクスピアの喜劇）も幕となる！」

ミス・キャンベルの伯父たち二人が、ものごとをどう処理するか、ざっとこんな調子だ。そして問題の結婚話にしても、シェイクスピアの喜劇と同じように無理のない大詰を迎えるものと、彼らには思えるのだった。

意見が完全に一致したところで二人は腰を上げた。微妙な笑いを浮かべて互いに窺いあう。いかにも満足そうな様子だ。この結婚話はもうすっかり決まったようなものだ。どんな困難も起こりえようがない。相手の若者が自分たちのところに申し込む。娘も快い返事をしてくれる。心配するにもおよばぬことだ。なにもかも好都合で、あとはただ日取りを決めるだけだ。

立派な結婚式になるだろう。式はグラスゴーであげることになろう。でも、聖マンゴー寺院ではあげるまい。あそこは、宗教改革の時代に、オークニー（訳注—スコットランドの北東にベントランド海峡を隔てて位置する諸島）の聖マグヌス寺院と並んで重んじられた、スコットランドでただひとつの教会なのだ。あそこはダメ！ 建物が大きすぎる。陰気すぎて、メルヴィル兄弟が想っているような結婚式には不向きだった。彼らによれば、繚乱たる青春の開花のごとく、燦然たる愛の光輝《かがやき》のごとき結婚式でなければならぬ。むしろ聖アンデレ寺院だとか、聖エノク寺院だとか、あるいは聖ジョージ寺院といった、グラスゴーの町でもっとも立派な区域に建てられている寺院が選ばれるだろう。

サムとシブの兄弟は、なおもつづけて自分たちの計画をくわしく検討したが、その形は対話というよりもむしろ独語《ひとりごと》ともいえるものだった。なにしろ二人の考えは、いつもひとつに連なり、表現の仕方も同じだったのだから。話しながらも兄弟の視線は、大きい張出し窓の菱形ガラスを通して、広庭の、ちょうどいま、ミス・キャンベルの散歩しているあたりの木立や、清水の流れる小川を縁どっている青々とした花壇や、中央ハイランドに特有のものと思われる光るような靄のにじんだ空のほうへ注がれていた。顔を見あわせたりはしなかった。無益なことだ。ただ時どき、一種の優しい本能から、腕を取りあったり、手を握りあったりした。あたかもそれは、少量の磁気の流れによって、もっとよく互いの考えを伝えあおうとしているかのようだった。

そうだ！ 結婚式はすばらしいものになるだろう！ 金もたっぷりかけて、上品に、諸事とりおこなわれよう。ウェスト・ジョージ街の貧しい人びと――もしそういう人たちがいるならば、いや、貧しい人びとのいない場所などあるはずがない――にも忘れずに祝ってもらうことにしよう。万が一、ミス・キャンベルが、何事ももっと簡単にすませたいと、そのことで伯父たちに道理を言ってきかせたいなどと思うようなことにでもなったら、伯父たちは生涯ではじめて彼女に楯突くこともできるだろう。この点にかんしても、また他のいかなる点についても譲歩はすまい。儀式は盛大にやって、披露宴では客人たちに、昔からのしきたりどおり《腰の抜けるほど飲んでいただこう》。そうして、サムのひじを曲げた右腕が突き出されると同時に、シブの右腕も差し出され、あたかも二人して、有名なスコットランド流の乾杯で前祝いをしたような気分になるのだった。

ちょうどそのとき、広間のドアが開いた。一人の乙女が、元気よく駆けてきたのだろう、頬をバラ色に染めて現われた。手には、拡げた新聞がひらひらしている。彼女はメルヴィル兄弟のほうにやってくると、一人一人に、二回ずつキスをした。

「ただいま、サム伯父さま」

「やあ、お帰り」

「ご機嫌はいかが？　シブ伯父さま」

「上々だよ！」

「ヘレーナ」とサムが言った。「わしらはな、お前とすこし話したいことがあるんだがね」

「まあ！　お話って、どんな？　いったい何をたくらんでいらっしゃるんでしょ、お二人で？」とミス・キャンベルは、いたずらっぽい視線を伯父たちのうえに、かわるがわる注いだ。

「お前、あの青年を知ってたね？　ほら、アリストビューラス・ウルシクロスさん……」

「ええ、知っててよ」

「ああいう若者は、いやかね？」

「なぜ、いやでなければいけないの？　サム伯父さま」

「じゃ、気に入ってるわけかね?」

「なぜ、気に入ってなければいけないの? シブ伯父さま」

「つまりだ、わしらは、よくよく考えたすえ、あの青年をお前の婿さんにと思っているんだよ」

「結婚! わたしが!」ミス・キャンベルは叫ぶように言うと、いかにも愉快そうに、はじけるような笑い声をあげた。いつまでも広間に反響《こだま》しつづけるのではないかと思われるほどだった。

「結婚したくはないのかね?」とサムが言う。

「何になるのかしら? 結婚なんかして」

「けっしてしない?」とシブが言った。

「けっして」とミス・キャンベルはこたえ、まじめくさった様子をして見せたものの、口許には微笑を浮かべている。「けっしてしないわ、結婚なんて……少なくとも、この目で見るまでは……」

「見るまでって、何をだね、いったい?」サムとシブは声を揃えて叫んだ。

「緑の光線を見るまでは……」

## Ⅱ　ヘレーナ・キャンベル

メルヴィル兄弟とミス・キャンベルが過ごす瀟洒な別荘は、ヘレンズバラの人家もまばらな小村落から三マイルほど離れた所にあった。そこは、クライド川の右岸に気まぐれな自然がえぐりこんだ、そのまま絵になりそうな美しい入江のひとつ、ゲア・ロッホの岸辺だ。

冬のあいだは、グラスゴーのウェスト・ジョージ街にある古い大きな邸に住んでいた。その界隈は、ブライスウッド広場からそう遠くもなく、この新しい町のなかで貴族的な雰囲気の漂う地区。ここでメルヴィル兄弟は一年の半分を暮らした。といっても、ヘレーナの気まぐれ――兄弟はつねに彼女のいいなりになっていた――から、イタリア、スペイン、フランスなど諸処方々へ、長旅にひっぱりまわされずにすめばの話だったが……。こういう旅の始めから終わりまで、二人はもっぱら若いヘレーナの目を通してしかものを見ない。彼女のよろこぶ所へ行き、彼女の都合のいい所で足を止め、彼女が感嘆するものだけに感嘆した。それから、ミス・キャンベルが女性らしい旅の感動を鉛筆やペンの線画で描きこんだスケッチブックを閉じると、兄弟もおとなしく連合王国への帰途につき、結構満足して、ウェスト・ジョージ街の住みなれた家に戻ってくるのだった。

五月もすでに三週間ほど過ぎて、サムとシブは無性に田舎へ行きたくなってきた。ちょうど二人がそんな気持にかられたのと時を同じうして、ミス・キャンベル自身も、やはり無性にグラスゴーを離れたくてたまらないと言いだした。そうすれば、この大工業都市の騒音をのがれ、時にはブライスウッド広場のあたりまで潮のように寄せてくる商店街のにぎわいをのがれ、もっと煤煙の少ない空の下で、もっと炭酸ガスの少ない空気を吸うことができる。数百年前、《タバコ王》（訳注—スコットランドでは一八世紀のなかごろまでに貿易が盛んになり、一時はグラスゴーの商人がバージニアとのタバコ貿易をほとんど独占するほどだった）たちによって主要な商業都市としての基礎が築かれたこのグラスゴーより、もっときれいな空と空気が彼女はほしかった。

そこで家中、主人たちも、召使たちも、みんなそろって別荘へ出発する。せいぜい二〇マイルの距離だった。

ヘレンズバラの村は、きれいな所だ。海水浴場になってからは、訪れる人びとでにぎわい、みんな暇にまかせて、いろいろと楽しんでいる。クライド川の舟遊びにとどまらず、観光客に親しまれるカトリン湖やローモンド湖への遠出など。

村から一マイルほどの、ゲア・ロッホの岸に、メルヴィル兄弟は自分たちの別荘を建てるのにもってこいの場所を見つけた。起伏にとむ土地に、みごとな木々が立ち並び、網目のように川が流れ、地面の高低をそのまま利用して庭づくりができるような場所だった。涼しい木蔭、緑にあふれる芝生、種々様々な花木の茂み、多種多様な花壇、特別に保護された羊たちのために《栄養たっぷりの草》が生えている牧場、うす墨色に広がる池、その水面に群れる野生の白鳥、自然詩人ワーズワースが、

浮かぶ白鳥　水に影
いずこの宙《そら》の　花ふたつ

と詠じた、あの優美な鳥、そしてまた、人間の目をよろこばせるために自然が集め整え、人間の手をすこしも感じさせない、あらゆる驚嘆すべきものが、ここにはある。富裕な一家が夏を過ごす住居《すまい》は、このようなものだった。

ゲア・ロッホの入江を見おろすようにつくられた広庭の一角から望む眺め、これがまた魅力的だった。狭い湾の彼方、右手を望んで、まず目にとまるのはローゼンヒート岬、そこにはアーガイル公の、きれいなイタリア風のしゃれた別荘が建つ。左手を見ると、ヘレンズバラの小村落では、岸辺の家々が波うつ線を描き出し、鐘楼が二つ三つそびえ、恰好のいい桟橋が汽船の発着のため斜面にまでのびている。その背景には、小高い丘の斜面を飾って何軒かの絵に描きたいような家々。正面、クライド川の左岸には、ポート・グラスゴーの町並と港、ニューアク城の廃墟、グリーノックの町並と色とりどりの船旗で飾りたてたマストの林立、これらがひとつにまとまってはなはだ変化に富むパノラマを展開し、目をそらすのもなかなか容易でない。

そして、別荘のいちばん高い塔にのぼれば、視界はさらに開けて、いっそう美しい眺望《ながめ》となる。それは四角い塔で、平たい屋上の三つの角に胡椒入れを想わせる物見櫓が軽く張り出し、銃眼や狭間で飾られ、胸壁の石には手のこんだ細工がほどこされ、四番目の角には八角柱の小塔がさらに高くそびえている。小塔の上には旗竿が立っているが、それは連合王国の船という船の尾部に、また家という家の屋根に立つ旗竿なのだ。こんなふうに近代的につくられた天守閣が、この、いわゆる別荘の建物全体を見おろしていた。不揃いな屋根、不規則に開けられた窓、さまざまな形の破風《はふ》、主壁面から突出した部分、窓のぴったりとつくりつけたアラビア風の張出し格子、てっぺんに細工した煙突——そこに感じられるのは多くのばあい優雅な想像力であって、それがまたアングロサクソン建築を豊かなものにしているのだ。

ミス・キャンベルは、小塔の物見台にのぼると、クライド湾を渡ってくる微風に時おりひるがえる国旗の下で、何時間も夢想にふけるのが好きだった。そこは彼女にとって測候所のように風とおしのいい、すてきな避難場所となり、どんな天気でも、風にあおられる心配もなく、陽にも焼かれず、雨にも濡れずに、読んだり、書いたり、眠ったりすることができる。彼女の姿が見えないときなど、たいてい、ここを探せば見つかったものだ。もし、ここにいなかったら、それは空想にひたる彼女が庭の小道を唯ひとり、あるいはベスおばさんと一緒に、さまよい歩いているからだった。そうでないときは、馬に乗って付近の野原を駆けめぐり、その後を追う忠実なパートリッジが、若い女主人に遅れまいと馬を急がせたものだ。

別荘の数多い召使たちのなかでも、まだ年端のいかぬころからキャンベル家に仕えてきた、この誠実な二人の人物は別格に扱われなければならない。

エリザベス《おばさん》――ハイランド地方では家政婦のことをこう呼んでいる――は、この時分には、彼女があずかっている鍵束の鍵の数と同じほどの年齢になっていた。鍵の数は四七個を下らない。彼女はまじめで、きちんとした、家事に詳しい、まことに家政婦らしい家政婦で、家のなかを一手にきりまわしている。おそらく、メルヴィル兄弟を育てたのは自分だと、彼らより年下だったにもかかわらず思いこんでいるだろう。でも、彼女がミス・キャンベルのために母親同様の心くばりをしてきたことは確かだ。

この貴重な女管理人のそばで脇役をつとめるのが、スコットランド生まれのパートリッジ。彼は、自分の主人たちのためには身命をなげうって尽くし、自分の氏族の旧習にいまもなお忠実に生きている人間だ。山岳民族の伝統的な服装をいまも変えないで、まだらの青っぽい緑なし帽をかぶり、膝まである格子じまのキルト（訳注―スコットランド高地人がはくたてひだの短いスカート）をフィリベグ（訳注―キルトの短いもの）の上に重ねてはき、長い毛のついた小さな袋――一種の財布をもち、仔牛の皮でつくったサンダルをはき、その紐は膝のあたりまで菱形に組み上げられていた。

ベスおばさんのような女性が家事をきりまわし、パートリッジのような人物が家の管理をしているのであってみれば、この世で家庭がいつまでも平穏であることを願う者にとって、これ以上何が要るというのだろうか？

読者も、たぶん、お気づきのことと思うが、メルヴィル兄弟の呼び声にこたえてパートリッジが現われ、ヘレーナの話が出たとき、彼は「ミス・キャンベル……」という言い方をした。

これにはわけがある。もし、この律義なスコットランド人が彼女を「ミス・ヘレーナ」と、つまり洗礼名で呼んだとしたら、この階級社会の規定に違反したことになる――もっと詳しく言えば《スノビスム》とよばれるような違反をしたことになるだろう。じっさい英国の中流上層階級《ジェントリ》（訳注―貴族のすぐ下の階級）の家に生まれた長女または一人娘は、ごく幼いころですら、けっして洗礼名では呼ばれない。もしミス・キャンベルが貴族の娘だったら、彼女は「レディ・ヘレーナ」と呼ばれたことだろう。さて、ひとくちにキャンベル家といっても、その起源ははるか十字軍の昔にまでさかのぼるものだが、彼女が生まれたキャンベル家は単なる傍系で、かの勇将コーリン・キャンベル卿の直系からは、ずうっと遠く離れた一分家にすぎなかった。数世紀来、多くの枝が共有の幹から細かく分かれ出て、栄光に輝く祖先の血筋――いまは、アーガイル、ブレダルベイン、ロッホネルその他の氏族がその直系――から遠ざかってしまったのだ。しかし、それがどんなに遠いものであっても、ヘレーナは、この名声赫々たる一族の血が、父親をとおして自分の血管のなかに

流れているのを感じていた。

貴族の娘には生まれなかったにせよ、ミス・キャンベルはやはりほんもののスコットランド乙女で、極北の国《トゥーレ》（訳注―古代の航海者たちが世界の最北端にあるものと信じていた地）に住む金髪碧眼の高貴な娘たちの一人だということに変わりはない。イギリス人は、彼らの偉大な小説家の創り出したもっとも美しい女性像を集めて、贈答用装飾本《キープセイク》（訳注―一九世紀初めに流行したもの）に書きこむのを好むが、いまミス・キャンベルを、ミンナ、ブレンダ、エイミー・ロブサート、フローラ、マキーヴァ、ダイアナ・ヴァーノン、ミス・ヴォーダー、キャサリン・グローヴァ、メアリ・エイヴネル（訳注―いずれもスコットの小説に登場する女性）といった女性たちの居並ぶさなかに置いても、美観をそぐようなことはないだろう。

ほんとうに、ミス・キャンベルはすばらしい乙女だ。青い目をした可愛い顔――目の碧《あお》さは、いわゆるスコットランドの湖水の碧さ――それほど高くはないがすらりとした肢体《からだ》、ちょっとすましたような歩き方、いつも夢みているような面ざし、ほんのわずかに皮肉を浮かべていきいきとしてくる顔立ち、要するに優雅さと気品のあふれた彼女の容姿に、誰もがみとれたものだ。

それにミス・キャンベルは姿が美しいばかりでなく、心もやさしかった。伯父たちのおかげで豊かな暮らしをしているが、そのことを誇ろうというような気持はない。慈悲深い彼女は、ゲールの古い諺の正しさを、ひたすらに証明しようとしていた。すなわち《開かるる手のつねに満ち満ちてあるは良し》。

何よりも、自分の国に、自分の氏族に、自分の家族に、心の底から愛着しているスコットランド乙女として彼女は知られていた。時と場合によっては、ジョンブル（訳注―典型的なイギリス人）のもっとも重要な人物よりも、最下層のスコットランド人のほうを大事にしたことだろう。野の彼方から誰か山岳人の声が、ハイランド地方の民族歌曲のたぐいをこの地独特の風笛の調べにのせて伝えてくるとき、彼女の国を愛する気持は、竪琴の紘《いと》のようにうち震えるのだった。

ド・メーストル（訳注—フランスの小説家〔一七六三〜一八五二〕。『わが部屋をめぐりて』等の著者）は言った——「われわれの心のなかには二人の人間がいる。私と、そして、もう一人が」

ミス・キャンベルの《私》は、人生の問題を権利よりも義務の観点から考える真面目な、思慮ぶかい人間。《もう一人》は、何ごとをも小説風に見、やや迷信的な傾向をもち、フィンガルの国にいとも自然に現われる驚異の物語を好む、夢みがちな乙女だ。つまり騎士道小説のすてきなヒロイン、リンダマイアたちの同類で、周囲の峡谷を駆けめぐり、ハイランド地方の人びとがいう《ストラスダーンの風笛》（訳注—インバネス東南の峡谷の名にちなむ）——人気のない小道を吹きぬける風のことを人びとはこう呼んでいる——を聞くのだった。

サムとシブの兄弟は、ミス・キャンベルの《私》と《もう一人》を、どちらも同じように愛していた。が、正直なはなし、《私》がその理性的な面によって彼らを魅きつけているとすれば、《もう一人》は時おり、思いもつかぬすばやい返答をしたり、蒼天《あおぞら》の彼方へ気まぐれな逃走をはかったり、あるいはいきなり夢想《ゆめ》の国に馬を乗り入れるなどして、彼ら兄弟を途方に暮れさせるようなこともないではなかった。

さっき、伯父たち二人の提案にたいしてまことに奇妙な返答をしたのは、この《もう一人》の彼女ではなかったろうか？

「結婚！」と《私》なら言ったにちがいない。「ウルシクロスさんと結婚する！　みんなでよく考えましょうよ……もういちど話しあってみましょう！」

「絶対にしないわ……緑の光線を見るまでは！」と《もう一人》は応えたのだった。

メルヴィル兄弟は、よくのみこめないまま顔を見あわせていた。そして、ミス・キャンベルが張出し窓の所の大きなゴチック風ひじ掛け椅子に腰をおろそうとしていると、

「あの娘がいう緑の光線て、いったい何かね？」とサムがきいた。

「なんでまた、彼女はそんな光線を見たがっているんだろうね？」とシブが返した。

なぜかって？　それはすぐに分かる。

## Ⅲ　〈モーニング・ポスト〉紙の記事

その日の〈モーニング・ポスト〉紙で、物理愛好家たちは次のような記事を読んでおおいに好奇心をそそられた。

「読者は、海の彼方、水平線に沈む太陽を観測した経験があるだろうか？　きっと一度や二度はあると思う。円盤の上部が水の線をかすめ、まさに太陽が消え去ろうとする瞬間まで、目で追ったことはあるだろうか？　たぶん多くの読者は経験があるだろう。しかし、海上に霧がなく、空も完全に澄みわたっているとき、この輝く天体が最後の光線を放つ、ちょうどその瞬間に起こる現象、これに気づいた読者はいるだろうか？　おそらく、いるまい。さて、この現象を観測する機会――それは、ごくまれにしか得られない――にはじめてめぐまれたとき、あなた方の網膜を射るものは、一般に考えられているように、赤い光線ではない。それは《緑》の光線だ。しかも不可思議な緑だ。どんな画家もパレットの上で調合できないような緑。これまで自然が、植物のあんなに多種多様な色彩のなかにも、澄みに澄んだ海の色のなかにも、これと同じものは表わしたことがない、そんな色あいの緑。もし天国に緑の色があるなら、あの緑色以外のどんな緑でもあるはずがない。これこそ神の教え給うほんとうの《希望》の緑にちがいない！」

ミス・キャンベルが広間に入ってくるとき手にしていた新聞は、この〈モーニング・ポスト〉紙だ。記事の調子が彼女の心を、いとも簡単にとりこにしてしまった。という次第で、先に引用した一文、緑の光線の美しさを抒情的な文体でうたいあげた数行を、彼女は、心のときめきを声に表わしながら、伯父たちに読んで聞かせるのだった。

しかし、ミス・キャンベルが伯父たちに言わなかったことがある。それは、たしかにこの光線が古い伝説とかかわりをもつということだ。その秘められた意味が、これまで彼女には理解できないでいた。ハイランド地方が生んだ数ある伝説のなかでも特にまだ謎の解かれていないこの伝説は、次のようにはっきり言っている。すなわち、緑の光線を見た者は、その効力によって、もはや感情の事で思いちがいをしなくなる。この光線は錯覚や虚偽を打ち砕く。さいわいにして、ちらっとでもこの光線を見ることができた者は、自分と他人の心のうちが、はっきり見えるようになる、と。

〈モーニング・ポスト〉紙の記事を読んだことで、ハイランド地方に生まれた若いスコットランド乙女が想像力をかき立てられ、詩的盲信におちいったことを許してやっていただきたい。

ミス・キャンベルが読むのを聞きながら、サムとシブの兄弟は、胆をつぶしたふうで、大きく開いた目と目を見かわすばかりだった。今日まで、緑の光線など見たこともないまま暮らしてきた。そんなものは全然見ないでも暮らしていける、と考えていた。ヘレーナの意見は違うようだ。彼女は、自分の人生におけるもっとも重要な行為よりも、こんな、およそ前代未聞の現象の観測のほうを先にしようとしている。

「ああ！　それが緑の光線とよばれているものなのかね？」とサムが、静かに頭をふりながら言った。

「そうですわ」とミス・キャンベルは応えた。

「どうしても、それを見たいんだね？」とシブが言った。

「お許しがいただければ、できるだけ早く。お願い！」

「で、見てしまったら？……」

「見てしまったら、アリストビューラス・ウルシクロスさんのこと、話しあえるかもしれなくってよ」

それがどういう意味か、ちゃんと分かっている、といった顔で、サムとシブの兄弟は、こっそり視線をかわしながら微笑した。

「緑の光線を見に行こう！」と一人が言い、

「いますぐに！」ともう一人がつけ足した。

二人が広間のフレンチ・ドアを開けようとしたとき、ミス・キャンベルは手で彼らを制した。

「日が沈む時刻まで待たなくてはいけないわ」

「じゃ、夕方……」とサムが応えた。

「日が沈むとき、水平線の空が澄みきっていますように！」とミス・キャンベルは言い足した。

「では、食事をおえたら、三人で、ローゼンヒート岬の端《はな》へ行くことにしよう……」とシブが言った。

「でなければ、ちょっと別荘の塔にのぼるというてもある」とサムがつけ加えた。

「ローゼンヒート岬に行ったって、別荘の塔にのぼったって」とミス・キャンベルは応えた。「水平線は見えないことよ。クライド川の岸が見えるだけ。太陽が海と空の境に沈むところを観測しなくてはいけないのよ。だから、そういう水平線の見える所へ、なるたけ早く、連れていってほしいの！」

ミス・キャンベルが、なんとも可愛らしい笑みを浮かべて、いかにも真剣にうながすので、メルヴィル兄弟は逆らうことができなかった。それでも一言注意する必要があると考え、サムは言う。

「そんなに急ぐことないのじゃないかな……」

シブが助け舟を出す。

「いつだって、暇はあるんだよ……」

ミス・キャンベルは愛らしくかぶりを振った。

「いつも暇があるとはきまってないわ。それどころか、さし迫ったことなのよ！」

「というと、アリストビューラス・ウルシクロスさんのために……」とサムが言った。

「あの青年の幸福も、緑の光線の観測結果次第か……」とシブがつぶやいた。

「急いでいるわけは」とミス・キャンベルは言葉をつづけた。「もう八月になっているからなのよ、伯父さま！　まもなく霧がやってきて、このスコットランドの空は暗くなってしまうわ！　夏の終わりと秋の初めには、まだ美しい夕べが残されているんですもの、この機会をのがさないようにしなくっては！——いつ出発することになるのかしら？」

たしかに、もしミス・キャンベルが今年こそどうしても緑の光線を見たいと考えているのなら、むだに過ごす時間はない。ただちにスコットランド沿海地方のどこか、西へ向かって海の見晴らせる場所へおもむき、できるだけ快適な住居を見つけ、毎夕、日没を観測しに出かけ、そして、太陽が放つ最後の光を待ち受ける、これがいまなすべきことであって、一日たりとも、待っていてはならない。そうすればおそらく、幸運にもめぐまれて、ミス・キャンベルのそこはかとない幻想的な願望がかなえられることになるだろう。それにはまず空模様が、この現象を観測するのに適していなくてはならないのだが、それは〈モーニング・ポスト〉紙がいみじくも述べているように、きわめて珍しいことなのである。

情報に通じた新聞の書くことは正しいのだ！

というわけで、その現象を眺めることができるような場所を、西海岸のどこかに見つけることが、さしあたっての問題だった。さて、そうするためには、クライド湾に出なければならない。

河口からクライド湾の沖合を望むと、たくさんの障害物が立ち並んで視界がいちじるしく制限されてしまう。たとえばビュート水道の島々、アラン島、ナップディル半島、キンタイア半島、ジュラ島、アイレイ島など、地質時代に砕けた巨岩が広い範囲に散在し、アーガイル州の西部全体が一種の群島となっている。こういう状態の所で、日没を観測できそうな水平線の一部分でも見つけるのは、まず不可能だ。

だから、スコットランドを一歩も離れないとすれば、もっと北か、もっと南へ行って、はてしもなく広がる空間を求めなければならない。それも、秋が来て、たそがれどきに霧が立ちこめるようにならないうちにやる必要がある。

どんな所へ行こうと、ミス・キャンベルにとってはたいした問題ではなかった。アイルランドの海岸でも、フランスの海岸でも、ノルウェーの海岸でも、スペインの海岸でも、あるいはポルトガルの海岸でも、とにかくあの光り輝く天体が、沈むまぎわ、最後に放つ光線で彼女に挨拶してくれる所なら、どこへでも出向いていくだろう。それがメルヴィル兄弟にとって都合が良かろうが悪かろうが、彼らはどのみち彼女について いかなければならない！

だから伯父たち二人は、あわてて口を切ったのだが、その前に、目と目で相談しあった。でもなんという眼差しだったろう。駆け引きの巧みさもちょっぴり反映して、なんとすばやくかわされた視線だったろう！

「ねえ、ヘレーナ」とサムは言った。「お前をよろこばせてあげるくらいやさしいことはないよ。オーバンへ行こう」

「もちろん、オーバンよりいい所なんて見つかりっこないんだから」とシブが口をそえた。

「オーバンならいいわ」とミス・キャンベルは応えた。「でも、オーバンには、太陽の沈む海があるのかしら?」

「ひとつはあるさ!」とサムは叫んだ。

「ふたつさ!」とシブが叫んだ。

「じゃ、出かけましょうよ!」

「三日後だ」と伯父の一人は言った。

「二日後だ」ともう一人が言ったのは、この程度の小さな譲歩はしたほうが得策だと判断したからだ。

「だめよ、明日になったらすぐに」とミス・キャンベルは立ち上がった。ちょうどそのとき食事の鐘が鳴りだした。

「明日ねえ……そう……明日にしよう!」とサムは言いなおした。

「今日にでも行きたいくらいさ!」とシブが即座に返した。彼らは自分の気持をありのままに述べていた。

それにしても、どうしてこんなに急ぐのだろうか? アリストビューラス・ウルシクロスが二週間前からオーバンの別荘で暮らしているからだ。また、そんなこととはつゆ知らぬミス・キャンベルが、この青年と顔をあわせることにもなるからだ。ところでこの青年だが、彼は学者として超エリートであると同時に、メルヴィル兄弟はほとんど気づいてもいないことだったが、退屈な人間としても超一流なのだった。さてまた、この抜け目のない二人の考えによれば、ミス・キャンベルは、日没の観測で疲れさせなくてもよい目を疲れさせたあげくに自分の幻想を捨てさり、ついには婚約者の手に自分の手をあずけるという結果になるはずだった。もっとも、ヘレーナがこのからくりに気づいたとしても、やっぱり彼女は出かけていっただろう。アリストビューラス・ウルシクロスの存在はすこしも彼女にとって邪魔にはならなかった。

「ベット！」

「ベス！」

「ベッシー！」

「ベティ！」

またしてもつづけざまに名前を呼ぶ声が広間に響きわたった。今度はベスおばさんが現われ、明日早めに出発するから用意をするようにと命じられた。

じっさい急がなければならなかった。気圧計は三〇インチ一〇分の三、すなわち七六九ミリ以上を示しており、しばらくは好天気がつづく模様だった。明朝出発すれば、まだかなり早い時間にオーバンに着くから、充分日没を観測できるというものだ。

当然のことながら、この日一日、ベスおばさんとパートリッジは出発の準備でいつもより忙しかった。家政婦のあずかる四七個の鍵は、彼女のスカートのポケットのなかで、スペインの騾馬につけた鈴のようにがちゃがちゃ鳴りっぱなしだ。なんとまあ多くのたんすや引き出しを開けたり閉めたりしなければならないことか！　ひょっとしたらヘレンズバラの別荘は長いあいだ空っぽになってしまうかもしれない。ミス・キャンベルが気まぐれな乙女だということを考えに入れておかねばならないのではないか？　もし緑の光線を追いかけることを、この魅力的な女性が楽しんでいるのだとしたら？　緑の光線が、彼女の気を引こうとして姿を隠すようなことでもあったとしたら？　せっかくオーバンに行っても、この種の観測に必要な澄みきった空や海が見られなかったとしたら？　その結果、また別に天体観測の場所を求めて、スコットランドでももっと南の沿海地方、それからイングランド、アイルランド、さらにはヨーロッパ大陸と、歩きまわらなくてはならないようなことにでもなったら、それこそたいへんだ！　明日の出発は、もうきまってしまった。でも、いつになったら別荘に帰ってくることができるのだろう？　ひと月後に？　半年後に？　一年後に？あるいは一〇年ぐらいたってから？

「それにしても、なんでまた、緑の光線を見ようなぞという考えが湧いたんでしょうねえ？」とベスおばさんは、一生懸命に手伝ってくれているパートリッジに訊いた。

「分かりかねますねぇ」とパートリッジは応えた。「でも、それはそれなりに大事なことにちがいない。ミス・キャンベルは理由もなしに何かするような方じゃない。それはよくご存知でしょうが、あんた」

この「あんた」は、スコットランドでよく用いられる言い方だが――フランスでほぼこれに当たるものに「ねえ、あんた《マ・シェール》」というのがある――律義なスコットランドの男性からこんなふうに呼ばれるのは、優秀な家政婦としても、けっして不愉快なことではなかった。

「パートリッジさん、わたしもあなたと同じ考えですよ」と彼女は応えた。「ミス・キャンベルがこんな気まぐれを起こすなんて、ちょっと意外だったけど、でも、なにか隠されたことがあるのかもしれませんよね」

「どんなことが？」

「えっ！　そりゃ分かりっこないでしょう？　ただ、あの伯父さんたちの計画を、こばむ気はないにせよ、引きのばそうとは考えていなさる！」

「ほんとに」とパートリッジは言葉をつづけた。「わたしには分かりませんよ、なぜメルヴィルさまご兄弟があのウルシクロスさんに、ああも参ってしまわれたのか。あの人が、うちのお嬢さまに似合いのお婿さんだといえるでしょうかな?」

「ご安心なすって、パートリッジさん」とベスおばさんは応えた。「中途半端な気に入り方では、お嬢さまは結婚なさいませんよ。伯父さんたちの両頰にキスなどしてあげて、可愛らしくお断りになりますわよ。そして伯父さんたちは、たとえ一時《いっとき》でも、あの青年をお嬢さまの未来の夫になどと、よくまあ自分たちは考えることができたものだ、とお思いになるでしょう。だいたい、あの青年のうぬぼれが、わたしゃ気に入らないですよ!」

「わたしもですよ、あんた!」

「いいですか、パートリッジさん、ミス・キャンベルの心は、安全錠をかけて、きっちり閉めた引き出しのようなものですよ。あの方だけが鍵を持っている。引き出しを開けるのには、あの方から鍵をもらわなきゃ……」

「でなければ、鍵を取り上げてしまう!」とパートリッジは、同意するような微笑を浮かべた。

「あの方の気持を無視して鍵を取り上げるようなことをしてはいけませんよ!」とベスおばさんは応えた。「もし万に一つもあの方が、あのウルシクロスさんと結婚するようなことでもあったら、わたしの帽子が風に飛ばされて、聖マンゴー寺院の鐘楼のてっぺんにひっかかったっていいですよ!」

「南部の男《ひと》ですからな!」とパートリッジは叫んだ。「スコットランド生まれにしても、ツィード川より南で暮らしてきた人です!」

ベスおばさんは、うなずいた。二人ともハイランド（高地）地方の人間だから、お互いに気持がよく通じあう。二人にとって、ローランド（低地）地方は、彼らが想い描いている昔ながらのカレドニア（訳注―古代スコットランド。その南限は最初、フォース川とクライド川との河口を結ぶ線だった。ついで南下し、ソルウェイ湾とタイン川の河口を結ぶ線となった）の一部にはなりにくかった。くりかえされた統合の諸条約も問題にならなかった。どう考えても、この結婚話には賛成できなかった。ミス・キャンベルのためにもっとよい縁組を、と望んでいた。この結婚にいろいろ好都合な点があったにしても、好都合だというだけでは、満足できなかったのだ。

「ああ！　パートリッジさん」とベスおばさんは、また言った。「山地《やま》の人たちの古いしきたりが、いちばん良いのですよ。わたしたちの氏族がずっと守りつづけてきた慣習のおかげで、昔は結婚というものが、いまよりももっとたくさんの幸せを保証していたと、わたしは思っていますよ！」

「あんた、なかなかいいことを言うじゃないですか！」とパートリッジは、まじめな顔をして、応えた。「昔はもうすこし心の問題を考えたもので、いまほどは財布のことを言わなかった。金銭《かね》、なるほどそりゃあ結構なものだが、愛情というのは、もっとすばらしい！」

「そうですとも、パートリッジさん。とりわけ、結婚前に、お互いに相手をよく知ろうとしたものですよ。カークウォール（訳注―オークニー諸島）で、聖オーラの縁日のとき、どんなことが起こっていたか、憶えていますか？　八月の初めに開かれた縁日がずうっとつづいているあいだ、若い人たちはみなカップルになっていたものですよ。このカップルのことを《八月一日の妹背《いもせ》》って呼んでいたでしょう。妹背と呼ばれて、若い人たちも、やがて夫婦になる心がまえがすこしずつできてくるのじゃないでしょうか？　ほら、ちょうど今日は、昔なら聖オーラの縁日がはじまる日ですよ。神さまが縁日を復活させてくだされぱいいのに！」

「あんたの声が神さまにとどけばいいですね！」と、パートリッジは応えた。「でも、うちの旦那さま方は、たとえ誰か心のやさしいスコットランド娘と結ばれたにしても、やはり共通の運命の手からのがれられはしなかったでしょう。そしてミス・キャンベルに伯母さんができて、ここの家族もあと二人ふえていたことでしょうに」

「そのとおりですよ、パートリッジさん」とベスおばさんは応えた。「でも、ためしに今日、ミス・キャンベルとウルシクロスさんを結びつけてごらんなさい、一週間とたたないうちに二人のあいだがだめにならなかったら、クライド川が逆に流れてヘレンズバラからグラスゴーへ向かったっていいですよ！」

カークウォールの、いまはもう残っていない慣習では許された、このようなざっくばらんな言い方は穏当でなかったかもしれない。が、それはそれとして、事実に照らしてみれば、おそらくベスおばさんの考えは間違っていない、とだけ言っておこう。要するに、ミス・キャンベルとアリストビューラス・ウルシクロスには、八月一日の妹背らしいところはいっこうになかった。たとえ結婚するにしても、この二人は、聖オーラの縁日のしきたりを無事にすませた人たちのようには、互いを知りあうことはできなかっただろう。

ともあれ、縁日というものは商売のために設けられるのであって、結婚のためのものではない。だから、ベスおばさんとパートリッジが心残りを感じるなら好きなだけそう思わせてやればよい。それに彼らは、おしゃべりしながらも、一分たりともむだにはしていなかったのだ。

出発は決まっていた。逗留地もすでに選んであった。上流社会の生活を報じる新聞の《旅行と別荘地》欄に、メルヴィル兄弟とミス・キャンベルが、翌日からオーバンの海水浴場に逗留するという記事が載ろうとしていた。ところで今度の旅行は、どんなふうにするのがよいのだろうか？

グラスゴーの北西およそ一〇〇マイル、マル海峡に臨むこの小さな町へ行くのに、二通りのコースがある。

ひとつは陸路。まずボーリングまで行き、そこからダンバートンを経て、リーヴン川の右岸を通り、ローモンド湖南端のバロッホに達する。そこで舟に乗り、スコットランド一の美しい湖水を渡る。三〇ほどの島々が浮かび、歴史の歩みが刻まれた岸辺にマグレガーやマクファーリンのような多くの勇者たちの想い出が満ちている湖、それはロブ・ロイやロバート・ブルースの国のちょうどまんなかに位置している。湖を渡ってダルマリに着く。そこからは山の側面、たいていは中腹をまわっていく道を、急流やフィヨルドを眼下に進み、一面のヒースにまじるモミ、カシ、カラマツ、シラカバなどが変化をそえる峡谷のまんなかで、グランピアン山脈の最初の突出部を横切り、驚嘆の声をあげながら、観光客はオーバンにおりる。ここの海岸の美しさは、大西洋沿岸のどんな風光明媚の地とくらべてもひけをとらないくらいだ。

それは、すてきな遊覧旅行で、スコットランドの旅では誰もが経験したことがあるし、また、経験するにちがいない。ただ、このコースをとると、海に没《い》る日を見るわけにいかない。で、この遊覧をミス・キャンベルにすすめたメルヴィル兄弟は、結局、提案しただけに終わった。

もうひとつの路は川と海を行く。クライド川を下り、川と同名の湾に出て、大小さまざまの島のあいまを縫って航行する――景観の変化に富むこの群島は、まるで巨大な骸骨の手が、大西洋のこの部分にくっついたようだ――そして骸骨の手の右側ぞいにオーバンの港まで北上する、と、こういったところにミス・キャンベルは心をそそられる。もはや彼女にとって、ローモンド湖やカトリン湖のあるすばらしい地方といえどもなんら興味をそそるものではない。そのうえ島と島のあいだから、海峡や湾の彼方に、時おり西の方向を見晴らすことができる。その眺望のなかで、空と海の境目を水の線がはっきり示している。なるほど、この航海の終わるころ、日没の時間になって、もし水平線に霧がかかるようなこともなかったとしたら、わずか五分の一秒ほどのあいだに放たれる緑の光線を、ちらりと見るくらいはできるのではなかろうか？

「ねえ、いいでしょう、サム伯父さま」とミス・キャンベルは言った。「ねえ、いいでしょう、シブ伯父さま、ほんの一瞬の間にすんでしまうわ！　だから、もし、わたしが見たがっているものが見られたら、それで旅行は終わりなの。オーバンまで行って泊る必要なんてなくなるわ」

そうなるのは、まさにメルヴィル兄弟にとって都合のわるいはなしだった。しばらくはオーバンに落ち着きたい――なぜかは読者もご存知のとおり――そして、問題の現象の現われるのがあまりにも早すぎて、自分たちの計画が狂うようなことは好ましくない。

にもかかわらず、決定的発言権はミス・キャンベルにあり、彼女の望む海路のほうが選ばれた。

「緑の光線なんて、悪魔にでも食われちまえ！」とサムは、ヘレーナが広間を出ていくやいなや、言った。

「そんなものを思いついた奴らもだ」とシブが返した。

## Ⅳ　クライド川を下って

翌、八月二日の早朝、ミス・キャンベルは、パートリッジとベスおばさんを連れて、メルヴィル兄弟と一緒に、ヘレンズバラの駅から汽車に乗った。グラスゴーまで行って汽船に乗らなければならなかった。というのも、グラスゴーとオーバンとを毎日連絡している船がヘレンズバラには寄らないからだ。

七時に、グラスゴー駅に着いた五人の客を、一台の馬車がブルーミロー橋に連れていった。

汽船〈コロンビア号〉が乗客を待っていた。二本の煙突から出る黒い煙が、クライド川にまだ厚く立ちこめている霧にまじってゆく。しかし、この朝霧がうすれはじめると、鉛色をした円形の太陽が、すでに金色を帯びてきた。すばらしい一日のはじまりだった。

ミス・キャンベルの一行は、荷物が船に積みこまれると、すぐに自分たちも乗船した。

そのとき、遅れてくる乗客にたいして、三度目の、そして最後の鐘が鳴らされた。ただちに機関士がエンジンを前転させたり後転させ、それにつれて外輪の水受板が前に後ろにまわりながら黄色っぽい水しぶきを勢いよくあげる。汽笛が一声長く響きわたり、もやい綱が解かれて、〈コロンビア号〉はたちまち流れにのって進みはじめた。

連合王国を旅行する観光客が不平をいだくなら、それはおかしい。船会社はいたるところに立派な船を置いて乗客の便宜をはかっている。細い川にしても、小さな湖にしても、狭い湾にしても、毎日、瀟洒な汽船が往きかわない所はない。だから、この点、クライド川がもっともめぐまれた場所のひとつであることはす

こしも驚くにあたらない。というわけで、ブルーミロー通り沿いの汽船用波止場には、金色と朱色がまるでけばけばしさを競いあうかのように極端な彩色を外輪カバーにほどこした汽船が多数停泊し、いつでもあらゆる方面に出航できるよう煙を吐きつづけている。

〈コロンビア号〉もけっして例外ではなかった。それは船体がひじょうに長く、船首が尖り、吃水線がすらりとして、大きな外輪を動かす強力なエンジンをそなえた、足の速い船だ。船内のサロンと食堂は、可能なかぎり便利に快適に設備されている。甲板の上では、広々としたスペアデッキに、ちょっとした垂れ飾りのついたテントを張り、ベンチや柔らかいクッションのついた椅子を並べて、まるでテラスのようになっているのを、趣味のように手摺が囲み、乗客たちはそこで眺望《ながめ》を楽しんだり、よい空気を吸ったりした。

乗客が少ないというようなことはない。客は方々からやって来る。スコットランドからもイングランドからも。特に八月は観光旅行の月だ。なかでもクライド川やヘブリディーズ諸島の観光は特に人気がある。船の上には、山ほどの子供に恵まれた一家が全員顔をそろえているのも幾組かあった。とてもにぎやかな娘たちや、彼女たちよりはいくらかおとなしい若者たち。観光旅行のものめずらしさにはやくも慣れてしまった子供たち。次に牧師《パスツール》たちだが、汽船にはいつもかなりの人数が乗っている。シルク・ハットをかぶり、立襟《たちえり》の黒いフロックコートを着て、白い襟飾りの笹縁《ささべり》がチョッキの折り返しのあたりでひらひらしている。それから、スコットランド帽をかぶった百姓ふうの数人、その少々重ったるい足どりなどが、六〇年ほど昔の《ふちなし帽の領主《ボンネット・レアード》》（訳注—レアードは、イングランドのジェントリーに類似したスコットランドの地主階級）たちを想い出させる。外国人も六人ほどいた。異国にあっても体重がちっとも減らないドイツ人が二、三人と、同様に異国にあっても生来の愛想のよさをけっして忘れないフランス人が二、三人。

もしミス・キャンベルがおおかたの同国人のように、乗船するなりどこか一隅に坐りこんだきりで航海のあいだじゅう、じっとしていたのだったら、クライド川の両岸の景色も——頭さえ動かそうとしない彼女の目の前を過ぎていくものしか見ることができなかったろう。でも彼女は動きまわるのが好きで、船尾に来たかと思えばもう船首の方へ行くといった調子で、クライド川の両岸につぎつぎと現われる大小さまざまな町、村、部落を眺めていた。そのため、サムとシブの兄弟は、彼女の後について歩きまわり、質問にこたえ、彼女の観察力に同意し、考えの正しいことを認めてやらねばならず、とうとうグラスゴーからオーバンまで、一時間ほどの休息もとれない始末だった。もとより、それに不平を言おうなどとつゆ思わなかった。そうすることはボディーガードとしての務めを果たすことでもあり、ただただ彼らは本能的について歩いたのだ。そして、いつもすばらしい気分でいられるようにと、うまいかぎタバコをかわるがわる一服するのだった。

ベスおばさんとパートリッジは、スペアデッキの前の方に席をとり、過ぎ去った時代のこと、失われた慣習のこと、崩壊した古い氏族のことなどを仲よく語りあっていた。あの、いつまでも惜しまれてならない昔の数世紀は、いまどこへいってしまったのか？　あのころはまだ、クライド川の澄みわたった水平線が工場の吐き出す石炭の煙に隠れるということもなかったし、両岸をドロップハンマーの鈍い響きがおおうということもなかったし、静かな川面が数十隻、数百隻の汽船の航行によってかき乱されるということもなかった！

「あのような時代が、また来ますよ！　たぶんみんなが考えているよりも早く！」とベスおばさんはきっぱりとした調子で言った。

「そうあってほしいものですな」とパートリッジは重々しく応えた。「もういちど、あのような時代になれば、わたしたちの祖先の風習に戻れるってわけです！」

そうしているあいだにもクライド川の両岸は、パノラマ撮影で見せる風景のように、〈コロンビア号〉の船首から船尾へ向かってすばやく移動していく。右岸、ケルヴィン川の河口にパトリック村が見えだすと、鉄船建造用の大きなドックがいくつも現われ、それと向かいあう対岸にはゴーヴァンのドックが望まれた。鉄と鉄のぶつかりあうすさまじい音響！　もうもうと渦巻く煙と蒸気！　パートリッジとベスおばさんにとっては目にも耳にも不快きわまる光景だった。

しかし、こんな激しい産業の音も、次第におさまり、石炭の霧もすこしずつ薄れてきて、やがてすっかりなくなろうとしていた。造船所や、ドックや、工場の煙突や、あるいは大昔の巨象マストドンでも飼っておく檻のような巨大な鉄の足場、そういったものに代わって小ぎれいな家々や、木の間がくれの瀟洒な山荘や、緑の丘に点在するアングロサクソン風の別荘などが現われてくる。それはあたかも、ひとつの市から次の市へと向かって流れる、ひきもきらぬ別荘や館の列だった。

クライド川の左岸に、昔ながらの自治都市《ロイヤル・バーグ》レンフルー（訳注―クライド川沿岸で最古の港の一つ。一三九七年にロバート三世の勅許を得て自治を行なうようになった）を見て、さらに進むと、右岸、キルパトリックの木でおおわれた丘がつらなってくっきりとうき出たその下に、同名の村があった。アイルランド人なら、冠りものを脱がずに通り過ぎるわけにはいかない。そこはアイルランドの守護聖者である聖パトリックの生地だから。

クライド川は、それまで河川《かわ》だったのが、いまやまぎれもない海峡となりはじめていた。ベスおばさんとパートリッジは、スコットランド史の古い幾場面かを想い起こさせるダングラース城の廃墟に向かって頭を下げた。けれども、最初の外輪船を考え出したヘンリー・ベル（訳注―ヨーロッパで最初に蒸気船を考案した英国の機械技師。グラスゴー、グリーノック、ヘレンズバラ間に就航した客船コメット号を建設した）の栄誉をたたえて建てられたオベリスクからは目をそらした。というのも、船の外輪が、静かな水面をかき乱したからだった。

数マイル離れた向こうにダンバートン城（訳注―ダンバートンの岩とよばれて有名な、海面からの高さが二四〇フィートで、二つの峰をもつ岩の上に城は築かれていた。現在は廃墟、ウィリアム・ウォレスがこの城に幽閉されていた）が、玄武岩の山頂にそびえて五〇〇フィート以上の高さに達しているのを、観光客たちはガイドブックを手に眺め入る。てっぺんに二つの円錐塔があり、その高い方は、独立戦争の英雄の一人にちなんで《ウォレスの王座》とよばれている。

このとき、誰から頼まれたわけでもなく、かといって誰も不愉快に思うほどのことでもなかったが、船橋にいた一人の紳士が、ちょっとした歴史の講演で旅の道連れたちを啓蒙しなければならぬ、と考えた。で、三〇分もすると、もはや〈コロンビア号〉の船客たちの誰ひとりとして、耳が悪いというのでもないかぎり、ダンバートン城の由来をまったく知らずにすますわけにはいかなかった。おそらく、この城はローマ人が築いたもので、この由緒ある岩山は一三世紀初頭に姿を変えて王城となった。同盟条約が結ばれたとき、スコットランド王国における天然の四大要塞のうちにかぞえられた。一五四八年、スチュアート家のメアリーはここの港からフランスへ向かい、フランソワ二世と結婚して「一日女王」となった（訳注―メアリーは当時スコットランドの女王。ひそかにフランスに渡り、一五五八年に結婚。二年後に夫を亡くして帰国）。そしてまた、一八一五年、ナポレオンのセント・ヘレナ島への流謫をカースルレイ内閣（訳注―カースルレイは反ナポレオン同盟の中心的政治家）が決定するまで、皇帝はこの城に閉じこめられていたはずだった。

「たいへん教育的な話だな」とサムが言った。

「教育的で、かつ興味ぶかい話だ」とシブが返した。「あの紳士は、われわれ全員から拍手喝采を受けて然るべきだ！」

じっさい伯父たち二人は、講演を一語も聞きもらしてはならじと思ったのだった。で、彼らは、このとびいり教師にたいして満足の意を何度か示した。

いっぽうミス・キャンベルは、もの想いにふけっていたため、この、歴史の駆け足授業がちっとも耳に入らなかった。こういう事柄は、少なくともいまの時点では、いっこうに彼女の興味を惹かない。右岸に、ロバート・ブルースの没したカードロス城の廃墟が現われても、彼女は視線を投げようとさえしない。水平線の見える海、それだけを彼女の目は空しく探し求めていた。しかし、クライド湾を区切っている岸辺や岬や丘の連なりから〈コロンビア号〉が抜けきってしまうまでは、水平線を見つけることはできなかった。しかも、そのとき汽船は、ヘレンズバラの村落《むら》の前を通過していた。ポート・グラスゴー、ニューアーク城の跡、ローゼンヒート半島、いずれもこの若い女主人が別荘の家から毎日眺めている風景だ。だから彼女は、いま汽船が進んでいるのは別荘の広庭を流れる川の上ではないかと疑ったくらいだった。

もっと先、河口にあるグリーノックの港の停泊区でひしめきあう数百隻の船のまっただなかに、なぜ彼女の思いは迷いこまなかったのだろうか？　その名がいまも残るワット（訳注—蒸気機関の改良・発明など、産業革命期の功労者）が、グラスゴーの商工業上の玄関ともいうべき人口四万のこの町で生まれたことなど、どうでもよいことだったのか？　なぜ彼女の視線は、三マイルの彼方、左岸のグアロック村や右岸のダヌーン村の上に止まったのだろうか？　そしてまた、アーガイル地方の沿岸の砂地をV字型に深くえぐってノルウェー海

岸を想わせる、のこぎりの歯のようにギザギザで曲がりくねったフィヨルドの上に、なぜ、止まったのだろうか？

いや、いや！　ミス・キャンベルは、リーヴンの廃墟と化した塔を見つけようと、やきもきしながら探していたのだ。小妖精でも現われることを期待していたのだろうか？　とんでもない。クライド湾への出口を照らすクロックの灯台を、彼女はいちばん先に見つけてみんなに知らせてやろうとしていたのだ。

ついに灯台が、とほうもなく大きなランプといった感じで、岸辺の曲がり角に現われた。

「クロックよ、サム伯父さま」と彼女は叫ぶ。「クロック、クロック！」

「なるほど、クロックだ！」とサムは、ハイランド地方の木霊《こだま》のようにそのまま応えた。

「海だわ、シブ伯父さま！」

「あ、海だ、たしかに」とシブが応えた。

「なんて、きれいなんだろう！」と伯父たち二人はくりかえし言った。

はじめて海を見たような気がしたのかもしれない。

まちがうはずもなかった。クライド湾の沖合に、まさしく水平線があったのだ。

しかし太陽は、まだ昼間の行程を半分も過ぎていなかった。ここは北緯五六度。波間に太陽が消えるまでに少なくともあと七時間という時間が流れなければならなかった。――ミス・キャンベルにとってはどうしようもない焦燥の七時間だ！　おまけに、いま南西の海に弧を描いている水平線に輝く天体が触れるのは冬至のころだけなのだ。したがって例の現象を見るためには別の場所を探さなければならない。それはもっと西の方で、すこし北へ寄ることにさえなるだろう。なにしろまだ八月の初旬で、秋分まで六週間もあるのだから。

でも、そんなことはたいした問題ではなかった。海があった。それはミス・キャンベルの目の前で広がっている。大小二つのカンブレー島をすかし、はけではいたようにかすんだ大きなビュート島の島影や、エイルサ・クレイグ島の小さい峰、アラン島の山々などを越えて、彼女の目には、はるか沖合に、空と水の境が烏口《からすぐち》で引いた線のようにくっきりと浮かんで見えるのだった。

ミス・キャンベルは、もの想いにひたりきって、一言も言わずに、見つめる。船橋に立って身うごきもしない彼女の足元には、短い小さな影法師ができていた。彼女は、ヘブリディーズ諸島の海に沈んでいこうとしている光り輝く円盤が、これからたどらねばならない弧の長さを測っているようだった……。いまこんなに澄みきっている空が、どうか、その瞬間、夕靄のために曇るようなことがありませんように！

声がして、夢みる乙女の夢は破られた。

「時間だよ」と言ったのはシブだった。

「時間て？　伯父さま、何の時間？」

「昼食の時間さ」とサムが言った。

「行きましょう、お食事に！」とミス・キャンベルは応えた。

V　乗りかえ

冷たい料理とあたたかい料理が半々の食事——英国風のたいへん結構な昼食を〈コロンビア号〉の《食堂》ですますと、ミス・キャンベルとメルヴィル兄弟は、また甲板に出た。

スペアデッキのもとの席に戻ったとき、ヘレーナは失望の叫びを抑えることができなかった。

「わたしの水平線が！」

そのとおり、水平線はもう見えなかった。数分前から消えてしまっていたのだ。ちょうど汽船は船首を北に向けて長いビュート水道を遡っているところだった。

「だめだわ、こんなんじゃ、サム伯父さま！」とミス・キャンベルは、ちょっと抗議するように口をとがらせた。

「しかしだよ……ねえ、ヘレーナ」

「覚えてらっしゃい、シブ伯父さま！」

二人は、なんと返事をしていいのか分からなかった。しかし〈コロンビア号〉が方向をかえて船首を北西に向けたことを、兄弟のせいにするわけにもいかなかった。

グラスゴーからオーバンへ行くのに、二つのひじょうに異なった航路がある。

ひとつは、〈コロンビア号〉の進路とはちがうもので、この方がもうひとつの進路よりも距離が長い。ビュート島——一一世紀の城がひときわ高くそびえ、西側を深い谷の壁によって烈しい沖の風から護られて

L. Benett

いる――の、官庁所在地ロスセーに寄ってから、汽船はクライド湾を下りつづけることになる。島の東岸に沿って、大カンブレー島と小カンブレー島をめざし、そのまま進んでアラン島の南部にまで行くことができる。この島は、そのほとんど全部がハミルトン公爵のもので、高さは岩盤の基底部からゴートフェルの山頂まで海抜八〇〇メートルに近い。そこまで来ると舵手が急に船の方向を変え、羅針盤の針が西へ一一度一五分を指す。船はアラン島の岬をまわり、大きな指形のキンタイア半島を迂回して、その西岸を北上し、ギーア水道に入りこみ、アイレイ島とジュラ島のあいだに深く掘りこまれた瀬戸を通って、ローン湾の広々とした開口部に出る。そして湾が幅を狭めていって終わる少し手前に、オーバンがある。

要するに、〈コロンビア号〉がこのルートをとらなかったことで、ミス・キャンベルが不平を言う理由が多少でもあるとしたら、伯父たち二人もまたそれを残念がらなくてはいけなかったのだ。じっさいアイレイ島に沿って船が進んでいたなら、彼らの目には、昔マクドナルドの一族が住んでいた館が映ったにちがいない。一七世紀の初めに、この一族はキャンベル一族に打ち負かされ、追い立てられて、出ていかなければならなかった。こんなに間近から、ひとつの歴史的事実の舞台に接すればメルヴィル兄弟も、そして、いうまでもないことながらベスおばさんとパートリッジも、みな一様に感動して胸をふるわせたことだろう。

ミス・キャンベルにしても、さっき消えてしまって、あんなに残念がった水平線を、もっと長時間眺めていられたはずだ。じじつアラン島の端からキンタイア半島の岬までは、南が海。マル・オブ・キンタイアからアイレイ島の先端までは西が海。すなわちはるか三〇〇〇海里彼方のアメリカ大陸までつづく大海原だ。

けれど、この航路は長いし、危険ではないまでも困難をともなう場合もある。また、ここへブリディーズ諸島海域のいささか荒い波のうねりを乗りきって進まねばならぬから、航海はしばしば厳しいものとなる。

もし遭難でもしたらと恐れる乗客だっているかもしれない。

そこで技師たち――レセップス（訳注―一九世紀フランスの外交官。スエズ運河の開通者）を小型にしたような連中だが――は、このキンタイア半島をひとつの島にしてしまおうと考えた。彼らの並々ならぬ努力のおかげで、半島北部にクリナン運河が掘られた。この運河によって行程が少なくとも二〇〇海里は短縮される。運河通航に要する時間は三時間から、せいぜい四時間というところだ。

〈コロンビア号〉は、この運河を通ってグラスゴーからオーバンへの海路をおえようとしていた。それにしても始めから終わりまで入江と海峡で、景色といえば砂浜と、森と山だけだ。もうひとつの航路をとらなかったことを残念がったのは、すべての乗客のうちで、たぶんミス・キャンベルだけだったろう。でもあきらめるよりほかなかった。それに、水平線の見える海なら、クリナン運河のちょっと先で、数時間後に、太陽の円盤がまだ水平線に触れないうちに、だいじょうぶ、またお目にかかれることになるはずではないか？

《食堂》で手間どった観光客たちが甲板に戻ってきたとき、〈コロンビア号〉はリドン入江の入口を、小さなエルバングレーグ島とすれすれに通っていた。この島は、スコットランドの政治的かつ宗教的解放の戦いに敗れたアーガイル公が、エジンバラの断頭台へおくられる前に逃げこんだ最後の砦。それから汽船は、ふたたび南に向かって、ビュート水道を下った。両岸には、草木の生えていない島、樹木の多い島など、すてきなパノラマが展開していた。人をよせつけないいかめしい島影が薄霧にぼやけて見えた。ついに、アードラモントの岬を迂回しおわると、船はふたたび針路を北にとって、ファイン入江を遡り、キンタイア半島の海岸にあるイースト・ターバート村を左に見て、アードリッシュエイグ岬の近くを通り、小さな町ロッホギルプヘッドで、クリナン運河の入口に達した。

ここで〈コロンビア号〉から別の船に乗りかえなければならなかった。運河を通航するのには船体が大きすぎたから。運河は勾配が急なため、全長九マイルのあいだに一五箇所の水門を設け、小さな落差で船が上下できるようにしてあるが、水深が不足して、吃水の浅い船しか通れない。

小型汽船〈リネット号〉が〈コロンビア号〉の乗客たちを待っていた。乗りかえは数分間で終わった。みんな窮屈そうにスペアデッキに席を占めた。やがて汽船はスピードをあげて運河のまんなかを進んだ。そのあいだじゅう、民族衣裳をつけた《バグパイプ奏者》が風笛を鳴らしつづけた。三本のドローン管から出る単調な低音によって支えられるこの風変わりな歌曲ほどメランコリックなものはあるまい。曲は、昔々の古い曲と同様に半音階を使わずに、長音階の音程だけで展開する。

この運河通航は魅力のあるものだ。両岸が高くそそり立つかと思えば、ヒースにおおわれた丘の中腹が迫り、ある所では広々とした野原のまんなかをゆったりと進み、またある所では支流運河を横手に眺めて通る。船はロックゲートに入ってしばらく停まる。水門係が船をいそいで出させようとしているあいだに、土地の青年や娘や子供たちがやってきて、いんぎんに、乗客たちを、しぼりたての牛乳でもてなす。彼らは、昔ケルト人が話していた方言を話すのだが、その多くは英国人にさえも理解しにくい。

六時間後に——ある水門がうまく動かないので二時間も遅れてしまった——なにかもの淋しいこの地方の村落や農家、運河の右手に広がる広大なアッドの沼地を、ようやく過ぎた。バラノッホの村を過ぎていくらもたたないうちに、〈リネット号〉は停まった。二度目の乗りかえがあって、〈コロンビア号〉の船客たちを乗せた〈グレンガリ号〉は、北西に遡り、小さなクリナン湾を出て、封建時代の古城、ダントルーン城がそびえ立つ岬を迂回した。

ビュート島の端をまわったとき島々のあいだから見えた水平線は、その後まだ現われてこない。ミス・キャンベルの焦燥《あせり》のほどは容易に察することができる。このように四方八方を遮られた海上にいて、彼女はまるでスコットランドの中央部の湖水地帯、ロブ・ロイを生んだ国のまんなかにいるような気がしたかもしれない。そのままで絵になりそうな美しい島々が、いたるところでなだらかに起伏し、シラカバやカラマツの植込みを見せていた。

やっと〈グレンガリ号〉がジュラ島の北の岬を過ぎると、この岬と、そこからすこし離れた小さなスカーバ島とのあいだに、海と空とが触れあって現われた。

「ほら、あそこだ、ヘレーナ！」とサムは、西の方へ手をのべた。

「わしらのせいじゃないんだよ」とシブが口をそえた。「あのいまいましい島のやつ、まったく悪魔にでも食われちまうがいい！　あいつが、お前の目からあれを隠していたんだからね」

「いいのよ、伯父さまがた、許してあげるわ」とミス・キャンベルは言った。「でも、こんなこと二度とあってほしくないわ！」

## VI コリヴレカンの渦潮

夕方の六時。太陽はまだその運行を五分の四しかおえていなかった。たしかに〈グレンガリ号〉は、大西洋の海原に太陽が沈む前にオーバンに着くはずだった。だから、この日の夕刻には願いがかなえられると信じてよい十分な根拠を、ミス・キャンベルはもっていたのだ。じっさい雲もなく、靄もかからず、例の現象を観察するのにはおあつらえむきの空だった。水平線は、この航海最後の一時のあいだ、オロンゼー島、コロンゼー島、マル島のあいまにくっきりと見えていた。

ところが、汽船の歩みをちょっと遅らせるような思いがけない事件が起こる。

例の考えにすっかりとりつかれていたミス・キャンベルは、ひとつ所で身じろぎもせずに、二つの島のあいだにくっきりと引かれた弓なりの線から目を離さなかった。空と接する水面は陽光を反射して銀色の逆三角形を描き出し、消える寸前の弱い光がかろうじて〈グレンガリ号〉の船腹にまでとどいていた。

おそらく船の上で、執拗に水平線のこの部分を見つめていたのはミス・キャンベルただ一人だったろう。だから、ジュラ島の岬とスカーバ島のあいだがどんな荒海であるかに気づいたのも彼女だけだった。気づくと同時に、ぶつかりあう波の遠い響きが聞こえてくる。しかし、船首が切り分けて進んでいく海は、まるで油を流したように静かで、微風を受けてごくわずかにさざ波を立てているくらいのものだった。

「どうして、こんなに海が荒れ騒ぐのかしら？」とミス・キャンベルは伯父たちに問いかけた。

何と応えたらよいのか、メルヴィル兄弟はたいへん当惑したにちがいない。彼らだって、三海里向こうの狭い水路で何が起こっているのか理解できなかったのだから。

そこでミス・キャンベルは、〈グレンガリ号〉の船橋を歩きまわっている船長をつかまえると、こんなに海が荒れ騒ぐわけをたずねた。

「べつにどうということもありません。潮ですよ」と船長は応えた。「いま聞こえているのは、コリヴレカンの渦潮の音です」

「でも、とってもいいお天気じゃありませんこと」とミス・キャンベルは言った。「風だって、ほんのわずかで、感じられないくらいですわ」

「ですから、天候には関係ないのです」と船長は応えた。「上げ潮の作用です。ジュラの瀬戸を上がってきた潮の出口はジュラ島とスカーバ島のあいだにしかないのです。そのために、波がすごい勢いで流れこむことになって、もしトン数の小さな船で冒険をしようなどとしたら、ひじょうに危険なことになるでしょうな」

この海域《あたり》で船乗りたちが恐れるのも不思議でないコリヴレカンの渦潮は、ヘブリディーズ諸島でもっとも興味をひく場所のひとつだ。これとくらべられるのは、おそらく、ブルターニュ海岸のトレパッセ湾とサン島の暗礁とのあいだで海が狭まってできたサンの渦潮、それから、ノルマンディのシェルブールの陸地と英領オールダニ島とのあいだにイギリス海峡の水が流れこんで生じるブランシャールの渦潮だろう。伝説によれば、コリヴレカンの渦潮の名は、ケルト人の時代にここで船とともに沈んだスカンジナヴィアの王子にちなんだものといわれる。じっさい、ここは今までにも多くの船が難破している危険にみちた通路で、潮の流れは、ノルウェー沿岸のメイエルストロームの渦潮とならんでその悪名の高さを競っている。

そうする間もミス・キャンベルは、この渦潮の激しい流動をじっと見つめつづけていた。そのとき海峡の一点が特に彼女の注意をひいた。それが波のうねりにつれて上がり下がりしていなかったら、岩の塊が狭い水路のまんなかに頭を出していると思ったかもしれない。

「ごらんなさいな、ねえ、ごらんなさい、船長さん」とミス・キャンベルは言った。「いったい何でしょう、あれは？　もし岩でないとすれば……」

「なるほど」と船長は応えた。「潮の流れにのった漂流物としか考えられませんがねえ。だが、待てよ……」

彼は望遠鏡をのぞくと、

「舟だ！」と叫んだ。

「舟だわ！」とミス・キャンベルが応えた。

「そうです！……まちがいない！……コリヴレカンの渦に巻かれた舟です！」

船長の声に、たちまち船客たちは船橋にかけつけた。彼らは渦潮の方角をみつめた。一艘の小舟が狭い水路にひきずりこまれてしまったことは、もはや疑いようもない。上げ潮にとらえられ、逆流する渦の力に巻きこまれて、小舟は絶望寸前だった。

〈グレンガリ号〉から四、五海里離れた渦潮のこの一点に、すべての視線がそそがれた。

「たぶん、舟が流れているだけの話さ」と乗客の一人が聞こえよがしに言った。

「いや、ちがう！　人の姿が見える」と別の一人が言った。

「一人……二人です！」とパートリッジが大声をあげた。彼はミス・キャンベルにつきそっていたのだ。

なるほど、小舟には二人の人影があった。が、彼らにはもう小舟を操る力がないのだ。陸の方から吹いて

くるわずかばかりの微風を帆にうけても逆まく波を乗りきることはできないだろうし、また櫂で漕いだぐらいではコリヴレカンの渦潮の引力から抜け出すわけにはいかないだろう。

「船長さん！」とミス・キャンベルが叫んだ。「あの気の毒な人たちを見殺しにするわけにはいきませんわ！……このままでは、あの人たち死んでしまいます！……助けに行ってあげなければ……行ってあげなければいけませんわ！……」

乗客たちはみんな同じ考えで、誰もが船長のこたえを待っていた。

「〈グレンガリ号〉は」と船長は言った。「この渦のまんなかまで進むことは、危険で、とてもできません。しかしです、あの舟が漕ぎ寄せてこれるぐらいの所までなら、たぶん近づけると思います」

乗客たちの方へ向きなおった船長は、同意のしるしを求めているように見えた。

ミス・キャンベルは船長の方へ進み出た。

「行ってあげなければいけませんわ、船長さん、行ってあげなければ！……」と彼女は一生懸命に言葉をつづけた。「ほかのみなさんも、そうしてほしいと思っていらっしゃるわ！……人間二人の命にかかわることです。たぶん、あなたには救うことがおできになります……ああ、船長さん！……どうか、お願いです！……」

「そうです！……そのとおりです！……」と、若い娘の真心のこもった言葉に感動した何人かの乗客が叫んだ。

船長は、ふたたび望遠鏡を手に、水道を流れる潮の方向《むき》を注意ぶかく観察した。それから、船橋の彼のそばで部署についている舵手に声をかけ、

「舵とりに注意！　取舵《とりかじ》！」

汽船は西へ船首を向けた。機関士に全速前進の命令が出され、たちまちジュラ島の岬は〈グレンガリ号〉の左手後方に消えた。

船上では誰ひとり、ものを言わなかった。目という目が心配そうに波間の小舟に向けられていた。小舟は前よりもはっきり見えてきた。

とても小さな漁船だった。帆はおろされている。波のうねりの激しい衝撃とその反動を避けるために。小舟の二人のうち、一人は後部に横たわったままで、もう一人は渦潮の中心から脱出しようと懸命に漕いでいる。もし彼が漕ぎとおせなかったら、二人とも命はない。

三〇分後に〈グレンガリ号〉はコリヴレカンの渦潮すれすれの所まで進んだ。はやくも波のうねりにのって激しくピッチングしはじめる。ふつうの観光なら、ぞっとするような速い潮の流れであるにもかかわらず、船のなかからはひとりとして反対の声をあげる者はいなかった。

じっさい、海峡のこのあたりは、帆を三段縮めなければならないほどの風が吹くときのように、海面が一様に白かった。目に映るものは、ただもうおびただしい泡の広がりでしかない。浅い海底にぶつかった水が巨大な塊となって海面を波立たせているのだ。

小舟まで、あと半海里ぐらいだ。二人のうち、櫂の上に身をかがめているほうの男は、渦巻からのがれようと必死の努力をつづけている。彼には〈グレンガリ号〉が救助に来てくれたことがよく分かっている。しかしまた、汽船がこれ以上は深く突き進んでこれないだろうということ、自分のほうから漕ぎよせねばならないということもよく分かっている。仲間の男といえば、舟の後部で身じろぎもせず、もう感覚をなくしてしまったように見えた。

ミス・キャンベルは烈しい感動にとらえられて、この遭難船から視線をそらすことができなかった。おもえば最初にこの小舟を渦潮の上に見つけたのは彼女だったし、彼女のせつなる願いが聞きいれられて、いま〈グレンガリ号〉が救助に向かっている。

しかし状況は悪化しつつあった。間に合うかどうか。汽船は、暗礁などによってひどい損傷をこうむらないよう、いまはもう速度を落として進んでいるだけだった。そのあいだにも、押し寄せる波が船首の方から甲板を洗い、いまにもボイラー室の明かりとりまで達しそうで、そうなればボイラーの火を消されかねない——それは、このように激しい潮の流れのどまんなかでは、起こらないとはいえない恐ろしい出来事なのだ。

船長は船橋の柱で体を支え、水路を外れないように見張り、横波を受けないよう巧みに船を操った。

小舟のほうは、逆まく渦からまだのがれられないでいる。あるときは突然、巨大な暗礁の後ろに消えたかと思えば、あるときは、半径の長さに比例する速度で同心円を描く渦潮の流れにとらえられ、矢のように速く、というよりも、昔の石投げ器の先につけた石のようにくるくるまわっていた。

「もっと速くして！　もっと速く！」とミス・キャンベルは気持を抑えることができずにくりかえした。

だが、大波の激しく砕け散るさまを見て、はやくも数人の乗客は思わず恐怖の叫びをあげた。船長は自分の負うべき責任の重大さを思い、このままコリヴレカン水道を抜けて船を進めることにためらいを見せた。

しかし、小舟と〈グレンガリ号〉の距離は、わずか半ケーブル、すなわち三〇〇フィートに縮まっている。だから、小舟とともに命を失おうとしている気の毒な二人の姿を容易に見分けることができた。

一人は老水夫、もう一人は若者で、老水夫は舟の後部に横たわり、若者は櫂で逆まく渦と闘っている。

そのとき、激しい波のうねりに襲われて、汽船はかなり困難な状態におちいった。

じっさい船長は、これ以上水道内へ船を進めることはできなかった。舵輪をすこしずつまわしながら、潮の流れに抗して船の位置を保つよう操作に悪戦苦闘しなければならなかった。

突然、小舟は波のうねりに乗って高く持ち上げられた、と思うまもなく横すべりに落ちて見えなくなった。

船からあがる恐怖の叫び！

小舟は沈んでしまったのだろうか？　否。別のうねりの背に乗ってもういちど現われると、若者が新たな力で櫂を操り、小舟は汽船の方へ落ちてきた。

「がんばれ！　がんばれ！」船首で待ちかまえる水夫たちが叫ぶ。

巻き綱をふりながら、投げる一瞬を狙っている。

突然、船長は、二つの渦のあいだに凪いだ海面を見つけ、機関部に全速前進を命じた。速度を上げた〈グレンガリ号〉が、大胆に二つの島のあいだに進入すると、小舟のほうもさらに数尋《ひろ》（訳注―一尋は約五フィート）接近した。

綱が跳んだ。つかんで、マストの根元にぐるぐる巻きつける。すかさず〈グレンガリ号〉は後進に移り、一刻も早く逃げ出そうと、脇に並ぶ小舟をひっぱった。

このとき若者は櫂を捨て、連れの男を抱き起こしに行った。汽船の水夫たちが手伝って老水夫を甲板に引き上げた。激しい海の力にうちのめされた老人は、小舟が渦潮に翻弄されているあいだじゅう、仲間の力漕を助けることもできずにいたから、若者にとって頼りになるのは、もう自分自身しかなかったのだった。とかくするうちに、その若者が〈グレンガリ号〉の甲板に飛び移ってきた。すこしも冷静さを失っていない。顔の表情も穏やかだし、その態度に表われるすべてが、精神的勇気も肉体的勇気も彼にあっては生まれながらのものだということを物語っていた。

ただちに若者は老人のところへ行き、かいがいしく介抱した。老人は小舟の持ち主で、ブランデーをたっぷり一杯やると、すぐに立ちなおった。

「オリヴァーさま」と彼は言った。

「ああ、おやじさん」と若者が応えた。「ひどい海だったねえ？」

「たいしたことはないです！　いままで、こういう目にはたくさんあってきました！　もう、だいじょうぶ……」

「天佑神助です！……でも、ぼくが考えなしで、いつまでも引き返そうとしなかったため、すんでのことに命を落とすところだった！……でも、とにかく助かった！」

「あなたのおかげです、オリヴァーさま！」

「いや……神さまが助けてくださったんだ！」

老水夫をひしと胸に抱きしめる若者の思いが、見ていた人々にそのまま伝わり、誰もが感動をひとしくしていった。

〈グレンガリ号〉の船長が、ちょうど船橋を降りようとしていた。若者は向きなおると、「船長さん」と呼びかけた。「なんとお礼を申しあげたらよろしいのでしょう。私たちのために、たいへん

なご尽力を……」

「わたしはただ義務を果たしただけですよ。要するに、わたしなどよりも、乗客のみなさんのほうが、あなたがたから感謝されていいはずなのです」

若者は心をこめて船長の手を握った。それから帽子を脱いで、乗客たちにていねいな挨拶をした。

たしかに、〈グレンガリ号〉が来てくれなかったら、彼と連れの老人は、コリヴレカンの渦に引きこまれて、命をなくしていたことだろう。

ところでミス・キャンベルは、こうして挨拶がかわされているあいだ、すこし離れているほうがよいと考えた。こんなふうに幕のおりた遭難救助劇に自分がいささかなりとかかわっているということを問題にされたくなかったのだ。というわけで船橋の前部へ行っていたのだが、そのとき突然、それまで眠っていた幻想が目をさましでもしたかのように西の方へふり向こうとする彼女の口から、思わず言葉がもれた。

「光線は?……太陽は?……」

「もう太陽はない!」とサムが言った。

「もう光線はない!」とシブが言った。

遅かった。みごとに澄みわたった水平線のうしろに、つい今しがた姿を消した太陽は、すでに緑の光線を空中に放ちおえていた! だが、その瞬間にミス・キャンベルはまったく別のことを考えていたわけで、ぼんやりしていた彼女の目は、おそらく当分は、ふたたび訪れそうもないせっかくの機会をのがしてしまったのだ。

「残念だわ!」とつぶやいたが、しかし、いまいましいという気持にはあまりならなかった。彼女の脳裡を

さっきの出来事が去来していた。

やがて〈グレンガリ号〉はコリヴレカン水道を出るために転針し、ふたたび針路を北にとった。老水夫は連れの若者と最後の握手をかわしてから、自分の小舟に戻り、ジュラ島めざして帆をあげた。

若者だが、革製の彼の旅行鞄が船に積みこまれ、これで〈グレンガリ号〉がオーバンへ運ぶお客が一人ふえたことになった。

汽船は、ブレダルバン候がさかんにスレートを掘らせているルーイン島とシューナ島を右手に残し、スコットランド海岸のこのあたりの守りを固めているセール島に沿って進んだ。ほどなくローン湾に入り、ケレラ火山島と免租地のあいだを過ぎ、たそがれの最後の薄明かりのなか、オーバン港の桟橋にもやい綱を投げた。

## Ⅶ　アリストビューラス・ウルシクロス

オーバンの浜辺は、ブライトン、マーゲイト、ラムズゲートのような名高い海水浴場と同じくらいの人出でにぎわう。とはいうものの、アリストビューラス・ウルシクロスのようなすぐれた人物の滞在が気づかれずにすむはずはなかった。

オーバンは他の海水浴場ほどすてきな所ではないかもしれないが、連合王国の閑人《ひまじん》のあいだでたいへん人気のある行楽地だ。マル海峡に面し、ケレラ島のおかげで西風に直接さらされないですむという地の利のよさが魅力となって、よその土地から多くの人が集まる。ここに来て、健康によい水に入って元気を回復する者もあれば、グラスゴーやインバネス、興味あふれるヘブリディース諸島などの観光地をめぐる旅の基点として逗留する者もある。なお言いそえておくなら、オーバンは他の多くの海水浴場と異なり、病院の庭のような所ではない。ここで暑い季節を過ごそうという人びとは大部分がひじょうに健康な人たちだから、いくつかの保養地に見られるように、病人二人と《亡者（から席）》一人を相手にホイスト（訳注―四人でするトランプあそびの一種）をするようなはめにはおちいらずにすむ。

オーバンの町は、できてからまだ一五〇年しかたっていない。だから広場の配置、家並、街路の通し方といった町のたたずまいに、きわめて近代的な個性がうかがえる。しかし、美しい鐘楼をいただき北欧風に建てられた教会、町の北端に突き出た岩の上にどっしりした姿を見せているダノリの、蔦の葉におおわれた古城、その背景だが、丘の上に段状に並ぶ白い人家や色とりどりの別荘のパノラマ、そしてまた、スマートなヨットが停泊しに来る湾の静かな水面、これらすべてが一望の中にあり、そのまま絵になる美しさだ。

この年の八月、小さな町オーバンは、よそから来た観光客や海水浴客でたいへんにぎわっていた。ある一流ホテルの宿泊者名簿には、すでに数週間前から、かなりの有名人にまじって、ダムフリース（サザン・アップランド）のアリストビューラス・ウルシクロスの名が記載されていた。

当年とって二八歳の《著名人》だが、かつていちども若かったことがなく、これから先も老いることはけっしてないだろう。明らかにこの人物、生まれたときからいまの年齢で、たぶん死ぬまでいまの年齢に見えるはずだ。風采は可もなく不可もない。何の変哲もない顔。男性にしてはブロンドすぎる髪の毛。眼鏡の奥の生気にとぼしい近眼。顔についている鼻とも思えない短い鼻。最近の統計によれば人間の頭髪は一三万本だというが、彼のはもう六万本ぐらいしか残っていない。頬と頤に額縁のようなひげを生やし、そのせいで、どこか猿に似た顔。もし猿だったら、きっと立派な雄猿だったろうが、おそらく進化論者が動物界と人間とをつなぐものと考えている階段（訳注―生物学史でいう中間型。自然の階段、自然の梯子などという）には見あたるまい。

アリストビューラス・ウルシクロスは金持ちで、さらに、とらわれている観念はもっと豊かだった。若い学者としては学問があり、いやありすぎて、その幅広い学識も、いたずらに相手を退屈させるだけだ。オックスフォードとエジンバラの両大学を出ていて、文学よりも物理学、化学、天文学、数学に造詣が深かった。じつは、学問をたいへん鼻にかけるほうで、ほとんど愚物に近い。とくに気になる癖――なんなら偏執狂といってもいい――は、自然界のあらゆる事象について、出まかせのでたらめな説明をすること。要するに一種の衒学者。つきあっていると不愉快になる。彼のために笑うようなことはなかった、なにしろ人を笑

わせるような男ではなかったから。だがおそらく、みんな腹のなかでは嗤っていただろう、なにしろ馬鹿げた人間だったから。およそこのまがいものの青年くらい、英国秘密結社の標語《見て、聴いて、黙せ》を自己の信条として取り入れるに値しない人間はいなかったろう。彼は人の話には耳をかさず、何も見ず、けっして口をつぐんでいない。文豪ウォルター・スコットを生んだ国にふさわしい譬えを借りて一言で言えば、アリストビューラス・ウルシクロスはきわめて積極的な産業優先主義者であって、詩情豊かなロブ・ロイ・マグレガーよりも、その従兄にあたるグラスゴーの法官ニコル・ジャーヴィーのほうに、ずっと近い人物だ。いったいミス・キャンベルもふくめてハイランド地方の若い娘たちのなかで、ロブ・ロイよりもニコル・ジャーヴィーのほうが好きだなんていう娘がいるだろうか？

アリストビューラス・ウルシクロスは、まあ、こういった人物だった。どうしてメルヴィル兄弟はこの街学者にぞっこん惚れこみ、姻戚関係をつくって自分たちの甥にならせようなどとまで考えたのか？　どうしてまた彼は、この立派な六〇歳近い老人たちの気に入ったのか？　おそらく理由はただひとつ、そろそろ結婚してもよい年ごろになった姪の前に最初に現われた男性、というだけのこと。世間知らずのサムとシブは、すっかり嬉しくなって、きっとこんなふうに話しあったことだろう――

「あれは若くて金持ちで、家柄もいいいし、両親や近親者が残してくれた山ほどの財産を自由にできるし、おまけに並はずれて学問《がく》がある！　わしらの大事なヘレーナにとって、またとない相手ではないか！　この結婚はだまっていてもまとまる、すべてはうまくいっている、なにしろぼくらにぴったりなんだから！」

そう言って二人は、かぎタバコをたっぷり一服ずつすすめあい、そして共用のタバコ入れの蓋をしめた。その乾いた音は、まるでこう言っているようだった――

「さあ、これで一件落着だ！」

メルヴィル兄弟は、ミス・キャンベルが緑の光線に奇妙な幻想をいだいているのにかこつけて、彼女をオーバンに連れてきたのは、なかなか抜け目のないやり口だったというふうに互いに顔を見あわせた。ここまでくれば、下ごしらえがしてあったようには思われずに、アリストビューラス・ウルシクロスがいなかったためにしばらくとだえていたあの話しあいのつづきを、当人もまじえて、またはじめることができるようになるだろう。

ヘレンズバラの別荘の代わりにメルヴィル兄弟とミス・キャンベルが住むことになったのは、カレドニアン・ホテルのいちばん立派な部屋だった。もしオーバンでの滞在が長びくようなら、町を見おろす丘の上にどこか別荘でも借りたほうが、たぶん便利だろう。が、それまではマックファイン氏の経営するこのホテルに落ち着き、ベスおばさんとパートリッジがいるおかげで、快適に暮らせる。その話はまたあとでしよう。

さて、カレドニアン・ホテルは浜辺に面し、ほとんど桟橋の真正面に位置しているが、メルヴィル兄弟は到着した次の朝、九時になるとホテルの玄関を出た。ミス・キャンベルはまだ二階の寝室で休んでいて、伯父たちがアリストビューラス・ウルシクロスを探しに行ったとは思いもしなかった。

この、一時《いっとき》も離れたことのない二人は、浜辺におりると、彼らの大事な《求婚者》が泊っている湾北部に建つホテルの方へ足を向けた。

一種の予感が彼らを導いていたにちがいない。出かけてから一〇分もすると、アリストビューラス・ウルシクロスに出会った。こちらは、潮が引いたばかりの砂浜を踏んで毎朝行なう学問的な散歩に出ていたのだった。三人は、まったく機械的な握手をかわした。

「お早ようございます、ウルシクロスさん！」

「やあ、メルヴィルさん、お早ようございます！」驚きをよそおった上べだけの挨拶だった。「お揃いで……当地に……オーバンに？」

「昨夜まいりました！」とサムが言った。

「ご健康も申し分ないご様子で、嬉しうございます、ウルシクロスさん」とシブが言った。

「はあ、とても元気です。——ついいましがた電信が着いたのですが、たぶんご存知でしょうな？」

「電信ですって？」とサムが言った。「グラッドストン内閣（訳注—グラッドストンは一八六五年以来英国自由党党首。アイルランド自治法案通過に努力）が、……もう？」

「グラッドストン内閣のことなんかじゃありませんよ」とアリストビュ－ラス・ウルシクロスはずいぶん軽蔑したような言い方をした。「気象通信のことです」

「おや、そうですか！」と伯父たち二人は応えた。

「そうです！　スウィネミュンデ低気圧が北方に進んで、気圧の谷がかなり深まっているということです。今日は中心がストックホルムの近くにあって、あそこでは気圧計が一インチすなわち二五ミリメートル——学者のあいだで慣用になっている十進法を用いればですな——降下して、わずか二八インチと一〇分の六、すなわち七二六ミリメートルを示しているにすぎません。イングランドおよびスコットランドにおいては気圧の変化はほとんど見られないものの、昨日、ヴレンシア島測候所（訳注—アイルランド西南）では一〇分の一、スト－ノウェイ測候所（訳注—ノースウェスト・ハイランド）では一〇分の二降下しました」

「で、その低気圧のために？……」とサムが問いかけた。

「どういう結果になるのでしょうか？」とシブがつけ足した。

「天気はくずれるでしょう」とアリストビューラス・ウルシクロスは応えた。「そしてまもなく南西の風が出て空は曇り、北大西洋の水蒸気が運ばれてくるでしょう」

メルヴィル兄弟は、こんなに大事な予報を聞かせてくれた若い学者に礼を言い、そして緑の光線はなかなか見られないだろうという結論に達したが、それは彼らにとってべつに腹の立つことでもなかった。光線が見られないというのであれば、オーバンでの滞在ものびるわけだから。

「ところで、当地においでになったのは？……」とアリストビューラス・ウルシクロスは、珪石《ひうちいし》をひとつ拾い上げると、たいそう注意ぶかく調べてから、たずねた。

伯父たち二人は、かくも熱心な研究者の邪魔をしないように気をつけた。

しかし、その珪石がポケットに納まって若い学者のコレクションをふやしたなと見るや、さっそく、

「わたしたち、当地《ここ》でしばらく過ごそうという、ただそれだけのつもりで参りました」とシブが言った。

「ついでながら」とサムが言った。「ミス・キャンベルも一緒でして……」

「ああ！……ミス・キャンベルが！」とアリストビューラス・ウルシクロスは応えた。「この珪石はゲール時代のものと思います。その痕跡が見られるのですよ……まったく、ミス・キャンベルにまたお目にかかれるとは嬉しいですな！……隕鉄の跡がある……ここは気候がはなはだ温和でして、あの方の健康にはきわめてよろしいでしょうな」

「でも、あの娘《こ》は至極元気なんですよ」とサムが注意した。「養生などをする必要はすこしもありません」

「そりゃ、結構なことで」とアリストビューラス・ウルシクロスは言葉をつづけた。「ここは空気がすばら

しいのです。酸素〇・二一、窒素〇・七九、それに健康を害さない程度の少量の水蒸気。炭酸はどうかというと、ごくわずかしか検出されません。毎朝、わたくしは空気を分析しているのです」

メルヴィル兄弟は、若い学者の言葉から、ミス・キャンベルへの優しい関心を読みとりたかった。

「しかし」とアリストビューラス・ウルシクロスは言った。「あなたがたがオーバンにいらしたのが健康上の理由によるものではないとしたら、では、なぜヘレンズバラの別荘をお出になったのか、わけを聞かせていただけませんか？」

「何を隠しましょう、じつは……」とシブが言いかけたのを遮って若い学者は言葉をつづけた。

「こうしてはるばるおいでになられたのは、あることを期待して、それもきわめて自然な期待をしてのことと見てよいでしょう？　わたくしとミス・キャンベルが互いにいっそうよく知りあえるようになる、すなわちですな、いっそう正しく互いの価値を認めあえるようになりうる条件のもとで、わたくしたち二人を出会わせようと、こういうことなんでしょうね？」

「まあ、そういったところですよ」とサムが応えた。

「そうすればすこしでも早く目的が達せられるだろう、と考えたのです……」

「ごもっともなことです」とアリストビューラス・ウルシクロスは返した。「ここなら、いわば中立地帯です。折りがあれば、ミス・キャンベルとわたくしは、海の波動、風の方向、うねりの高さ、海潮《しお》の変化、その他もろもろの物理的現象について、ゆっくり話しあうこともできるでしょう。そういったことは、このうえなく彼女の興味をひくはずです！」

メルヴィル兄弟は、すっかりその気になって微笑をかわし、満足気に頭を下げた。なお彼らは、ヘレンズ

Dumouza

バラの別荘に戻るまでにこの話がまとまって、彼らのこのもしく思う客人を、はっきり家族の一員として迎えられるならば幸せである、などと言いそえた。

アリストビューラス・ウルシクロスはそれにこたえて、ちょうどいま、政府がクライド湾の、ヘレンズバラとグリーノックのあいだで大がかりな浚渫作業をしているが、これは電動機械を使う新工法なので、自分がヘレンズバラの別荘に落ち着いたあかつきには、その工事の様子を観察し、その効率を計算することができる、だから、なおのこと嬉しい、と言った。

メルヴィル兄弟は、この符合がどんなに自分たちの計画に好都合であるか、ただただありがたがった。若い学者は、別荘で過ごしながら、時間のあいたときには、このたいへん興味ぶかい作業の経過をじっくり観察することができるだろう。

「それにしても、あなた方は、きっと何か口実をもうけて、ここにおいでになったのでしょうね?」とアリストビューラス・ウルシクロスがたずねた。「なぜなら、ミス・キャンベルはオーバンでわたくしと出会うなどとは、たぶん思っていらっしゃらないでしょうから」

「いかにも」とシブはこたえる。「しかも、その口実をもうけてくれたのが、ミス・キャンベル自身なのです」

「ほう!」と若い学者が言う。「で、それはどんなのですか?」

「ヘレンズバラでは見られないような状況のもとで、ある物理学的現象を観察しようというわけなのです」

「それは、それは!」とアリストビューラス・ウルシクロスは、眼鏡を指でおさえながら言った。「してみるとすでに、ミス・キャンベルとわたくしとのあいだには目に見えないつながりがあるということは明らかですな！——別荘では研究できないというその現象とはどんなものなのか、話してはいただけませんか？」

「その現象は、緑の光線というしかありません」とサムが応えた。

「緑の光線ですって？」とアリストビューラス・ウルシクロスは、少なからず驚いた様子だ。「そういう話はいちども聞いたことがありません！　愚問を呈するようですが、緑の光線というのはそもそも何でしょう？」

メルヴィル兄弟は、最近〈モーニング・ポスト〉紙で読者の注意をひいたこの現象がどのようにして生じるかを、できるかぎり説明した。

「へえっ！」とアリストビューラス・ウルシクロスは、ちょっとあきれたふうだ。「それは、たいして面白くもない、ただ珍しいというだけで、通俗物理学の、いささか他愛なさすぎる領域に属するものです！」

「ミス・キャンベルは無邪気な若い娘にすぎません」とシブが返した。「でも、彼女にとってこの現象は重要な問題なのです。そりゃ大げさに考えているのかもしれませんけれども……」

「なにしろ、その現象を観察するまでは結婚したくないって言うのですよ」とサムがつけ加えた。

「それでは」とアリストビューラス・ウルシクロスは応えた。「見せてあげることですよ、彼女の見たがっている緑の光線を！」

そして三人は、砂浜に沿う草原のなかの道を、カレドニアン・ホテルの方へ戻っていった。

アリストビューラス・ウルシクロスは、この機会をのがさずメルヴィル兄弟に、女というものが、いかにくだらないことを嬉しがるかということをいろいろと言ってきかせた。そして、正しく理解されていない女の教育をもっと高い水準に引き上げるために必要なことを、あれもこれもすべてを、早口にまくしたてた。

といっても彼は、女の脳は男の脳にくらべて質量が劣り、脳葉の配列がいちじるしく異なるため、高度の思索に適する知能にはけっして達しえない！　などと考えているわけではない。そこまで極論しようというのではなく、おそらく特別な訓練によって女の脳は改良されうるだろうというわけだ。もっとも女がこの世に存在しはじめて以来、まだ一人も卓越した女は現われていないのだが。アリストテレス、ユークリッド、ハーヴェイ、ハーネマン、パスカル、ニュートン、ラプラス、アラゴー、ハンフリー・デーヴィー、エジソン、パスツール等々に代表される多数の男性の名を高からしめた諸発見、そのひとつでも、女性がなしとげた例があるだろうか？　それから彼は、いろいろな物理学的現象について長々と説明をはじめ、全知識を傾けてぶちあげた。もうミス・キャンベルの話はしなかった。

メルヴィル兄弟はその長広舌を有難くうけたまわった——アリストビューラス・ウルシクロスの一人芝居で、時おり「ふん！」とか「えへん！」とか、生意気そうな、いかにも学があるかのような合の手が入る以外は、ひっきりなしにつづくこの独白に、メルヴィル兄弟はただの一言も口をはさむことができなかっただけに、なおいっそう心から耳を傾けていた。

こうして彼らはカレドニアン・ホテルから一〇〇歩ほどの所まで来て、そこで、別れの挨拶をかわそうと、足を止めた。

そのとき、若い女の姿が部屋の窓際に見えた。気忙しそうだ。すっかりあわてているようにさえ見えた。正面を眺め、左の方を眺め、右の方を眺め、どうやら水平線を探しているらしい。それがどこにも見あたらない。

突然ミス・キャンベル——それは彼女だった——の目に伯父たちの姿が入った。すぐ勢いよく窓が閉ざされ、しばらくすると娘が砂浜にやって来た。腕を軽く組み、顔つきは厳しく、非難の色に満ちていた。

メルヴィル兄弟は顔を見あわせた。ヘレーナは誰のことを怒っているのだろう？　こんなに異常なほど興奮しているのは、アリストビューラス・ウルシクロスがいるためか？

そうこうするうちに、若い学者は近づいていき、ミス・キャンベルに機械的な挨拶をした。

「アリストビューラス・ウルシクロスさんだよ……」とすこし、あらたまった様子で若者を紹介しながらサムは言った。

「ちょうどオーバンにおいでになっているとは……まったく思いもかけなかった！……」とシブが言いそえた。

「ああ！　ウルシクロスさんですの？」ミス・キャンベルは、軽く会釈しただけだった。

それから、かなり当惑して落ち着かない様子のメルヴィル兄弟の方へ向きなおると、きつい口調で、

「伯父さまがた、これはどういうことなの？」

「ヘレーナ、どうかしたのかね？」と伯父たち二人の不安は、その声の調子にも明らかだった。

「わたしたち、ほんとうにオーバンにいるの？」

「いるともさ……もちろんじゃないか」

「ヘブリディーズの海に面した？」

「まちがいなくそうだよ」

「じゃ、一時間したら、ここを出ましょう！」

「一時間後に？」

「わたし、水平線の見える所へって、お願いしたんじゃなくって！」

「たしかに……」

「どこに水平線があるのか見せていただけませんかしら？」

メルヴィル兄弟はびっくり仰天してふり返って見た。

正面にも、南西の方角にも、また北西の方角にも、沖合は島影ばかり、空と海とが溶けあう場所はどこにも見あたらなかった。セール、ケレラ、キスモアの島々が互いに連なりあって自然の障壁を築いていた。残念ながら、彼女が求める約束の水平線はオーバンの景色のなかにはなかった。

二人の兄弟は、浜辺を散歩しているあいだ、そのことに気づきもしなかったのだ。思わず二人の口から、まことにスコットランドふうな間投詞がもれた。それは落胆そのものと、なにがしかの不機嫌さの入りまじった気持をよく表わしている。

「馬鹿な！」と一人が言い、

「なんてこった！」ともう一人が応えた。

## Ⅷ　水平線に雲

わけを話さなくてはならなかった。しかしアリストビューラス・ウルシクロスには関係のない事柄なので、ミス・キャンベルは冷やかな挨拶をして、カレドニアン・ホテルの方へ戻っていった。

アリストビューラス・ウルシクロスのほうも、これまた冷やかに挨拶を返したのだった。どんな色の光線か知らないが、自分と光線とを秤にかけられて明らかに気を悪くした若い学者は、自分の気持にそぐう言葉を選んでは心のなかでつぶやきながら、また砂浜の道をたどっていった。

サムとシブはどうにも落ち着けなかった。だから、一行のためにあてられた広間に戻ってからも、二人はしょげかえったまま、ミス・キャンベルが言葉をかけてくれないかと待っていた。

わけは簡単で、しかもはっきりしている。オーバンに来たのは水平線を見るためなのに、まったく見えない。すこし見えたとしても、ほとんど語るに足りない程度だ。

伯父たち二人に言えることは、せいぜい、自分たちは善意でやったのに、ということぐらいである。自分たちはまるっきりオーバンという所を知らなかった！　ここに海がない、海らしい海がないなんて誰が想像できたろう、なにしろ海水浴客でごったがえしている所だもの！　おそらく大西洋岸のうちでも、ここは、あいにくなへブリディーズ諸島のおかげで、水平線が空にくっきりと弧を描くことのない唯一の場所なのだ！

「それなら」とミス・キャンベルは、思いきりきつい口調になる。「オーバンとはまったく違う場所を考えなければいけなかったのよ。たとえアリストビューラス・ウルシクロスさんにお目にかかれなかったにしても！」

メルヴィル兄弟は思わず頭を下げ、まっすぐに突いてくる姪の言葉に応えるすべを知らなかった。

「これから仕度をして」とミス・キャンベルは言った。「今日じゅうに発ちましょう」

「発とう！」と伯父たち二人は言った。自分たちの粗忽さをつぐなうには、なにがなんでも彼女の言うとおりにするしかない。

たちまち、例によって例の名前が響きわたる——

「ベット！」

「ベス！」

「ベッシー！」

「ベツィー！」

「ベティ！」

ベスおばさんがやって来る。パートリッジがついて来た。

ただちに、出発することが告げられたが、若い女主人の考えはいつも正しいはずだと心得ている二人は、このあわただしい出発のわけをきこうとさえしなかった。

ただ、みんなはカレドニアン・ホテルの主人マックファイン氏のことを忘れていた。

客あしらいのよいスコットランドにおいて、かりにもこういう相当な実業家たちが、主人三人に召使二人という家族連れにたいして、ありとあらゆる引き止めの手を打たずにだまって発たせると思ったら、彼らを知らないということになるだろう。このばあいが、それだ。

　事の経緯を知ったとき、ホテルの主人マックファイン氏は、みんなが満足できるようなうまい方法があると明言した。もっとも、こんなに立派な客人たちにできるかぎり長逗留してもらえる彼自身の個人的な満足についてはこれっぽっちも口にしなかったけれど。

　ミス・キャンベルのお望みは何か？　したがってメルヴィルさま御兄弟のお求めになるものは何か？　水平線を遮るもののない広々とした海の眺めだって？　まことにおやすいご用。その水平線を眺めるのも日が沈むときだけなんだから。オーバンの海岸からではそいつが見られない？　よろしい！　ケレラ島へ行って待っていさえすれば充分ではないか？　いや、だめだ。大きなマル島が邪魔をして南西の方角では大西洋のごく一部分しか見えないだろう。だが、海岸ぞいに下ればセール島があって、北の岬がスコットランドの沿岸と橋でつながっている。あそこなら、西の方向、羅針盤の五分の二の角度内では視野を遮るものは何もない。

　さて、この島までは、せいぜい四マイルから五マイルのちょっとした散歩だ。天気さえよければ、足の速い馬をつけたすばらしい馬車が、一時間半で、ミス・キャンベルとお連れさまを、島まで御案内できるだろう。

　自分の主張の正しさを裏づけるため、この雄弁なホテルの主人は、ロビーにかかっている大きな地図を示した。それでミス・キャンベルは、マックファイン氏がいいかげんなことを言っているのではないということを認めた。じっさい、セール島の沖合には広い海がひらけて水平線の三分の一をみせ、秋分の前後数週間は太陽がそれをゆっくりと這い歩く。

話がまとまり、マックファイン氏はたいそう満足し、メルヴィル兄弟はほっと胸をなでおろした。ミス・キャンベルは鷹揚に彼らを赦し、不愉快なアリストビューラス・ウルシクロスのことにはもう触れなかった。

「それにしても」とサムは言った。「よりによってオーバンで水平線が見られぬとは、とにかく妙な話だ」

「自然というやつは、なんて変ちくりんなんだろう！」とシブが応えた。

アリストビューラス・ウルシクロスは、ミス・キャンベルが彼女の気象観測のために、もっと都合のいい場所をよそへ探しに行くのをやめたと知って、たぶん、とても嬉しかったにちがいない。ただ彼は、学問上の高等な問題に没頭していたため、そういったよろこびの気持を表わすことを忘れてしまった。

いっぽう若い気まぐれな娘にとって、こういう控え目な態度は、おそらく、ありがたいことだったろう。あいかわらずよそよそしく振舞ってはいるものの、だからといって、はじめて顔を合わせたころのように相手を冷たくあしらっているわけでもなかったから。

とかくするうちに、いくらか大気の状態に変化のきざしが見えてきた。まだ当分、晴天はつづきそうだったけれど、真昼のうちは熱い空気で追い払われているすこしばかりの雲が、日の出や日の入りのころになると水平線のあたりをうっすらとかすませる。だからセール島へ観測地点を求めに行ったとて何にもならない。むだ骨折りになるだろう。辛抱しなくてはいけない。

退屈な長い一日を過ごすためにミス・キャンベルは、オーバンの浜辺をなんとなく歩きまわった。ベスおばさんを連れて行くこともあったが、たいていはひとりきりで出かけた。伯父たちには彼らのめがねにかなった未来の婿さんの相手をさせておいた。どこの海水浴場へ行ってもほとんど似たりよったりの浮き草のような連中でいっぱいになっているこの閑人たちの世界を、彼女は意識的に避けていた。家族連れは、小さな男の子や女の子たちが、いかにも英国風なのびのびとした様子で湿った砂の上をころげまわっているあいだ、ただ波が寄せたり引いたりするのを見ているだけで、ほかには何の関心もないようだ。謹厳で落ち着きはらった様子の紳士連は、海水着、それもたいてい古くさいのをつけて、塩っからい水のなかに六分間ほどつかっているのがさも大事件といった様子だ。家柄のよさそうな男や女たちが赤いクッションのついた緑色のベンチに腰をかけ、しゃちこばって身じろぎもせず、英国の出版業者がいい気になって出している、ぁの、細かい活字がびっしりつまった、ハードカヴァーのけばけばしい挿し絵入りの本のページなどをめくっている。通りすがりの観光客は双眼鏡を肩から斜めにかけ、かぶと型の帽子をまぶかにかぶり、すねには長いゲートルをつけ、パラソル小脇に、昨日着いて明日にはもう発っていくのだ。これらの群衆のまんなかで、香具師《やし》が、夢を楽しめるという不思議な液体を二ペンスで売っていたり、芸人たちが、車輪のついた自動ピアノで、スコットランドの曲にフランス音楽のモチーフを無理やりまぜて演奏している。屋外写真屋たちは、そろって撮影をおえた家族連れに早撮り写真のプリントを一ダースずつ渡している。黒いフロックコートを着た商人たちと、帽子に花飾りをつけたその女房たちが、とびきり上等の果物を荷車に積んで押し歩く。最後に、旅役者たちが、うすいゴムの面をはりつけた顔をしかめたり、ひきつらせたりしながら、一人で何役もこなす茶番劇を演じ、えんえんと何番までつづくのか分からないその土地の哀歌《エレジー》を歌う。その周りを子供たちが囲んで、いともまじめな顔をしてリフレインを合唱している。

ミス・キャンベルは、行楽地のこういった生活から、もはや何を知りたいとも思わず、何の魅力も感じなかった。ヨーロッパのすみずみから集まってきたかのようにお互いに関係ないという顔で往ったり来たりしているこの人たちには近づかないほうがいいと考えた。

だから、姪の姿が見あたらないのを心配して探しにきた伯父たちが目にしたのは、突き出た砂浜のはずれに坐っているミス・キャンベルだった。

その様子は、まるで『海賊』（訳注―ウォルター・スコットの小説）のもの想いにふけるミンナのようだ。岩のでっぱりに片方のひじをつき、その手に顔をのせ、もう一方の手は、石のあいだに生えているウイキョウの仲間らしい植物の実をむしっている。ぼんやりした視線を、岩峰のそそり立つ《スタック》（訳注―スコットランドやオークニー諸島沖の高くそびえた大きな孤岩）の方へ向けているかと思えば、上げ潮にごうごうと鳴る洞窟の方へ向ける。この洞窟はスコットランドで《ヒライア》と呼ばれているもののひとつだ。

遠くの方に鵜が行儀よく列をつくってじっと並んでいるのを、彼女は目で追っている。すると平穏を乱されたのだろう、鳥たちは飛び立つと、砕ける波の波頭すれすれに羽ばたきながら見えなくなった。

彼女は何を想っているのだろうか？　アリストビューラス・ウルシクロスのことだろうか？　もしウルシクロス自身がそのように考えたとしたら、失礼千万なやつだと言わねばならなかったろうし、またもし伯父たちがそう考えたとしたら、これまた例のお人よしのせいだと言わなくてはならなかったろう。いずれも思いちがいというものだ。

ミス・キャンベルはコリヴレカン海峡の光景をくりかえし想い出していた。遭難しかけている小舟と、巧みに舵を操りながら渦潮のまっただなかへ危険をおかして進む〈グレンガリ号〉が、ありありと目に浮かぶ。あの無謀な二人が渦巻の底に消えた、と見えたとき、彼女は胸を締めつけられる思いだったが、そのときの激しい興奮がまだ心の底にあるのに彼女は気づいた。それから救助の場面、頃合いよしと投げられたロープ、船橋に現われた上品な青年、落ち着いて、微笑を浮かべ、彼女ほど動揺もせず、船の乗客たちにし

た挨拶の身ぶり。

夢みがちな乙女にとって、それはすでに小説《ロマン》のはじまりだった。が、その小説は、はじめの第一章だけにしておかねばならないように思われた。ミス・キャンベルは読みはじめたばかりの本を急に両手で閉じてしまった。こんど彼女が本を開くのはいったい何ページのところなのだろうか？　なにしろゲール時代の叙事詩に出てくるウォーダンに似た《彼女の英雄》は、あれ以来、姿を見せていないのだ。

しかし少なくとも彼女は、オーバンの浜辺にやってくるあのお互いに無関心な群衆のなかに彼の姿を探したのではなかろうか？　きっと探したにちがいあるまい。そして彼に出会えたのか？　いやいや、彼としては、おそらく彼女に会っても分からなかったろう。彼が〈グレンガリ号〉の船上で彼女に気づいたと、どうして言えるのか？　どうして彼の方から彼女のところにやってくるなどと言えようか？　彼が命びろいしたのはいくらか彼女のおかげでもあったということが、どうして彼に想像できようか？　それはたしかにそうだが、しかし、遭難しかけた小舟を誰よりも先に見つけたのは彼女だった。助けに行ってほしいと船長に、まっさきに頼みこんだのも彼女だった！　そして、そのために彼女は、あの日の夕刻、見られたかもしれない緑の光線を見そこなってしまったのだ！

たしかに、気がかりなことが起こりそうだった。

メルヴィル家の一行がオーバンに着いてからの三日間というもの、空模様は、エジンバラやグリニッチの天文台の天文学者たちにとっては絶望的なものだったようだ。空に水蒸気のようなものがふわふわ漂うと、雲が出ている場合よりもかえって始末が悪い。ふつうの望遠鏡はおろか、ケンブリッジやパーソンタウンの反射望遠鏡のようなもっとも性能のよい天体望遠鏡でも、このふわふわしたものを透して観測することはできなかったろう。ただ太陽だけは強烈な光線で邪魔物をつらぬくことができたようだ。しかし日が沈むころになると水平線のあたりは薄靄でおぼろにかすみ、西空は真紅に輝きわたる。だから緑の光の矢が観測者たちの目までとどくことはおそらく不可能だったろう。

夢想にふけるミス・キャンベルは、ちょっぴり気まぐれな空想力にかられて、コリヴレカンの渦潮に巻かれそこなった男性と緑の光線を、ごっちゃにして考えていた。確かなのは、一方が他方よりもいっそうはっきり心に浮かぶというわけではなかった、ということだ。一方は水蒸気のために見えなくなる。それなら、もう一方は名前すらもまだ分かっていないではないか。

メルヴィル兄弟は、姪に、辛抱したほうがよいと言うつもりだったのだが、どうも悪いところに来てしまったようだ。ミス・キャンベルは、こんなに天気がくずれだしたのも伯父たちのせいだと、遠慮なくやっつけた。そこで二人は、ヘレンズバラからわざわざ持ってきたすばらしいアネロイド気圧計の針を指して、こいつがどうしても上がろうとしない、悪いのは気圧計だと応えた。ほんとうは、輝く天体が沈むとき空が雲ひとつなく晴れわたってくれたなら、自分たちの大事なタバコ入れだって捨てても惜しくはなかったろう！

さて、学者のウルシクロスだが、ある日、水平線にかかる水蒸気を見て、あれはごく自然に発生するものです、などとへまなことを言った。ここまでくれば、ちょっとした物理学の講義がはじまるまでにあと一歩。彼はミス・キャンベルのいるところでそれをやった。まず雲の一般論から入り、気温の低下とともに水平線の方へおりてくる雲の動きについて述べ、粒状の雲になった水蒸気について説明し、最後に、学問的に雲を分類すれば乱雲、層雲、積雲、巻雲となるのである！と論じた。蘊蓄をかたむけた名講義も結局骨折り損に終わったことはいうまでもない。

それはあまりにも明らかだったので、メルヴィル兄弟はこんな場ちがいの講義のあいだじゅう、どういう態度をとったらいいのか分からなかった。

そのとおりだった！　現代風ダンディズムの表現を借りれば、ミス・キャンベルはこの若い学者をはっきり《たち切った》。まず彼女は、まったく別の方角に視線を向けて、話が聞こえないようなふりをした。次に、彼の存在には気づいてもいないように見せかけるためダノリー城の方へ目をあげると根気よくそうしていた。最後に彼女は、履いているほっそりしたビーチサンダルの先を眺めた――これは、スコットランドの女性が、相手の話していることにたいし、また相手の人物そのものにたいして示すことのできるもっとも露骨な無関心のしるしでもあり、もっとも完全な軽蔑のしるしでもあった。

アリストビューラス・ウルシクロスは自分の姿しか見えず、自分の言葉しか聞こえず、いつも自分のためにしか話をしたことのない人間だったので、何も気づかず、また気づいた様子もなかった。

こうして八月の三日、四日、五日、六日が過ぎた。ところが最後の六日になって、気圧計は「天気定まらず」の所よりも数ライン（訳注―一ラインは一インチの一二分の一）上がって、メルヴィル兄弟をたいへんよろこばせた。

翌日になると、空は朝からすばらしい天気を思わせていた。一〇時ごろには、太陽がぎらぎら輝き、ぬけるように澄みきった青空が海の上に広がっていた。

この好機をのがすわけにはいかなかった。カレドニアン・ホテルの厩舎には、散歩用の無蓋の軽四輪馬車が一台、いつでもミス・キャンベルが乗れるように置いてあった。いまこそそれを使うときだ。

夕方の五時になると、ミス・キャンベルはメルヴィル兄弟とともに馬車のなかの席におさまり、パートリッジが後ろの席に乗った。御者は《一人で四頭の馬》を巧みに操った。御者がうち振る長い鞭の緒に励まされながら、四頭の馬はオーバンからクラッハンへ通ずる街道を全速力で駆けた。

アリストビューラス・ウルシクロスはちょうど大事な学術論文にとりかかっていたため、とても残念だったが――ミス・キャンベルにとってはすこしも残念ではなかったのだが――一行に加わることができなかった。

この遠出は、なにからなにまですばらしかった。馬車はスコットランド本島とケレラ島をへだてる海峡を右に見ながら沿岸の道を進んだ。この島は火山島でたいへん景色がよかったが、ミス・キャンベルの目から見れば欠点のある島だった。水平線がその陰に隠れてしまうからだ。しかしそれも四マイル半ばかり走るあいだだけのことと知って、彼女はみなと一緒に均斉のとれた島影にみとれ、光に満ちた空にくっきりと浮きあがる島の南端にデンマーク風の城の廃墟が見えてくると感嘆の声をあげた。

「あれは昔、ローンのマックダグラス家の居城《しろ》だったんだ」とサムがみんなの注意をうながした。「また、わが家にとっては」とシブが言いそえた。「あの城は重大な歴史的意味をもっている。というのも、わがキャンベル家の手で、あの城に住んでいた連中は情容赦もなく皆殺しにされたうえ、城は焼け落ちてしまったってわけだ!」

この武勲はとりわけパートリッジの意を得たようで、氏族の栄誉をたたえて一人で拍手をした。

ケレラ島を過ぎたあたりで馬車は狭い道に入った。すこしでこぼこした道が、クラッハンの村に通じている。いわば人工の地峡を馬車は進んだ。それは橋の形をして狭い水道をまたぎ、セール島とスコットランド本島をつないでいる。半時間後、一行は、くぼ地に馬車を残して、かなり急な丘の斜面をよじのぼり、岩場の突端に来て腰をおろした。眼下に海がある。

今度こそ、観測する人たちの視野を、西の方角で遮るものは何もない。小さなイーズデール島もイニッシュ島もセール島の足もとにうち寄せられた小舟のようなもので邪魔にならない。マル島はヘブリディーズ諸島で最大の島のひとつだが、この島のアーダナリシュ岬を北西に、コロンゼー島を南西に見わたす、そのあいだに、広々とした海原が鮮やかに浮かぶ。まもなく、その海へ太陽の円盤が炎をあげて落ちこもうとしているのだ。

光線のことで頭がいっぱいのミス・キャンベルは、ほかの人たちよりもすこし前の方に出て坐っていた。この静寂のなかで動くものといえば、ただ数羽の猛禽類、ワシだろうか、それともタカだろうか、岸壁に漏斗型《じょうご》にほられた巣穴の上空を舞っていた。

天文学的に言って、一年のうちのこの季節、この緯度の地方では、太陽は七時五四分に、ちょうどアーダナリシュ岬の方角に沈むはずだ。

しかし数週間たつと、太陽が海の彼方に消えるのを見るわけにはいかなくなるだろう。コロンゼー島が陰になるからだ。

この日の夕刻に現象を観測することにしたのは、だから時間といい場所といい、じつによく選んだものといえよう。

このとき、太陽は、一片の雲もない水平線の方へ斜めの軌道を通って向かいつつあった。

太陽の円盤の輝きが燃えるような赤に変わり、それを反映した海面に光の尾がきらきらしだすと、じっとみつめる目にわずかながら痛みを感じる。

が、そのくらいのことでミス・キャンベルも伯父たちも、まぶたを閉じようとはしなかった。閉じてなるものか、一瞬たりとも！

しかし天体の下側の縁《へり》が水平線に食いこまないうちに、ミス・キャンベルは失望の声をあげた！

今しも現われた一片の小さな雲。線のように細く、戦艦の信号旗のように長いのが、円盤を大きさの異なる二つの部分に切り分けている。そして円盤と一緒に海面までおりてくるらしい。

風がひと吹きすれば、どんなに弱い風だろうと、まちがいなくあの雲を追い散らすことができそうだ！

……が、風は吹かなかった！

そして、太陽が小さな微かな弧になったとき、この細い水蒸気は空と水の境界線となって弧と触れあった。

緑の光線は、この小さな雲のなかに迷いこんでしまい、観測者たちの目まではとどかなかった。

無言のままオーバンへの道を戻った。ミス・キャンベルはだまりこくり、メルヴィル兄弟はものを言う元気さえでなかった。しかし、肝臀などきに、あいにくな水蒸気が現われて太陽の最後の光線を吸い取ってしまったからといって、なにも彼らのせいではない。よく考えてみれば、絶望するにはおよばないのだ。良い季節はまだ六週間以上つづくはずだ。もし秋の終わるまでに、晴れた夕方、霧のかからない水平線を眺めることができなかったら、それこそほんとうについていないということになるだろう！

それにしてもやはり、すばらしい夕方をふいにしたものだ。気圧計を見ても、同じような夕方がまたきそうには思えない——少なくとも、すぐには。じじつ、夜のあいだにアネロイド気圧計の気まぐれな針は「天気定まらず」の所へ静かに戻ってしまった。しかも、いわゆる天気がよいというだけではミス・キャンベルを満足させるわけにはいかなかった。

翌八月八日、いくらか熱をもった水蒸気のために太陽の光線は和らげられていた。真昼の風も、このときは、水蒸気を散らすほどには強く吹かなかった。夕やけの空が真赤だった。クローム・イエローからくすんだウルトラマリンにおよぶありとあらゆる色が濃淡よろしく溶けあって、水平線は、まるで色彩派の画家のパレットのようにまばゆかった。小さくちぎった綿を並べたような雲のヴェールをすかして、沈む太陽はスペクトルに出るすべての色で沿岸地帯の背景を彩った。ただ、空想的で迷信的なミス・キャンベルが見たがっている色だけはなかった。

　翌日も、そして翌々日も、こんなふうに過ぎた。例の馬車はホテルの馬車小屋に入れたままだった。空模様からして観測はできぬと分かっているのに、わざわざ出かけて行ったとて何になろう？　セール島の丘もオーバンの浜辺も観測ができないということでは同じだ。それに走りまわってがっかりするより、じっとしていたほうがいい。

　思ったほどには機嫌をそこねた様子もなく、ミス・キャンベルは夕方になると、おとなしく自分の部屋に帰り、あの、すげない太陽にちょっぴり不満をもらすだけだった。いま彼女は長い散歩に疲れてひと息入れている。そして目をあけたまま、ぼんやり考えている。何を？　緑の光線にまつわるあの伝説のことを？　自分の心の内をはっきり知るために、あの光線をちらりとでも見る必要がまだあるのだろうか？　はっきり知りたいのは、おそらく自分の心の内ではあるまい、ほかの人の心の内ではないのか？

　その日、ヘレーナが深い失望を胸に、ベスおばさんを連れて出かけていった所は、ダノリー城の廃墟だった。

　この場所で、地面からまっすぐ這いのぼる蔦の葉の繁みにおおわれた古い城壁の根方に立って、眼下に望む景色は思わず目をみはるほどだ。半円形を描くオーバンの入江、野趣にあふれたケレラ島の姿、ヘブリディーズの海に点在する数多の小島、そして西大西洋から襲いかかる嵐をその西側の岩でがっしりと受け止める大きなマル島、これらが一大パノラマを展開している。

　ミス・キャンベルは、目の前に広がる遠景を眺めていた。だが、それは彼女の目にちゃんと映っていたのだろうか？　相変わらず何かの思い出にとりつかれて心は上の空ではなかったか？　いずれにせよ、まちがいなく言えるのは、それがアリストビュールス・ウルシクロスの面影ではなかった、ということだ。じっさい、もしこの衒学者がやってきたら、この日ベスおばさんが彼のことで、あけすけに述べた意見を聞かされるはめになったはずである。

「ああいう人、わたくしは嫌いですよ」と彼女はなんどもそう言ったのだ。「ごめんですよ！　気に入りませんね！　あの人は自分自身に気に入りさえすればいいんですよ！　あの人、ヘレンズバラの別荘に来て、どんな顔をするつもりなんでしょうね？　ああいうのを《うぬぼれ屋のエゴイスト》っていうんでございますよ。そのくらいのことが分からないようじゃ、この年まで生きてきた甲斐がありません！　どうしてメルヴィルさまご兄弟は、あの人を甥にすることができるなどとお考えになったのでしょうね？　我慢できませんよ。パートリッジさんは、わたくしなんかよりもっと我慢ができないと言ってます。パートリッジさんにはよく分かっているのでございますよ。ねえ、ミス・キャンベル、お嬢さまは、あの人のこと、気に入っていらっしゃいますの？」

「誰のこと？」若い娘は、ベスおばさんの話をちっとも聞いていなかったのだ。

「お嬢さまがお考えになるはずのない人……たとえ氏族の名誉のためだけだとしても！」

「いったい誰なの、わたしが考えるはずのない人って？」

「もちろん、あのアリストビューラスさまでございますよ。だいたい、いままでにウルシクロスなどという家の人間を婿にほしいなんて考えた方がキャンベル一族のなかにいらしたかどうか、ツィード川の向こうへ行って見てみればいいんですよ、あの人！」

ベスおばさんは、ふだんから、ずけずけ物を言うほうだが、主人たちの意見に逆らうためとあって、ことさら気がたかぶったにちがいない——それも、心から若い女主人のためを思ってのことだ。また彼女には、

ヘレーナがあの求婚者にたいして冷淡さ以上のものを示していることも、よく分かっていた。だが、じつは、この冷淡さが、もう一人の人にたいする、さらに激しい感情によって裏うちされている、ということまでは想像できなかったようだ。

とはいうものの、およその見当はついていたかもしれない。ミス・キャンベルがベスおばさんにたずねたのだ。あのとき〈グレンガリ号〉がほんとに折りよく通りかかって救助の手をのべた、その青年を、その後オーバンで見かけなかったか、と。

「いいえ、見かけてはおりませんよ、ミス・キャンベル」とベスおばさんは応えた。「あの若い人はすぐまた発って行ったにちがいありません。でもパートリッジさんは、ちらりと見かけたような気がすると言っておりますけど……」

「いつなの、それ?」

「きのうでございます。ダルマリへ行く街道で。その人、旅行中の絵かきさんみたいにリュックを背負って帰ってくるところだったそうです! ああ、むちゃな青年ですよ! あんなことをやってコリヴレカンの渦潮に巻きこまれそうになるなんて、縁起の良くないはなしでございますよ! いつも、いつも船が通りかかって助けにきてくれるとはかぎりませんからね。いまに、きっと、あの青年の身に不幸が起こりますでしょうよ!」

「ほんとにそう思ってるの、ベスおばさん? あの方、むちゃはしたけれど、勇気のあるところは見せたわよ、少なくとも。あんな危険のさなかに、あの方、一瞬の間も冷静さを失ったようには思えなかったわ!」

「そうだったかもしれませんねえ。でも、ミス・キャンベル」とベスおばさんは言葉をつづけた。「きっと、あの青年は、お嬢さまのおかげで助かったようなものだということを知らなかったのですよ。もし知っていたら、オーバンに着いた翌日にでも、お嬢さまにお礼ぐらい言いにきたはずですもの……」

「わたしにお礼を?」とミス・キャンベルは言った。「どうして? わたしは、あの方のためにだけ特別のことをしたわけではないのよ。他の人にだって同じようにしたと思うわ。わたしの立場にあったら、誰もがするはずのことをしただけなのよ。信じてほしいの!」

「その人のこと、ちゃんと憶えていらっしゃいますか?」とベスおばさんは若い娘の顔を見ながらきいた。

「ええ、憶えていてよ」とミス・キャンベルは包み隠さずに応えた。「白状すれば、わたし、すっかり心をうたれてしまったの。あの方の人柄や、甲板に姿を現わしたときの、とてもいましがた死の手をのがれてきたばかりの人とは思えないような、落ち着きと、勇気に、それから連れの老人をしっかりと胸に抱きしめながら、かけた優しい言葉に!」

「そりゃ、おっしゃるとおりでございましょうよ。でも」と主人思いの彼女は言った。「あの方《ひと》誰に似ているのでしょう? わたくしなどにはよく分かりませんですが、いずれにしても、あのアリストビューラス・ウルシクロスさんには似ていませんね!」

ミス・キャンベルは微笑し、何もこたえず、立ち上がると、ちょっとの間じっと身うごきもせずに、マル島の遠い丘へと最後の視線を投げた。それからベスおばさんを連れて、オーバンへの街道に出る乾いた小道を下った。

その夕方、太陽は、スパンコールで飾ったチュール織のように軽やかな、光り輝く一種の粉塵のなかに没した。またもや最後の光線は夕靄のなかに吸いとられてしまったのだ。

だからミス・キャンベルはホテルに帰って夕食をとったものの、伯父たちが彼女のために注文しておいてくれたご馳走にもほとんど手をつけなかった。そして、砂浜をちょっと散歩してから自分の部屋に戻った。

## X　クロケーの試合

正直なはなし、メルヴィル兄弟は、日数をかぞえはじめていた、といってもまだ時間をかぞえるまでには至っていなかったけれど。なかなか思うように事は運ばなかった。あきらかに姪は退屈している。ひとりきりになりたがっている。ウルシクロス先生にはつれなくする。もっとも、つれなくされた当人はあまり気にしないで、むしろ、それを見ている伯父たちのほうが気に病んでいるのだが、そんなこんなでオーバンの滞在は愉しくなくなっていた。さりとて、この単調さをうち破るためにどんな工夫をしたらよいのかも分からない。すこしでも気象状況が好転してくれればと、いたずらに待ち望んでいた。ミス・キャンベルにしても、願いがかなえられれば、きっと、またもとのように素直になってくれるだろう——少なくとも自分たちにたいしては、そう彼らは考えていた。

というのも、一〇日ほど前から、ヘレーナは以前よりもいっそう何かに心をうばわれた様子で、朝の挨拶のキスも忘れてしまっているようなのだ。このキスのおかげで彼らはその日一日を機嫌よく過ごすことができるというのに。

だが、伯父たち二人の不平不満などにはまったく無頓着な気圧計は、近日中に天気が良くなるなどとは、とても言ってくれそうにない。気がかりなあまり、彼らが日に一〇回も、気圧計をちょっとこづいて針を揺れさせようとしても、針は一リーニュも上がらない。まったく、いまいましい気圧計だ！

それでもメルヴィル兄弟の頭に、ある考えが浮かんだ。八月一一日の午後、クロケーの試合をするようミス・キャンベルにすすめてみよう、できれば彼女の気をまぎらせてやりたい。そして試合にはアリストビューラス・ウルシクロスも参加することになったが、ヘレーナはいやと言わなかった。それくらいは彼女とて、伯父たちをよろこばすすべは心得ているのだ。サムとシブは、このスポーツにかけては一流であると自負し、連合王国内で高く評価されていることを誇りに思っている、ということをこのさい言っておかねばなるまい。

周知のごとく、これは昔のペルメル遊戯にすぎないのだが、若い女性の好みにたいへんよくあうようになっている。

さて、オーバンには、クロケーを楽しむのにうってつけの平らな土地がいくつもある。たいていの行楽地で、芝生とか砂浜とか多少とも地ならしのしてある所なら、結構楽しめるスポーツだということは、この上品な遊びをする人たちがうるさ型でない証拠であって、彼らの関心がうすいとか、熱心さが足りないとかいうわけではない。ここのは、砂地ではないが適度に芝が生えていて——こういうのを《クロケー場》という——毎夕、水撒きポンプで湿りをくれ、毎朝、特別な道具を使って、つや出し機をかけたビロードのように柔らかく平たくする。小さな四角い石が地面からのぞいているような場所には標柱や鉄門を立てる。さらに、グラウンドの範囲を決めるため、幅数インチの溝が掘られる。こうして、クロケーをやるのに必要なおよそ一二〇〇平方フィートのグラウンドができあがるのだ。

このようによく整備された一級のグラウンドでプレイしている若い男女の姿に、メルヴィル兄弟はいくたび羨望の眼差しを向けてきたことだろう！　だから、ミス・キャンベルがさそいを承知してくれたとき彼らのよろこびはいかばかりであったことか！　これで、ミス・キャンベルの気持をまぎらせながら、彼らも好きなゲームに熱中できるというものだ。ここでもヘレンズバラ同様、見物人には不足しないだろう。いやはや、なんという見栄っぱり！

アリストビューラス・ウルシクロスは、通知をもらうと、研究を中断して参加することになった。そして約束の時間には闘技場に姿を見せていた。彼は、理論でも実技でもクロケーに強いと自負していた。学者として、幾何学者として、物理学者として、数学者として、要するに、AプラスBはイコールこれこれしかじかと数学の証明問題を解くように、つねに未知数xを求める頭脳にふさわしくプレイできると自負していた。

ミス・キャンベルが内心面白くなかったのは、この若い衒学者と組まなければならなくなってきたということだった。でも、そうするしかないのではないか？　伯父たち二人を引き離し、対戦させて、悲しい思いをさせるなどということができようか？　あんなに考えることも感じることもぴったり合っている伯父たち、いつも一緒にしかプレイしたことのない伯父たちなのに！　いいえ、そんなことはできない！　それこそ思いもよらないことではないか？

「ミス・キャンベル」とアリストビューラス・ウルシクロスのほうから声をかけた。「あなたのお手伝いができて愉快です。もし、おさしつかえなければ、打撃の決定的要因について説明させていただきたいのですが……」

「ウルシクロスさん」とヘレーナは彼を脇の方へ連れていって、

「伯父たちに勝たせてあげなければいけないと思いますの」

「勝たせる？」

「ええ……気づかれないように」

「しかしですねえ、ミス・キャンベル……」

「もし負けたら、あの人たち、あまりにみじめですわ」

「ですが……まあ、そう言わんでください！……」とアリストビューラス・ウルシクロスはゆずらない。「自慢するわけじゃありませんが、クロケーというゲームについて、わたくしは幾何学的によく理解しております。線の組み合わせ、曲線の度合い等を計算しまして、いささか語るべき抱負もあると……」

「わたくしの抱負は」とミス・キャンベルは返した。「ただ、相手方をよろこばせようというだけですわ。それに、言っておきますけど、あの人たち、とてもクロケーが強いんです。あなたが、どんなに学識がおありになっても、あの人たちの技には勝てそうもありませんわ」

「まあ、分かりますよ、いずれ！」とアリストビューラス・ウルシクロスは不満そうにつぶやいた。すすんで相手に打ち負かされようなどという心づかいは、とうていこの男にはできなかったろう――たとえミス・キャンベルをよろこばせるためだとしても。

そうこうするうちに、標柱、抽せん用の札、鉄門、木球、木槌などの入った箱を《クロケー場》のキャディーが運んできた。

九箇の鉄門が菱形に、それぞれ小さな平石をまたいで立てられる。二本の標柱（訳注―出発点標柱と折り返し点標柱）が、菱形の長い対角線の両端にそれぞれ一本ずつ立てられた。

「くじを引こう！」とサムが言った。

色のついた札が帽子のなかに入れられ、各自、一枚ずつ目をつぶって取った。

その結果、札の色にしたがって次のように決まった。青い球と槌はサムに、赤い槌はウルシクロスに、黄いろい球と槌はシブに、そして緑の球と槌はミス・キャンベルに。

「これと同じ色の光線を期待して！」と彼女は言った。「幸先がいいわ！」

最初に打つのはサムだった。彼は相棒と、かぎタバコをたっぷり一服ずつやってからはじめた。

彼のプレイを見ていただきたかった。上体は立ちすぎもせず、かがみすぎもせず、頭は、球を正しい位置で打てるようなかばめぐらせ、両手は互いに近づけて槌の柄を握り、左手を下に右手を上に、脚をしっかりふんばり、膝を軽く曲げて打撃時の反動で体のバランスがくずれるのを防ぎ、左足は球の正面に置き、右足はすこし後ろに引いている！　完璧な紳士的クロケー・プレイヤーのスタイルだ！

サムは、槌を振り上げる。槌は静かに半円の弧を描く。球を打つ、《フォック》すなわち出発点標柱から一八インチ離して置いてある球を、最初のプレイでは三回打つことができるのだが、彼は、この権利を行使するまでもなかった。

巧みに飛ばされた球は、最初の鉄門を通過し、ついで二番目のもくぐった。もう一回打つと三番目の鉄門を突破した。そして四番目の鉄門すれすれに球は止まった。

手はじめとしては、すばらしいできだった。芝生のまわりに掘った溝の外側で見ていた見物人たちのあいだに、称讃のつぶやきがひろがった。

アリストビューラス・ウルシクロスの番がきた。サムのようには、うまくいかなかった。ぶきっちょなのか、ついてないのか、彼は三回打ってやっと一番目の鉄門は通過したものの、二番目の鉄門で失敗した。

「たぶん、あの球は」と彼はミス・キャンベルの注意をうながして言った。「直径の測定が不完全だったのでしょう。そのようなばあい、重力が球の中心をはずれて作用するので、球はコースをそれてしまう……」

「シブ伯父さまの番よ」とミス・キャンベルは、そういう科学的な講釈には耳もかさずに言った。

シブはサムの相棒としてふさわしかった。彼が打った球は二つの鉄門を通過して、アリストビューラス・ウルシクロスの球のそばにとまった。これでプレイがやり易くなり、彼は自分の球を相手の球に当てて、遠くへはねとばしておいてから、三番目の鉄門を突破した。それから、もういちど、若い学者の球に自分の球を当てた。当てられたほうは「なに、こっちはもっとうまくやるぞ!」と言っているような顔つきだ。結局二つの球はくっついて並んでしまったので、彼は自分の球を足でおさえ、槌で猛烈な一突きを加えた。そうしておいて、相手の球を打った。球は、六〇歩ほどの遠くへ、つまりグラウンドの境界に掘られた溝をはるかに越えて飛んでいった。

アリストビューラス・ウルシクロスは自分の球を追いかけねばならなくなった。しかし、いかにも思慮ぶかい人間だといった顔つきで急がずあわてず球のあとを追った。そして、大反撃の秘策を練る将軍のような態度で機を待った。

ミス・キャンベルは自分の番がくると、緑の球をとって、器用に第一と第二の鉄門を通過した。

試合はメルヴィル兄弟にとってたいへん有利な状況の下につづけられ、二人は相手の球に自分の球を当てたり、相手の球をかっとばしたりで、おおいに楽しんだ。相手を散々な目にあわせた。二人は、ちょっとした合図をしあい、一目で互いの心のうちを読みとり、言葉をかわす必要などすこしもなかった。結局彼らがリードを奪って試合は進められた。彼らの姪にとってはたいへん嬉しいことだったが、アリストビューラス・ウルシクロスとしてはどうも面白くなかった。

しかしミス・キャンベルは、試合開始後五分で、充分引き離されたと見るや、本気でやりだし、相棒よりもずっとじょうずなところを見せた。ところがその相棒はどうかというに、科学的助言を惜しみなく与えてくれるのだ。

「反射角は」と彼はやりだした。「入射角に等しいのです。で、このことから、あなたは、打った球の走る方向を知ることができるはず。ですから、利用すべきは……」

「あなたご自身で利用なすってくださいな」とミス・キャンベルは返した。「わたくし、三門《フープ》リードしてますのよ！」

情けないことにアリストビューラス・ウルシクロスは後方に取り残されたままだった。中央の二重になった鉄門（訳注―コースの中央に鉄門二本を用いて十字形に立てたもので、門の幅はふつうの広さの半分となる）を突破しようと、すでに一〇回も試みたのだがうまくいかない。とうとう、悪いのはこれだ、と言いだして、ゆがみを直させたり、間隔を修正して、もう一度、運だめしをした。

運命はほほえんでくれなかった。何回打っても、球は鉄門にぶつかってしまい、うまく通過できなかった。

たしかに、ミス・キャンベルは、相棒に文句を言おうと思えば言えるはずだった。彼女はたいへんじょうずにプレイしていたのだし、伯父たち二人が彼女にたいして惜しまぬ称讃の言葉に充分値した。すらりとした体の線をつくるにはおあつらえむきのこのスポーツに、何もかも忘れて熱中している彼女の姿を見るくらい、楽しいことはない。相手の球を打つとき、自分の球が動かぬようにとおさえた右足のなかば上がっている爪先、半円を描いて槌を振り上げるときの娘らしくふっくらと丸みをもった両の腕、地面に向かって軽く

かしげた可愛らしいいきいきとした顔、魅力たっぷりでリズミカルな身のこなし、これらがひとつになって、見る目になんともすばらしい！　ところがアリストビューラス・ウルシクロスの目には何も入らないのだ。

この若い学者がひどく口惜しがっていたことは否定できないだろう。いまやメルヴィル兄弟にすっかりリードをうばわれ、追いつくのはとても難しい。しかしクロケーのゲームにはまったく思いがけない幸運が伴うものだから、勝利をあきらめるのはまだ早すぎる。

このように両チームの実力の差が大きくひらいたまま試合はつづけられた。そのとき偶然に、ちょっとした事件が起こったのである。

やっとアリストビューラス・ウルシクロスは、サムの球に自分の球を当ててはねとばす機会にめぐまれた。というのは、コースを折り返してきたサムの球が中央の鉄門を通過すると、そこにまだウルシクロスが頑張っていたのだ。観衆の目には平静であるように映ろうとつとめながらも、ほんとうは口惜しくてたまらないウルシクロス、ここで一発名人芸を披露し、相手の球を場外にかっとばして、と考えた。そこで、自分の球をサムの球のそばに置くと、念には念を入れてぐっと芝草を踏みしめ、足が滑らないように用心し、左足に体の重心を移すや、すこしでも打力を高めようと、握った槌をぐるぐる、風車のようにまわした。

突然、鋭い悲鳴があがる！　苦痛をこらえきれぬわめき声だ！　狙いのはずれた槌が、球にではなく、この不器用な男の足に当たってしまったのだ。ぴょんぴょん片足で跳ねながら呻き声を出している。おそらく、きわめて自然な声なのだろうが、いささか滑稽でもあった。

メルヴィル兄弟が駆けよった。さいわい、はいていた半長靴のおかげで打撃の激しさが弱められ、たいした打撲傷も負わずにすんだ。が、アリストビューラス・ウルシクロスは、身にふりかかった災難を然るべく説明しなければならぬと考えた。

「半径がですな」と、槌で図をかき、教師口調で、時どき顔をしかめながらやりだす。「半径は、地面の一点をかすったはずの円と同心の円を描いてしまいました。なぜかと申せば、わたくしの算出した半径は若干短すぎたからです。したがって、球を打つ……」

「じゃ、試合はもうやめにしましょうか?」とミス・キャンベルがきいた。

「試合をやめる!」とアリストビューラス・ウルシクロスは叫んだ。「負けたことを認めるのですか? とんでもない! 確率論的に言えば、まだまだ……」

「それならいいわ! つづけましょう!」とミス・キャンベルは応えた。

しかし公算がいかに大であろうと、この伯父たち二人を相手に勝てる見込みは、まずなかった。すでにサムは《ローヴァーボール》を打つばかりになっていた。彼の球はすべての鉄門を通過して決勝点標柱(訳注—出発点標柱がゴールになる)に当たる直前だった。もう彼に残されていることといえば、相棒を助けに来て、相手方の球に片っぱしから当てたり、遠くへかっとばしたり、好きなようにすることだけだ。

じっさい何回か打つと、勝負は完全についてしまい、凱歌はメルヴィル兄弟にあがった。だが、いかにも名人らしく、おごる様子も見えなかった。いかにもアリストビューラス・ウルシクロスのほうはどうかというに、あれほど自負していたにもかかわらず、中央の門を突破することさえできなかった。

おそらくミス・キャンベルは、じっさいよりも口惜しがっているように見せねばならぬと考えたのだろう、自分の球に猛烈な槌の一撃を加えた、ろくに方向も見定めずに。

球は、グラウンドの境をなす細い溝を越えて海の方へ飛び、海岸の石ころの上を跳ねながら、アリストビューラス・ウルシクロス流に言えば、速度の二乗をかけた重力の作用を受けて転がりながら、砂浜のへりを越えていった。

この一撃が、たいへんな結果を引き起こしたのである！

若い画家が一人、画架《イーゼル》を前に腰をおろし、オーバンの停泊地の南側の岬で区切られた海の景色を描いているところだった。球はカンバスのどまんなかに当たり、画面をこすったので、塗りたての色が全部緑の球にくっついてしまい、画架も飛ばされて、そこから数歩の所に倒れた。

画家は静かにふりかえると言った。「ふつうなら、爆撃のはじまる前に宣戦布告ぐらいあるものですが！

ここも安全地帯じゃありませんね！」

ミス・キャンベルは、こういった事故の起こりそうな予感がなんとなくしていたので、砂浜の方へ駆けてきたのだったが、

「ああ！」と、その若い画家に向かって、「すみません、ほんとに、へまなことをしてしまいまして！」

あやまりに来たものの、すっかり恐縮して口ごもっている若い美しい娘を見て、青年は立ち上がり、にっこり笑って挨拶した。

なんとそれは、あのコリヴレカンの渦潮の《遭難者》だった！

## XI オリヴァー・シンクレア

オリヴァー・シンクレアは《立派な男》だった。昔スコットランドでは、勇敢で溌剌とした、身が軽く行動敏速な若者のことをこんなふうに呼んだものだ。この表現は精神面でも肉体面でもじつにこの青年にふさわしいものだということを認めねばなるまい。

北のアテネとよばれるエジンバラ（訳注―学術の中心地という意味で、ボストン、ワイマール、エジンバラの三都を近代のアテネとよぶことがある）の、さる名門の末裔で、ミドロージャン州の首都であるこの都市の元評議員の息子だ。幼いときに父も母もなくし、市の裁判所で四人の法官の一人だった叔父によって育てられ、大学に進んで学問をおさめた。それから二〇歳のとき、少々の財産ながら、ともかく働かなくてもすむだけのことは保証されたので、ひとつ世間を見てやろうと、ヨーロッパの主な国々、インド、アメリカなどに行ってみた。そして有名な〈エジンバラ評論〉に、幾度か原稿をもちこんで旅行記を出版した。画才にもめぐまれ、その気になれば、描いた絵を高い値で売ることもできたろうし、気が向けば詩も書いた――おもしろおかしく日を送ろうと思えば、いくらだって送れる年ごろで、これはなかなかできることではないのではなかろうか？――心のあたたかい、芸術家気質の、誰からも好かれ、気どりもせず、うぬぼれもせずに、人をよろこばせる人間。

昔カレドニアとよばれた国の首都で、男性が結婚するのはたやすいことだ。男女の数がまったくつりあわない。女の数が男の数にくらべてはるかに多いというわけだ。だから学問があって、愛想がよくて、紳士的で、容姿端麗な若者は、たくさんの資産を相続するような娘で、自分の気に入った相手の一人や二人、かならず見つけることができる。

しかし、当年二六歳になるオリヴァー・シンクレアは、二人で共同生活を営む必要をまだ感じたことがないようだ。いったい、彼にとって人生の小道は、肩を寄せあって歩むには狭すぎるとでも思われるのだろうか？　いや、おそらくそうではあるまい。ただ、ひとりで進み、間道を通って行き、気ままに駆けまわっているほうが気分がいい、とりわけ旅する芸術家として自分の好みのままに生きるほうがいいと彼が思っているらしいことは確かだ。

しかし、オリヴァー・シンクレアを、スコットランドの若いブロンドの娘たちが見たら、単なる好感以上のものをいだかずにはすまないだろう。すらりとした体つき、明るい表情、率直な態度、ちょっと見たところは精力的だが目のやさしい男らしい顔立、優雅な身のこなし、気品にみちた物腰、よどみなく流れる気のきいた言葉、ゆったりした歩み、ほほえんでいるような眼差し、これらがみごとに調和して相手の心を魅《ひ》きつける。彼自身は、うぬぼれ屋でないから、こんなことにはほとんど気づかない。もともとさっぱりした性格だから、そんなことを考えたこともなかった。それにまた、エジンバラで女性たちの噂の種になっていたとしても、それに劣らず彼は、青春時代の仲間や大学時代の友人たちからも好かれていた。ゲール語のしゃれた言い方によると、彼は《敵にも味方にも後ろを見せない》人間の一人だった。

さて、その日、攻撃をうけたとき、彼がミス・キャンベルに後ろを見せていた、ということは残念ながら認めなければならない。しかしミス・キャンベルが彼の敵でも味方でもない、ということもほんとうだった。だから、こういう姿勢をしていたのでは、若い娘の力まかせに槌で叩いた球が飛んでくるのは見えるはずもなかった。で、球は砲弾のようにカンバスのどまんなかに命中し、道具一式がひっくりかえるという結果になった。

青年をひと目見るなりミス・キャンベルは、それがあのコリヴレカン海峡で彼女の心をとらえてしまった《勇者》であることが分かった。しかし彼のほうは〈グレンガリ号〉に乗りあわせていたこの若い女性にすこしも見覚えがなかった。彼がミス・キャンベルを船上で見かけたとしても、せいぜい、スカーバ島を過ぎてからオーバンに着くまでの、それも終わりのころだったろう。もちろん、彼女のおかげで救助されたようなものだということを知っていたなら、たとえ儀礼的にせよ、もっと親しく礼を言ったことだろう。けれども知らなかったのだし、たぶん、ずっといつまでも知らないでいるだろう。

じっさい、その日のうちにミス・キャンベルは禁じた——といえばぴったりした言い方になるだろう——、伯父たちにも、ベスおばさんにも、パートリッジにも、あの救助が行なわれる前に〈グレンガリ号〉の船上でどんなことが起こったか、すこしでもほのめかすような話を、あの青年のいるところですることはならぬ、と固く禁じた。

ところで、球が思いがけない事故を引き起こして、姪よりももっとあわてたらしいメルヴィル兄弟は、彼女のところにかけつけると、彼らはまた彼らで、青年に詫びを言いはじめたのだが、青年のほうはそれをさえぎった。

「みなさん……どうか……そんなに気をおつかいにならないでください！」

「あなた……」とシブはなおも言った。「いけませんよ！　ほんとうに申しわけないことを……」

「とんだ、ご災難で……とりかえしのつかないことになってしまったのではないでしょうか……」とサムが言いそえた。

「ただの事故です、災難じゃありません!」と青年は笑いながらこたえる。「まずい絵なんですよ、絵の具をぬたくっているだけの。ですから球が飛んできてこらしめてくれました。いたって当然のことなんです!」

オリヴァー・シンクレアがたいへん機嫌よくそう言ってくれたので、メルヴィル兄弟は四角ばらずに握手の手を差しのべたいくらいだった。いずれにせよ、互いに紳士らしく名のりあうべきだと思った。

「サミュエル・メルヴィルです」と一人が言う。

「セバスチャン・メルヴィルです」ともう一人が言う。

「姪のミス・キャンベルです」と、自己紹介をしたら作法にはずれるということも忘れて、ヘレーナは言い足した。

こんどは青年が自分の姓名と身分を名のる番だ。

「ミス・キャンベル、メルヴィルさん」と至極まじめな顔をして言った。「ぼくの名は《クロケーの標柱《パスト》》とでもおこたえしたいところですが……なにしろ球に当てられたばかりなんですから。でも、あっさり名のりましょう、オリヴァー・シンクレアです」

「シンクレアさん」とミス・キャンベルは、このような返答をどう受け取ったらいいのか分からないまま言った。

「どうか、もういちどだけ、お詫びを言わせてくださいませ……」

「わたくしたちにも」とメルヴィル兄弟も言いそえた。

「ミス・キャンベル」とオリヴァー・シンクレアが応えた。「もういちど申しますけど、そんなに気をおつかいにならないでください。ぼくは、砕ける波の印象を描こうとしていたんですが、誰か古代の画家が自分の画に向かって横ざまに投げつけたスポンジのように、あなたの球が飛んできたおかげで、ぼくの絵筆では出そうとしても出せないでいた効果が生まれたかもしれませんよ！」

これは、とても気持のいい調子で言われたので、ミス・キャンベルもメルヴィル兄弟も思わず微笑しないではいられなかった。

オリヴァー・シンクレアのカンバスは拾い上げてみたが使いものにならないと分かった。もういちどはじめから描きなおさなければならない。

この、詫びと礼儀正しい応答がかわされている場面へアリストビューラス・ウルシクロスが顔を出さなかったことは注目していいだろう。

クロケーの試合が終わると若い学者は、自分の理論的知識と実践的能力とを一致させえなかったことでおおいに自尊心が傷つき、そうそうにホテルへ引き上げた。三、四日間、彼は姿さえ見せなかった。というのもルーイン島へ発とうとしていたからだ。それはセール島の南に位置する、ヘブリディーズの小さい島々のなかのひとつで、そこで大量に採掘される天然スレートを地質学的見地から研究したいと思っていたのである。

おかげで、うるさい講釈のためにせっかくの会話が妨げられるというようなこともなくてすんだ。彼がいれば、軌道のひずみだとか、その他この事件に関連するさまざまな問題について長広舌をふるったにちがいない。

このときオリヴァー・シンクレアは、自分がカレドニアン・ホテルの客たちにとってまったく未知の人物だというわけではないことを知り、また航海中の出来事についていろいろ知った。

「なんですって！」と彼は叫んだ。「ミス・キャンベルも、こちらのお二人も、みなさん、あの船に乗っていらっしゃったというんですか、危機一髪のところでぼくを引き上げてくれたあの〈グレンガリ号〉に？」

「ええ、そうですわ、シンクレアさん」

「いや、あのときは、みんな、ぞっとしましたよ」とシブが言い足した。「偶然といえばほんとに偶然、コリヴレカンの渦潮に巻きこまれたあなたのボートを見つけたときは……」

「運命の偶然というのですな」とサムが言いそえた。「もし、あのとき……」

と言いかけたのへ、ミス・キャンベルが目くばせした、救難者扱いされるのはごめんだと。《遭難の聖母マリア》（訳注―フランスのブルターニュ地方、キャンペールの西方にある岬には、海に向かって、この聖母像が立っている）の役は、どんなことがあっても引き受けるつもりはなかった。

「しかしですね、シンクレアさん」と、そのときサムは言葉をつづけた。「あなたと一緒だった、あの年寄りの漁師が、あんな潮の流れへ危険をおかして入っていくなんて、ちょっと考えられないほどむちゃなことですが……」

「危険なことはよく承知しているはずですよねえ、だって土地の者なんでしょう？」とシブが言い足した。

「あの老人をせめないでやってください、メルヴィルさん」とオリヴァー・シンクレアは応えた。「むちゃだったのは、このぼくなんです、ぼくだけなんです。ですから、この実直な老人にもしものことがあったら、それは自分の責任だ！　という考えが一瞬ぼくの脳裡をかすめました。しかし、あの渦潮の表面にはじつに驚くべきさまざまな色が見えるんですよ。まるで青い絹の地の上に広い大きな手編みのレースを投げかけたみたいに海が見えるんです！　ま、そういうわけで、それに何の不安も感じなかったものですから、ぼくは、光のしみこんだあの泡のまんなかに何かいままで見たことのない色あいがあるのではないかと探しに出かけたわけです。そして、前へ前へと進んだのです！　連れの老人は漁師ですから、危険を感じて、何回も忠告をしてくれましたし、ジュラ島の海岸へ引き返したいとも言いました。ところが、ぼくは耳もかさず、どんどん進んだのです。とうとうぼくたちの乗った小舟は潮の流れにつかまってしまい、あとは、どうしようもない力で渦巻の方へ向かってひきずりこまれていくばかり！　ぼくたちは、この恐ろしい引力に抵抗しようと懸命になりました！……大波の一撃をうけたとき連れの老人は怪我をしてしまい、ぼくと力をあわせて舟を漕ぐことができなくなってしまったのです！　ですから、もし〈グレンガリ号〉が来てくれなかったら、船長さんが犠牲的精神を発揮してくださらなかったら、乗客のみなさんがあたたかい心をもっていてくださらなかったら、もちろん、ぼくたちは、老人もぼくも、海底の藻屑と消えて世の語り草になり、いまじぶんはコリヴレカンの遭難者名簿に名をつらねていたことでしょう！」

ミス・キャンベルは、一言も言わずに耳をかたむけていたが、時おり、その美しい目をあげて青年の方を見ていた。青年の方は、若い娘に視線をそそいで困らせるようなことはすまいと努めていた。オリヴァーが海の色あいを狩りにいった、というよりもむしろ釣りにいったと話したとき、彼女は微笑しないではいられなかった。自分だって同じような冒険を求めているではないか、もっとも、自分のほうが危険は少ないけれど、やはり空の色あいを狩りに、緑の光線を狩りにきているのではないか？

メルヴィル兄弟は、そのことを彼女に気づかせるようにしないではいられなかった。だから、なぜオーバンにやってきたかを語り、ある物理的現象を観測するためだと語り、それがどういう性質のものであるかを青年に語って聞かせた。

「緑の光線ですって！」とオリヴァー・シンクレアは叫んだ。

「ごらんになったこと、ございますかしら？」と若い娘は勢いこんでたずねた。「ごらんになったこと、ございまして？」

「いや、ありません、ミス・キャンベル」と青年は応えた。「どこかに緑の光線というものがあるということさえも知りませんでした！　知らなかったのですよ！　ほんとうに！　そんなら、ぼくも、その光線を見てみたいです！　こうなったらもう太陽だって、ぼくの見ている前でなければ水平線に沈むわけにいかないでしょう！　そして、ぼくも、これからは、聖ダンスタン（訳注―一〇世紀英国の大司教）に誓って、太陽の最後の光線の緑色だけで絵を描くことにします！」

オリヴァー・シンクレアが、ちょっぴり皮肉をこめて話しているのではないかどうか、あるいは生まれながらの芸術家的な気質にひきずられているのかどうか、それを知るのは難しいことだった。しかしミス・キャンベルには、一種の予感のようなものがあって、青年が冗談を言っているのではないことが分かった。

「シンクレアさん」と彼女が言葉をついだ。「緑の光線はわたし一人のものではありませんわ！　それはすべての人のために輝く光線なんです！　見たら価値がへるというものでもありませんわ。だって、それは見たがっている人たちに同時に見えるんですもの！　ですから、もしよろしかったら、わたしたち一緒に、緑の光線が見えるよう、努めてみてもよろしいんですのよ」

「もちろん、よろこんで、ご一緒させていただきますよ、ミス・キャンベル」

「でも、すごく根気がいりますのよ」

「頑張れば、かならず……」

「目が痛くなるのをこわがってちゃだめですぞ」とサムが言った。

「そのくらいのことは我慢しても、緑の光線は見る価値がありますよ」とオリヴァー・シンクレアは応えた。

「それを見るまで、ぼくはオーバンを去らないつもりです。約束しますよ」

「いちど」とミス・キャンベルが言った。「わたしたちは、その光線を観測するためにセール島に参りましたの。でも、ちょうど太陽が沈む瞬間に小さな雲が出てきて、水平線をおおってしまいましたわ」

「ついてなかったんですね！」

「ほんとうに、ついてませんわ、シンクレアさん。だって、その日からずっと今日まで、観測できそうなほど空が澄んでたことがないんですもの」

「そのうちには、きれいな空の日にもあたりますよ、ミス・キャンベル！　夏はまだ終わっていません。天気の崩れる季節になる前に、いいですか、太陽は、ぼくたちに、緑の光線を見せてくれますよ」

「なにもかも、ほんとうのことを言いますとね、シンクレアさん」とミス・キャンベルは言葉をついだ。「わたしたち、八月二日の夕方、コリヴレカン海峡で水平線に沈む太陽を、まちがいなく見ることができたはずなんですの。それでもしも、あのとき、ある救助作業のために、わたしたちの注意がそらされていなかったなら……」

「なんですって、ミス・キャンベル」とオリヴァー・シンクレアは言った。「そんな大事な瞬間に、あなたがたの視線をそらせるようなへまを、ぼくがやってしまったなんて！　ぼくがむちゃをしたために、あなたがたが緑の光線を見のがしてしまったんですね！　それなら、ぼくのほうこそお詫びを言わなければなりません。あのとき、ぼくが、あんな所にいたため、みなさんにとんでもない迷惑をかけてしまい、心から後悔しています。これからは二度とあのようなことの起こらないようにします！」

こうして、みんなは、よもやまの話をしながらカレドニアン・ホテルへの道を戻った。オリヴァー・シンクレアは前の日、ちょうどこのホテルに、ダルマリ近辺への遠出から帰って、部屋をとったのだった。青年の率直な態度と、相手までも陽気にしてしまう明るい性格が、少なからずメルヴィル兄弟の気に入った。それればかりでなく、こうしているうちに青年のほうもエジンバラのことや、法官をしている叔父のパトリック・オルディマーのことを話すようになった。そしてメルヴィル兄弟とオルディマー法官とが、かつて数年間、親しいつきあいをしていたことが分かった。この両家は、昔は行き来をしていたのだが、住む所が遠くなって、ただそれだけのためにつきあいがとだえていた。それがいまこうして、ふたたびお互いに知りあう機会を得たわけである。という次第でオリヴァー・シンクレアはメルヴィル兄弟から、あらためて交際しなおそうではないかと言われた。彼としても、オーバン以外の他の土地に腰をすえて画を描かなければならないという理由もないわけだから、このままオーバンに滞在し、問題の光線さがしに加わることに決めた。こんなことはかつてないことだった。

ミス・キャンベルとメルヴィル兄弟とオリヴァーは、それからの数日、ひんぱんにオーバンの浜辺で会った。気象条件が好転しそうかどうかを一緒に観察した。日に二回、気圧計をしらべた。気圧計はちょっとばかり上がる気配をみせていた。そして、じっさい、八月一四日の午前には、この愛すべき器械は三〇インチ一〇分の七を越えた。

その日、オリヴァー・シンクレアは、どのような歓びを胸に、このすばらしいニュースをミス・キャンベルにとどけたことだろう！　マドンナの目のように澄みきった空！　インジゴーからウルトラマリンへと徐々にうすれていく空の色！　空中には湿度の高い水蒸気は一粒もない！　すばらしい夕べが、天文台の天文学者たちが目をまわすような日没が予想された！

「日が沈むとき、もしぼくらの光線が見えないとしたら」とオリヴァー・シンクレアが言った。「それは、光線のために、ぼくらの目が見えなくなってしまうからなんです！」

「伯父さまがた」とミス・キャンベルが言った。「よろしゅうございますね、今晩ですのよ！」

話が決まり、夕食前に、セール島へ出かけることになった。五時になると、さっそく仕度にかかった。よろこびに面を輝かせたミス・キャンベルと晴れやかな表情のオリヴァー・シンクレア、そうして、この嬉しそうな二人を見て自分たちの顔も明るくなっているメルヴィル兄弟を乗せて、馬車はグラッハンへの景色のよい街道を走った。まさにそれは、彼らの馬車に太陽を坐らせて運んでいくとでもいったようで、また、急ごしらえの馬車につけられた四頭の馬は、光明の神アポロの戦車をひいて天翔るヒッポグリフ（訳注—ルネサンス時代のイタリアの詩人アリオストの詩想から生まれた天馬。有翼鷲頭馬身の怪物）ででもあるように見えた。

セール島に着く前から夢中になっていた観測者一行は、馬車からおりるとさっそく水平線と向かいあったが、水の線をそこねるような障害物はひとつも見あたらない。彼らは、海岸のふたつの入江のあいだから海のなかへ一マイルほど突き出ている岬の端へ行って陣どった。西の方向に九〇度の視界がひらけ、眺望を妨げるものは何もなかった。

「とうとう来ましたね、気まぐれな光線を観測するときが！　それにしても、ずいぶん見られるのをいやが

る光線なんですね！」とオリヴァー・シンクレアが言った。

「そう、そのとおり」とサムが応えた。

「まったく」とシブが言い足した。

「わたし、むしろそうあってほしいですわ」とミス・キャンベルは、帆影ひとつない海原と雲ひとつない空を眺めながら応えた。

じじつ、どこを見ても、日が沈むときその現象は燦然たる輝きを見せるにちがいないと思われた。大空に弧を描いて傾いていった輝く天体の高さは、すでに水平線からわずか数度しかなかった。赤い円盤は、背景の空を一面に染めて、まばゆいばかりな長い光の筋を、沖合の眠ったように静かな水面に投げかけている。

みんな黙りこくって、光線の現われる一瞬を待ちながら、この美しい一日の終わりを前にいささか胸をときめかせて、巨大な火の球にも似た太陽が徐々に落ちていくのをじっと見つめている。突然、ミス・キャンベルが、声をあげた。つづいてメルヴィル兄弟も、オリヴァー・シンクレアも、抑えることができずに不安そうな嘆声をもらした。

セール島の根っこのところにちょこんとのぞいている小さなイーステールの島影から、そのとき、一艘の小舟が現われ、ゆっくり西の方へ向かって進んでいくではないか。遮蔽幕のように張られた帆のために水平線が見えなくなる。このまま行くと、太陽は、波間に消えるまさしくその瞬間に、帆で隠されてしまうのではないだろうか？

数秒をあらそう事態だ。いまいる場所から大きく後退して右か左に寄って、太陽と水平線の接点に真正面から向かいなおすのには、もう時間がない。後ろへさがらずにこのまま横に動いて、白帆に邪魔されずに太陽が見える場所へ行くのには岬がせますぎる。

ミス・キャンベルは、思いもかけない出来事に失望して、ただ岩場を往きつ戻りつしている。オリヴァー・シンクレアは、その小舟に向かって大きく手を振りながら、帆をおろせと叫んだ。

むだなことだ。見えるはずもなければ、聞こえるはずもない。小舟は微風を帆にうけ、潮の流れにのって西の方へ進みつづける。

円盤の上の縁が、いままさに消えようとする瞬間、その前を帆が通過し、不透明な梯形がすべてを隠してしまった。

期待は外れた！　今回は、霧もなく澄みきった水平線の一点から、まちがいなく緑の光線は放たれたはずだが、舟の帆にぶつかってしまい、岬まではとどかなかった。その岬では、こんなにたくさんの眼が光線を待ちのぞんでいたというのに。

ミス・キャンベルも、オリヴァー・シンクレアも、メルヴィル兄弟も、みんな、すっかり気落ちして、このくらいの不運にしてはすこしどうかと思われるくらい苛立ち、まるで化石にでもなったようにその場を動かず、帰るのも忘れ、舟とそれに乗っていた人たちを口々に呪った。

そうこうするうちに問題の小舟が、岬と並んだ小さな入江に入ってきた。

岸に着いた舟から一人の乗客が降りた。舟には二人の水夫が残っている。ルーイン島から沖合を通って、この客を乗せてきたのだ。舟から降りた男は砂浜をぐるっと廻って、岬の端へ出るつもりなのだろう、とっつきの岩場をよじのぼりはじめた。

きっと、この出しゃばり屋は、高台で観測しているグループが誰であるか判ったにちがいない。いかにも馴れなれしい様子で挨拶をした。

「まあ、ウルシクロスさんだわ！」とミス・キャンベルは叫んだ。

「あの男だ！　あの男だったんだ！」と二人の兄弟も声をあわせて言った。

「いったい何者なのだろう?」とオリヴァー・シンクレアは考えた。

それは、まぎれもなくアリストビューラス・ウルシクロスだった。数日間ルーイン島で科学調査をやっての帰り道だった。

いましがた、この世でいちばん大切な願望がかなえられそうになったところを、邪魔された人たちが、この人物をどんなふうに迎えたか、くどくど述べるまでもあるまい。

もう礼儀も作法もあったものではない。サムとシブは、オリヴァー・シンクレアとアリストビューラス・ウルシクロスとを引きあわせることさえも思いつかなかった。不満そうなヘレーナを前に二人の伯父たちは目を伏せ、自分たちのめがねにかなった未来の婿さんの方は見ないようにした。

ミス・キャンベルは、小さな可愛い手を固く握り、胸の前で腕をくみ、きつい目をしてウルシクロスをみつめたまま、一言も言わない。そうして、やっと口を開くと言った。

「ウルシクロスさん、ちょうどよいときにお見えになりましたのね。これで、へまをなさりさえしなければ、もっとよろしかったでしょうに！」

## XII 新たな計画

セール島をめざしていたときの晴れやかな気持にくらべて、オーバンへの戻り道は、何を見ても何を聞いても楽しくなかった。首尾よい結果を確信して出かけたのに、敗北を喫して帰るのだ。

がっかりしているミス・キャンベルをすこしでも慰めるものがあるとすれば、それは、こういうことになったのも原因はアリストビューラス・ウルシクロスにある、と考えられることだった。この大罪人をやっつけてぐうの音も出ないようにし、呪いの言葉を浴びせかける権利が彼女にはあった。彼女は遠慮なくそうした。もしメルヴィル兄弟がウルシクロスを弁護しようとでもしたら、たいへんなことになったろう……いや、誰も悪いんじゃない！　避けられないことだったんだ。折りも折りとて、太陽が最後の閃光を放とうとしている瞬間に、あの、ほとんど誰も考えていなかったへま男の舟が現われて水平線を隠してしまったというのも、まあそういうめぐりあわせだったんだ。それこそ許しがたい考え、と言われなければならないだろう。

こんな口論があったあと、アリストビューラス・ウルシクロスは、弁解のため、さらに、緑の光線をひやかすようなことまでしたあげく、オーバンへ帰るため、また舟に乗りこんだ。これは分別のある行動だった。というのも、まずまちがいなく、彼のために馬車のなかの席が提供されるようなことはなかったろうし、後ろの立ち席でさえも見込みはなかったから。

という次第ですでに二回、例の現象が観測できそうな状況の下に太陽は没した。それが二回とも、ミス・キャンベルの熱っぽい目は、きらきら輝く天体の強烈な愛撫をうけただけで終わってしまったのだ！　しかもそのたびに、数時間ものがよく見えなかったのだけれど……。その二回というのは、最初がオリヴァー・シンクレアの救助のときで、次がアリストビューラス・ウルシクロスさまお通りのときである。どちらのばあいにも、今後おそらく長いあいだ、ふたたび得られそうにない好機をのがしている！　たしかに、ふたつのばあいは状況が異なっていた。それにしてもミス・キャンベルは一方を優しく許し、それと同じくらいもう一方を厳しく責めたてる。乙女心のえこひいき。誰がとがめることなどできようか？

翌日、これまたかなりの夢想家であるオリヴァー・シンクレアは、オーバンの砂浜を散歩していた。あのアリストビューラス・ウルシクロス氏は、いったい何者なのだろう？　ミス・キャンベルやメルヴィル兄弟の親類の者なのか、それとも単に友人なのか？　とにかく、あの家にいつも出入りしている者だということは、ミス・キャンベルが彼の失策を非難するときの遠慮のないやり方を見ただけで分かる。さてそうなると、オリヴァー・シンクレアにとって肝腎なことは何か？　それが知りたければ、サムかシブにきくしかないのだけれど……まさにそれこそ彼がつつしんできたところであり、このときも変わらなかった。

もっとも、そうする機会がないこともなかった。毎日、オリヴァー・シンクレアは、海岸をメルヴィル兄弟が連れだって――二人が一緒でないところを見た者は残念ながらまだいない――あるいは姪を連れて散歩しているのに会っていたのだ。彼らはよもやまの話を楽しみ、特に天気の話をした――といっても、このばあいは、何も言うことがないから、あるいは言いたくないから、というわけではなかった。セール島へまた出かけるために、晴れわたった夕方をみんな待ちうけている。いつになったら、そんな夕方が来てくれるのだろうか？　怪しいものだ。じっさい、あの八月二日と一四日の二回、すばらしい快晴にめぐまれてから後は、ただもう、いつ変わるか分からない空模様、嵐をはらんだ雲、稲妻の走る水平線、たそがれ時の霧、要するに絶望的な条件だけがそろっている——望遠鏡のレンズにかじりついて星空の一角を懸命にしらべつづける天文学徒を絶望させるような！

いまや、この青年画家がミス・キャンベルと同じくらい緑の光線に夢中になっていることは疑う余地もない。彼は、美しい乙女と一緒に、あのお馬《ダダ》（訳注—ダダ dada は英語の hobby horse の仏訳語。棒の先に馬の頭のついているおもちゃの馬。好みのテーマ、固定観念の意がある）にまたがってしまったのだ。広い空間を若い女友だちとともに駆けめぐり、同じくらい心をせかせて、とはいわないまでも、彼女に劣らぬ熱意を燃やして想像力をかきたてている。ああ！　彼はアリストビューラス・ウルシクロスのような青年ではない。高等な学問の雲路に踏み迷って正気をなくし、単純な光学的現象にたいしてはただただ侮蔑の眼差しを投げかける、そんな人間ではない！　オリヴァーとヘレーナは、互いに理解しあって、どちらも、緑の光線を見ることのできる数少ない幸運な人間でありたいと願っていた。

「ぼくたち、きっと緑の光線を見ますよ、ミス・キャンベル」とオリヴァー・シンクレアはなんども言った。「ぼくたちは見ますよ、たとえ、その光をださせるためにぼくが自分で行かなければならないとしても！　要するに最初の一回は、このぼくのために、あなたは緑の光線を見のがしてしまった。だから、ぼくにも罪はあるんです、あのウルシクロスさんと同様に……あなたのご親戚なんでしょう……そうですね？」

「いいえ……わたしのフィアンセ……みたいですわ……」とミス・キャンベルは、このときはこたえて、やや足ばやにオリヴァーから離れていき、彼らの先を歩きながらかぎタバコをすすめあっている伯父たちに追いついた。

わたしのフィアンセ！　この簡単なこたえ、とりわけ、そんなこたえをした娘の口調が、オリヴァー・シンクレアに与えた影響はたいへんなものだった！　でも、よくよく考えてみれば、あの若い衒学者が誰かの婚約者であっても不思議はない。少なくともいまのばあい、なぜ彼がオーバンにいるのか説明がつく！　沈む太陽とミス・キャンベルのあいだに割って入るような間の抜けたことを彼がしたということから考えても、これはきっと……何が、きっとなのか？　それを言わねばならぬとしたら、おそらくオリヴァー・シンクレアは、ひどくもじもじしたにちがいない。

そのうえ、二日間ごぶさたしたアリストビューラス・ウルシクロスがまた現われたのだ。オリヴァーは、ウルシクロスがメルヴィル兄弟と連れだっているところを、何度も見ている。兄弟が、この若い学者にたいして冷たいはずはなかった。三人は、ことのほかむつまじそうに見えた。若い学者と若い芸術家は、これまた何度も顔をあわせていた。あるときは砂浜で、あるときはカレドニアン・ホテルのサロンで。伯父たちは二人を引きあわせねばならぬと考えたのだった。

「こちらはアリストビューラス・ウルシクロスさん！　ダンフリーの方です」

「こちらはオリヴァー・シンクレアさん！　エジンバラの方です」

若者たちは、ありきたりの挨拶をかわしただけだった。ただちょっと頭をさげただけで、体のほうはひどくこわばったまま頭の動きについていかなかった。まったく性格のちがう両者のあいだに共感の生じようもないことは明らかだった。一人は大空を駆けめぐって星を手に入れようと言う。もう一人は風や雲や雨など自然の力を計量することばかり考えている。一方は芸術家であるが、芸術という台座に自分が乗ろうなどという気持は微塵もない。もう一方は学者で、学問を台座に、そこへ自分が乗っかって気どっている。

ミス・キャンベルはどうかというに、アリストビューラス・ウルシクロスなどまったく見向きもしなかった。その場に彼がいても、気づいているふうにも見えず、たまたま彼が通りかかると、あからさまに顔をそむけた。彼女は、英国流の形式尊重の精神にもとづいて、きっぱりと彼を《たち切った》のだ。そしてメルヴィル兄弟は、切られた各部分をまとめなおすのにいささか苦労している。いずれにせよ、彼らの意見によると、なにもかもがうまくいくはずなのだ、とりわけ、あの気まぐれな光線が結局のところ姿を見せる気になってくれさえすれば。

それでも、アリストビューラス・ウルシクロスは眼鏡ごしにオリヴァー・シンクレアを観察していた——これは近眼の人が、見ていないような顔をしながら相手を眺めようとするときに、よく使うてだ。目のよくない彼にもはっきり見えていることは、相手の青年がミス・キャンベルにつきまとっているということ、また、娘のほうも青年にたいしていつも愛想がいいということで、これがどうも面白くない。けれど自信家の彼は、それを軽々しく口に出すようなまねはしなかった。

さて一同は、おぼつかない空模様を眺め、気圧計の不安定な指針《はり》がなかなか晴天のところを指さないのを見ると、自分たちの忍耐心がひじょうに長い試練にかけられているのを感じた。日没時に、ほんのわずかなあいだでも、霧のかからぬ水平線を見れるかもしれないという希望をいだいて、あれからも両三度、セール島への遠出をこころみた、もっともアリストビューラス・ウルシクロスは、一度だって、参加しなければならないなどとは思わなかった。遠出はむだ骨折りだった！　こうして緑の光線が現われてくれないまま八月二三日になった。

もうこのときには、みんなの夢は単なる夢ではなくなって一種の固定観念となってしまい、もはや他のどんな観念も入りこむ余地はなかった。さらに、強迫観念にまで、それは変わっていった。寝ては夢み、起きては夢み、ひところは昼夜の別もなくなってしまい、何か新しい型の偏執狂ではないかと気づかわれるほどだった。このように一心不乱になったため、ものの色が、どれもただひとつの色に見えるようになってしまった。空も緑、街道も緑、砂浜も緑、岩も緑、水もぶどう酒も緑、アプサンの緑だった。メルヴィル兄弟は自分たちが緑色の服を着ているのだと思いこみ、自分たちは緑色のタバコ入れから緑色のタバコをつまんでかいでいる二羽の大きなオウムだと思っていた！　要するに、緑色妄想だ！　みんなが一種の色盲にかかっていたのだ。眼科学の教授だったら、彼らの出している専門誌に面白い論文を発表する題材を見つけたことだろう。この状態は、しかし、いつまでもつづくわけにはいかなかった。

さいわいにもオリヴァー・シンクレアが、いいことを思いついた。

「ミス・キャンベル」と、その日、彼は言った。「それからメルヴィルさん、ぼくはよくよく考えてみたんですけど、問題の現象を観測するためオーバンにいるというのは、どうもまちがっているようですね」

「いったい、どなたのせいなんでしょうねえ？」とミス・キャンベルはこたえながら二人の罪人《とがにん》を真正面から見すえる。二人は、うなだれた。

「ここには水平線がありません！」と若い画家は言葉をついだ。「ですから、そいつを探しにセール島まで行かなければなりません、いちばん大事な、その瞬間に間に合わないとしても」

「もちろんですわ！」とミス・キャンベルは応えた。「ほんとに、わたしには分かりませんのよ、なぜ伯父さまがたが、よりによって、こんなひどい場所を、わたしたちの実験のために選んだのか！」

「ねえ、ヘレーナ！」とサムは応えたものの、何と言ったらよいのか、よく分からない。「わしらは考えたんだ……」

「そうだよ……考えたんだ……同じことを……」とシブが助け舟を出した。

「太陽はオーバンの水平線を嫌ってるわけじゃない、夕方になれば沈んでくれると……」

「なにしろオーバンは海に面しているんだからね……」

「ですから、伯父さまがたは考えちがいをしてらっしゃるのよ」とミス・キャンベルが返した。「考えちがいもいいとこだわ、だって太陽は、ここの海に沈まないじゃありませんか！」

「いや、なるほど」とサムがまた言った。「あいにく、島がたくさんありすぎて、沖の眺めもままならぬ！」

「まさか、あのたくさんの島を吹きとばそうなんておつもりじゃないでしょうね？……」とミス・キャンベルがたずねた。

「そんなことできるくらいなら、とっくにやってるよ」とシブがきっぱりした口調で応えた。

「しかし、セール島へ行って野宿するわけにはいくまいよ！」とサムが注意をうながした。

「どうして？　野宿だってわるくないわ」

「ねえ、ヘレーナ、お前がぜひともそうしたいと言うんなら……」

「ぜひとも、そうしたいの」

「それなら、発とう！」とサムとシブは諦めたふうに言った。

このようにたいへんすなおな二人は、いますぐにでもオーバンを離れる用意はできている、とまで言ってしまった。

「ミス・キャンベル」とオリヴァー・シンクレアがなかに入った。「あなたが、いいとすこしでもお考えになるならばの話ですけれど、セール島へ行って腰を落ち着けるよりももっといい方法があるように思うんですよ」

「どうぞ、お話しになって、シンクレアさん。あなたのお考えのほうがいいとなれば、伯父たちだって、いやとは申しませんわ！」

メルヴィル兄弟は操り人形のようにうなずいたが、寸分たがわぬその動作は、こんなに二人が似ていたことは、おそらく、いままでにいちどもなかったろうと思われるほどだった。

「セール島は」とオリヴァー・シンクレアは言葉をつづける。「ほんとうの話、たとえ数日間でも人の住めるような所ではありません。辛抱はしなきゃならないとしてもですよ、ミス・キャンベル、そのためにあなたが不便な生活をしたり、いやな思いをするようではいけません。それに、ぼくの観察したところによると、セール島は、海岸の地形からみても、海の眺望《ながめ》がかなりせばめられています。もし運わるく、予想以上に長く待たされて、数週間も島にとどまらなければならなくなったとしたら、どういうことになるでしょう。いまは西に沈む太陽が、そのころには、コロンゼー島かオロンゼー島の陰に、あるいはもうすこし南へ寄って、大きなアイレイ島の後ろに沈むかもしれませんよ。そうなると、観測するのに充分な水平線がなくなって、またまた失敗するのでは……」

「ほんとうに」とミス・キャンベルは応えた。「それ以上の不運はありませんわ……」

「不運をまぬがれるためには、このヘブリディーズ諸島のもっと外のどこかに観測地を探すことです、大西洋の大海原がはてしもなく広がっているのが見わたせるような場所を……」

「そんな場所を、ご存知なんでしょうか、シンクレアさんは?」とミス・キャンベルは勢いこんでたずねた。メルヴィル兄弟は青年の口許をじっとみつめた。何とこたえるのだろう? いったい姪の気まぐれのために最後はどこまで引っぱっていかれることとやら……。彼女の願いをかなえてやるために、旧大陸の、いったい、どこのはてに住みつくことになるのだろう?

オリヴァー・シンクレアのこたえを聞いて、兄弟は、まず、やれやれと胸をなでおろした。

「ミス・キャンベル」とオリヴァーはつづける。「ここからそう遠くない所に、ひとつありますよ。あらゆる点で観測に都合のよい場所だと、ぼくには思えるんですがね。ほら、オーバンの西の海をふさいでいるマル島の丘陵《おか》、その後ろにあるんです。ヘブリディーズの小さい島々のひとつで、大西洋側のはずれに、いちばん突き出している、魅力的な島で、アイオーナ島と呼ばれています」

「アイオーナ島!」とミス・キャンベルは叫んだ、「アイオーナ島ですって、伯父さま! 今日はまだ行ってはいけませんかしら?」

「明日、行くことにしよう」とシブが応えた。

「明日、日の沈む前に」とサムが言いそえた。

「じゃ、出発しましょう」とミス・キャンベル。「そして、もしアイオーナ島でも、広々とした水平線の見わたせる空間が見つからないときは、よろしくって、伯父さま、海岸沿いにまた別の場所を探しにまいりますのよ、スコットランドの北の端にあるジョンオーグローツ岬から、イングランドの南の端にあるランズランドまで、それでもまだ足りないときは……」

「まことに簡単なことです」とオリヴァー・シンクレアが応えた。「みんなで世界一周の旅に出るんです!」

## XIII 壮麗な海

泊り客たちが発つことになったのを知って、がっかりした様子を見せたのは、カレドニアン・ホテルの主人、マックファイン氏だった。できることなら、オーバンの海側の眺望をさえぎるこれら大小の島々を吹きとばしてしまいたかったことだろう。けれども、ミス・キャンベルの一行が発ってしまうと、すぐ、こんな偏執狂の一家を泊めたりしたのはまことに遺憾なことであったと言って、みずからを慰めた。

午前八時に、メルヴィル兄弟と、ミス・キャンベルと、ベスおばさんと、パートリッジは〈パイオニア号〉――宣伝用のちらしの文句によれば、〃快速汽船〃〈パイオニア号〉――に乗船した。これは、アイオーナ島やスタファ島に寄りながらマル島を一周して、その日の夕刻にはオーバンに戻ってくる船である。

オリヴァー・シンクレアは仲間の者たちよりもひと足先に、波止場の桟橋から乗り、船の左右の外輪カバーのあいだに架けられたタラップの上で、後から来る仲間を待っていた。

アリストビューラス・ウルシクロスは、今回の旅行からはまったく外されていた。それでもメルヴィル兄弟は、いくらあわただしい出立であるとはいえ、挨拶の一言ぐらいはしておかねばなるまいと思った。兄弟は、きわめて礼儀正しい人たちだった。

アリストビューラス・ウルシクロスは、知らせにやってきた二人の伯父たちを、かなり冷たくあしらい、単に礼を述べただけで、自分自身の予定などについては一言も触れなかった。

だからメルヴィル兄弟はそのまま引き退ったものの、くりかえし何度も言いあった――いま、彼らのお気に入りはひどく慎重に構えているし、対するミス・キャンベルは、いくらか反感のようなものをいだいているけれど、それも、やがてアイオーナ島でかならず見られるにちがいない美しい落日の後に、美しい宵が訪れてくれれば、跡形もなく消え去り忘れられてしまうだろう、と。だが、これはなんにしても彼らの考えだった。

乗客の全部が船に乗りこむと、まるでげっぷみたいな汽笛が三回鳴って、もやい綱が解かれ、〈パイオニア号〉は動き出した。ケレラ水道をめざして針路を南にとり、港を出た。

船には、かなりの数の観光客が乗っている。彼らは、二時間の楽しいマル島めぐりの魅力に惹かれて、週に二度か三度の便を利用してやってくるのだ。しかしミス・キャンベル一行は最初の寄港地で彼らと別れることになっていた。

一刻も早くアイオーナ島に着きたかった。そこには、彼らの行なう観測のための新しい空間がひらかれている。天気は上々だし、海面は湖水のように静かだ。すてきな航海になるだろう。たとえ今夕ただちに願いがかなえられなくとも、それならそれで島に腰をすえて、辛抱づよく待つことにしよう。とにかく、幕はもうあいてしまうのだ。舞台装置はいつだって、ちゃんとできている。休演は天気の悪いときだけだ。

要するに、正午までには、目的地に着く。船足の速い〈パイオニア号〉はケレラ水道を下り、ケレラ島南端の岬を迂回し、ローン湾の広々とした出口を斜めに突っきりながら、左手にコロンゼー島と、名高い島の貴族たちによって建てられた一四世紀の古い僧院を後ろに残して進み、さらに、マル島の南の海岸に沿って航行する。このマル島が海のまんなかにどっかと腰をすえているさまは、まるで巨大な蟹のようで、その下側のはさみが南西の方向へ軽く曲がっている。ほんの短いあいだだが、ベン・モア山が三五〇〇フィート

（訳注―実際は三一六七フィート）の頂を、遠くの、険しい、荒々しい、ヒースにおおわれた丘陵の上に現わす。ベン・モア山のまろやかな頂が見おろす牧場では牛や羊が点々と散らばって草を食んでいる。こんなのどかな景色も、たちまち、どっしりしたアーダナリッシュ岬のためにたち切られてしまう。

そのとき北西の方角、マル島の下側のはさみの先端に近く、アイオーナ島が絵に描きたくなるような美しい姿をくっきりと浮かびあがらせた。彼方には大西洋が広々とはてしもなくつづいている。

「海はお好きですか、シンクレアさん？」とミス・キャンベルが連れの青年にたずねた。青年は〈パイオニア号〉の船橋で彼女の脇に腰をおろし、目の前の美しい光景にじっと見入っているところだった。

「好きですとも、ミス・キャンベル！」と彼は応えた。「ええ、好きですね。海の眺望《ながめ》は単調でつまらないなどと、もったいないことを言う人もいるようですが、ぼくはちがいますよ！　ぼくの目から見れば海の様相《すがた》くらい変化に富んでいるものはありません。ただし多種多様な変化のひとつひとつをとらえて観察することができなければなりません。じっさい、海というのはほんとにたくさんの色あいを出しているもので、しかもそれが驚くほど巧みにまざりあっていますから、画家にとってはこの一様で同時に多様な海をひとつのまとまりとして描き出すことは、人間の顔を描くのよりも難しいかもしれません、その顔の表情がどんなに移りやすいものであっても……」

「たしかにそうですわね」とミス・キャンベルは応えた。「海は絶えず形態《かたち》を変えていますわ。ちょっとした風が吹いても変わりますし、しみこむ光につれて、しょっちゅう変化していますのね」

「ほら、見てごらんなさい、ミス・キャンベル！」とオリヴァー・シンクレアはつづけた。「いま、海は静まりかえっています！　何ものにも汚されることのない、すばらしい、清らかな、美しい寝顔のようじゃあ

HEULARD

りませんか？　一筋のしわもなく、若くて、美しい！　言ってみれば、ただもう広くて大きな鏡、しかも大空を映す鏡、神の姿見です！」

「吹きすさぶ嵐のために、いつも、いつも曇ってしまう鏡！」とミス・キャンベルが言いそえた。

「ああ！　だからこそ、海は千変万化の様相《すがた》を見せてくれるのです！」とオリヴァー・シンクレアは言った。「すこしでも風が起これば、顔つきが変わり、しわが寄り、波のうねりで髪が白くなり、たちまち老いこみ、いちどに百歳も年をとる、けれども、移ろいやすい燐光を放ち、白い泡の刺繍に飾られながら、その華麗さはいつまでも失われることがありません！」

「シンクレアさん」とミス・キャンベルがたずねる。「どんなに偉《すぐ》れた画家でも、海の美しさを、あまさずカンバスに描き出すことなどけっしてできないと、お考えですの？」

「そんなことが、ミス・キャンベル、そんなことが画家にできるはずないでしょう？　海にはそれ自体の色など、ほんとにないんですからね。海はただ空の色を広々と映しているだけです！　海は青いですか？　青い絵の具では海を描くわけにはいきません！　海は緑ですか？　緑色では描けませんね！　むしろ、荒れ狂う海ならとらえることができるでしょう、暗い、鉛色の、猛々しい海、上からおおいかぶさっている空の雲がひとつ残らずまじりこんでいるように見えるときの海ならば！　ああ、ミス・キャンベル、ぼくは、見れば見るほど、海が崇高だと思えてくるんです、この海が！　海！　この一語がすべてを語っています！　なんという広さ！　そして深さの測りようもない海の底には、はてしない草原が隠されていて、それにくらべれば、われわれの知っている陸の草原など荒涼たるものだ！　とダーウィンは言っています。もっとも広い大陸だって、海と向かいあってみればそもそも何でしょう？　海の水にかこまれたただの島じゃありませんか！　海は地球の、なんと五分の四を占めています！　やむことのない一種の循環作用によって——赤道のあたりで心臓が鼓動している生物とでもいったぐあいに——海は自分で自分を養っているのです。海面から発する水蒸気が水源の糧となり、河川を通ってまた海に戻ってくる、あるいはまた、雲が雨になって海に帰ってくるというわけです！　そうです！　海は無限なるものです、目で見ても分からないけれど、感じられるのです、ある詩人の表現をかりれば、海の水に映る空間と同じように無限であるのが感じられるのです！」

「わたし、あなたがそんなふうに夢中になってお話しになるのを聞くの、好きですわ」とミス・キャンベルは言った。「わたしも夢中になるほうなんですの！　そうです、わたし、海が好きです、あなたに負けないくらい！」

「海で危険な目にあってもこわがったりしないでしょうね！」とオリヴァー・シンクレアがきいた。

「ええ、こわがったりしませんわ、うそじゃありません。好きで、夢中になっているものをこわがるなんて、おかしいじゃありません？」

「あなたは思いきったことのできる女流探検家になれたかもしれませんね？」

「そうかもしれませんわ、シンクレアさん」とミス・キャンベルは応えた。「いままでに読んだ旅行記という旅行記のなかで、わたしが好きなのは、遠い海の発見をめがけるような話。そういう遠い海を、わたしは幾度、偉大な航海者たちとともにまわったことでしょう！　幾度、未知の世界の奥深くわけ入ったことでしょう——頭のなかでだけですけれど、ほんとうなんです。でも、あんなに偉大な事を成しとげた英雄たちの生涯ほど羨ましいものを、わたし、知りませんわ！」

「そうですとも、ミス・キャンベル、人類の歴史において、ああいう発見よりも美しいものがほかにあるでしょうか！　コロンブスとともに大西洋を、マゼランとともに太平洋を、パリー、フランクリン、デュルヴィル（訳注―パリーとフランクリンは英国の北極探検家。デュルヴィルはフランスの南極探検家でアデリー海岸の発見者。いずれも一九世紀）その他多くの先駆者とともに北極や南極の海を、はじめて航海する、ああ、なんというすばらしい夢でしょう！　ぼくは船が出るのを見ると、それが戦艦であろうと商船であろうと、あるいはただの漁船であろうと、ぼく自身が乗りこんででもいるような気持にならずにはいられません！　ぼくは船乗りにむいていたと思っています。だから、小さいときに海の生活に入ってしまわなかったことを、毎日くやんでいるんです！」

「でも、少なくとも船の旅はなさったのでしょう?」とミス・キャンベルはきいた。

「ええ、できるかぎりはやってみましたよ」とオリヴァー・シンクレアは応えた。「まず地中海をすこし、ジブラルタル海峡から東部沿岸地方まで。大西洋をすこし、これは北アメリカまで。それからヨーロッパの北の海を見てまわりました。このあたりの海のことなら、ぼくは全部知っていますよ。自然がイングランドのまわりにもスコットランドのまわりにも、たっぷりと豊かに、はりめぐらしてくれた海……」

「しかも壮麗な海ですわ、シンクレアさん！」

「そうです、ミス・キャンベル、いまぼくたちの乗った汽船が進んでいる、ヘブリディーズのこの海域にくらべられるほどの海が他にあるでしょうか！　これこそ、まことに群島らしい群島で、空の色はオリエントの空ほど青くはないけれど、でも人をよせつけない荒々しい岩や、霧につつまれた水平線などを全体として眺めれば、ここにはもっとたくさんの詩情が漂っているようです。ギリシアの群島は、いわば神々の、女神たちの、社会を生みだしました。まあ、それはそれでいいでしょう！　しかしですよ、これはひじょうにブルジョワ的な、たいへん実際的な、とりわけ物質生活にめぐまれた神々であって、ちょっとした商売もやれば収支計算もやる神々だったということに注意してほしいのです。ぼくが思うに、オリンポスというのはかなりよくできているサロンのようなもので、そこに寄りあう神々はすこし人間に似すぎているくらいで、人間の弱点という弱点を残らず持ちあわせていたのです！　われわれの誇るヘブリディーズの島々は、そうではありません。ここは超自然的なものの住処《すみか》です！　非物質的な、空気のような、スカンジナヴィアの神々は、形のとらえがたい存在であって、肉体ではありません！　それはオーディン（訳注—北欧神話の最高神）であり、オシアンであり、フィンガルであり、それはサガの書（訳注—北欧とくにアイスランドの英雄伝説。一二〇〇編ぐらい現存）から飛び立つ詩的な幻影なのです！　なんと美しいことでしょう、これらの幻影は！　われわれの想い出のなかで喚《よ》び起こされて、北極海の霧のただなかに、極北の地の雪をとおして現われる、これらの幻影は！　ここに、ギリシアのオリンポスとはちがった神々の住まう別のオリンポスがあるのですよ！　このオリンポスには地上的なものはまったくありません。それで、もし、これらの神々にふさわしい住まいを探さねばならないとしたら、それはわれわれのヘブリディーズの海でしょう！　そうなんです、ミス・キャンベル、ぼくが神々を礼拝しに行ったのは、まさにここなんですよ。そしてぼくは、昔カレドニアとよばれたこの国にまさしく生をうけた人間として、われわれのヘブリディーズ群島の二〇〇の島々、靄にかすむ空、メキシコ湾流にあたためられ、うち震える潮を、エーゲ海の、たとえすべての島々とでも取りかえるようなことはしないでしょう！」

「この群島は、わたしたちのようなハイランド地方に住まれたスコットランド人にとっては、ぴったりなんですのよ！」とミス・キャンベルは、連れの青年の熱っぽい力あふれる言葉に心を燃えあがらせた。「そうなんですの、わたしたちアーガイル公爵領生まれのスコットランド人にとっては！　ああ！　シンクレアさん、あなたと同じように、わたしもヘブリディーズの島々に夢中なんです！　すばらしいですわ、ほんとうに。激しく怒る姿までもが、わたし好きなんです！」

「まったく、激しく怒るときのヘブリディーズは雄大で荘厳です」とオリヴァー・シンクレアは言った。「三〇〇〇海里の海を越えて襲いかかる烈しい突風を阻止するすべはまったくありません！　なにしろ、アメリカの海岸と向かいあっているんですからね、スコットランドの海岸は！　大西洋の向こう側で大きな嵐が発生したとします、それが西ヨーロッパまで一気に突っ走って、いちばん先に波と風のなぐりこみをかけてくるのが、ここの島なんです！　しかし、リヴィングストン（訳注―一九世紀のスコットランドの宣教師で探検家。アフリカを探検し、奴隷貿易とたたかった）の話にでてくる男――ライオンはこわくないが、海がこわいという男よりももっと不敵なヘブリディーズの島々、花崗岩を基盤に、がっちりと腰をすえた島々にたいして、いったい嵐に何ができるというのでしょうか？　平気なんですよ、どんなに旋風が烈しかろうと、どんなに海が荒れようと……」

「ほう、海ですか！……酸素と水素の化合物で、二・五パーセントの塩化ナトリウムを含有しておりますな！　じっさい、激怒する塩化ナトリウムのように美しいものはありませんぞ！」

ミス・キャンベルとオリヴァー・シンクレアは、ふり返った。明らかに二人の熱中した話しぶりにたいする応答《こたえ》だった。

アリストビューラス・ウルシクロスが、そこに、船橋にいた。

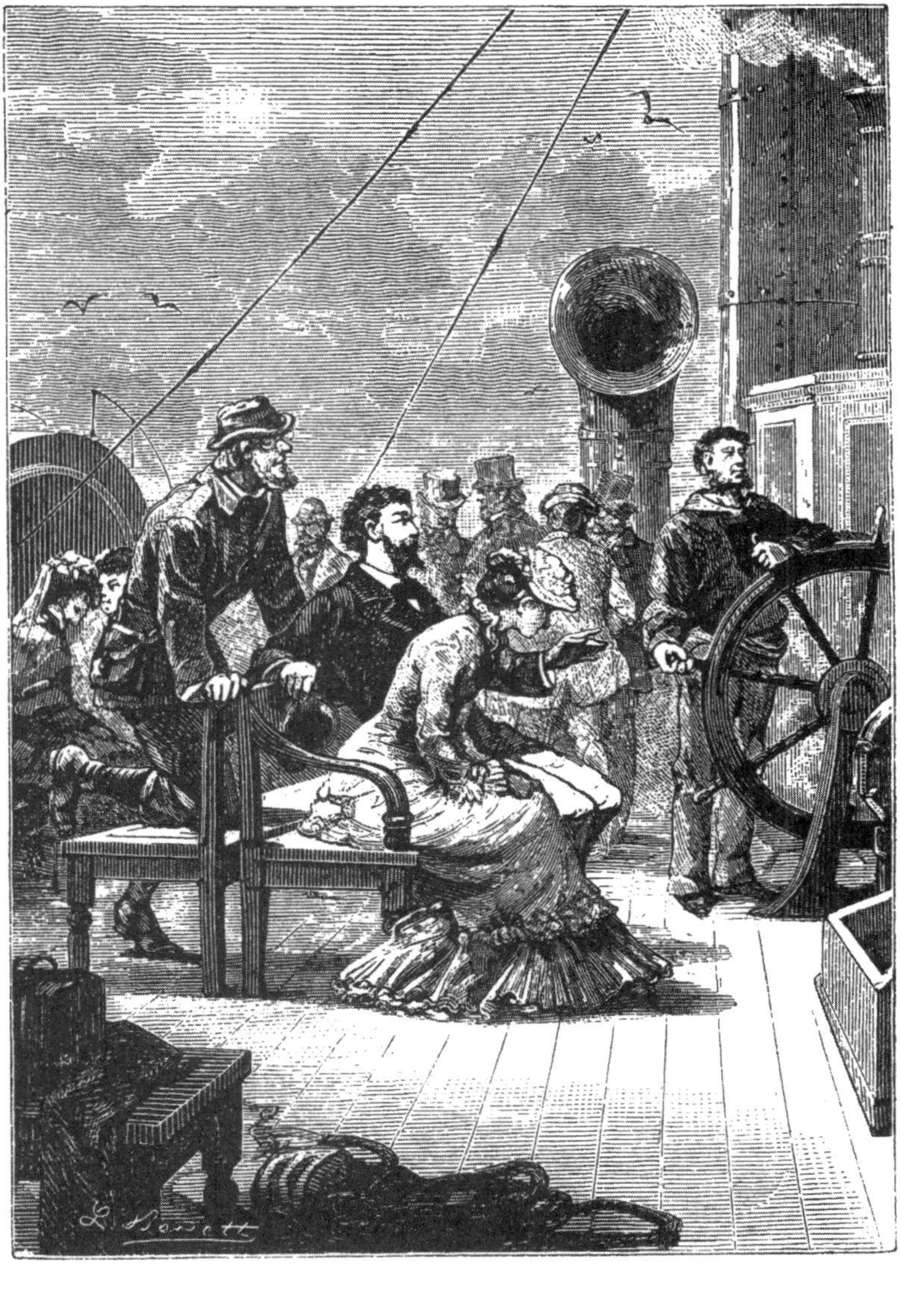

　このお邪魔虫は、オリヴァー・シンクレアがミス・キャンベルと一緒にアイオーナ島へ発つと知って、自分も同時にオーバンを離れたいという気持を抑えきれず、みんなよりも先に〈パイオニア号〉に乗りこみ、航海のあいだずうっとサロンにいて、いま、島の見えるころになって、上に出てきたのである。

　激怒する塩化ナトリウム！　オリヴァー・シンクレアとミス・キャンベルの夢を破る、それは鉄拳の一撃だった！

## XIV　アイオーナ島の生活

アイオーナ島が次第に姿を現わしてきた。昔は波の島と呼ばれ、小高くなっている所が僧院の丘だが、標高は四〇〇フィートをこえない。汽船は急速に近づいていく。

正午ごろ〈パイオニア号〉は、粗けずりの四角い岩を並べて築いた小さな突堤に横づけになった。突堤の岩はどれもが波で緑色になっている。上陸した船客の、おおかたは一時間もすればふたたび上船し、マル海峡を通ってオーバンへ戻る予定なのだが、なかに少数ながら、このアイオーナ島へ残るつもりの者がいた。それが誰なのか、読者諸賢にはお分かりのはずである。

この島にはいわゆる港がない。石の波止場が沖からうち寄せる波をくいとめ、島の入江のひとつを護っているだけで、他には何もない。時候の好いとき、このあたりの海で遊ぶヨットや、漁船がこの入江を避難場所にする。

ほかの観光客たちが、決められた二時間のあいだ島内見物に歩きまわっているのをよそに、ミス・キャンベルと連れの者たちは、もっぱら手ごろな住まいを物色した。

連合王国の方々にある立派な保養地のような居心地のよさを、このアイオーナ島で求めようというのがどだい無理というものだった。

なんといっても、アイオーナ島の大きさは、縦三マイルに横一マイルをこえるものではなく、人口もせいぜい五〇〇人というところか。島の持主であるアーガイル公は、この島から数百ポンドの収入を得ているにすぎない。とても町などと呼べるようなものではなく、小さい町とさえいえず、村とさえもいえない所だ。まばらに広がる数軒の家も、おおかたがただのあばら屋で、絵になるといえばいえそうだが、構造もきわめて不完全、窓などほとんどなく、光の入るのも戸口からだけだ。煙突がないかわりに、屋根に穴があいている。壁は敷藁と砂利をまぜただけのもので、海藻類の太い繊維でつなぎあわせた葦とヒースの屋根がのっかっている。

しかし、アイオーナ島がスカンジナヴィア史の初期、ドルイド教発祥の地だったことなど、いったい誰が信じよう？ そして六世紀には、聖コルンバ――アイルランドの人で、アイオーナ島はまたこの聖者の名でも呼ばれている（訳注―アイオーナ島の別称Icolmkillは「教会のColumbaの島」という意味。聖コルンバは五六三年に一二人の弟子たちと来島し、以後没するまでスコットランド住民の改宗に情熱をそそいだ）――が、キリスト教という新しい宗教をひろめるために、この地にスコットランドで最初の修道院を建て、その後クリュニー修道会（訳注―九一〇年にフランスのブルゴーニュに建てられた修道院で改革運動をおこし、ローマ教会の世界支配の原動力となった）の僧たちがやってきて、なんと宗教改革のころまで、この僧院に住んでいたことなど、誰が想像できよう？ 今や、いったいどこを探せば、連合王国の司教や大修道院長の管理する神学校のように広々とした建物を見いだすことができるのだろう？ 古文書や、ローマ史にかんする写本を豊富に集め、文献をあさりに訪れる当時の博識者たちに役立っていた図書館は、いったい、遺跡のどこに探し出すことができるのだろう？ いや、ヨーロッパの北部にきわめて深い変化をもたらすことになった文明の発祥地は、今や跡形もなく崩壊してしまった。かつての聖地コルンバのうち残っているのは、今日みられるようなアイオーナ島だけだ。住民といえば、砂を多く含んだ土地に、苦労して大麦、ジャガイモ、それに小麦を作り、何とか並の収穫を上げている気性の荒い農民が数人と、ヘブリディーズの小さい島々をとりまく魚の多い海域に小舟で出漁して、生計を立てているごく少数の漁民しかいない。

「ミス・キャンベル、この島がオーバンに匹敵するとお考えですかな?」とアリストビューラス・ウルシクロスが、いかにも人を見下すような調子で言った。

「こちらの方がずっとましですわ!」とミス・キャンベルは言い返した。この島に一人よけいな人間が住むことになりそうだ、とたぶん思っていたのだろうが……。

いっぽうメルヴィル兄弟は、カジノやホテルを見つけるわけにはいかなかったが、宿屋のようなものを見つけてきた。まあどうにか泊れそうな宿屋で、この島にドルイド教やキリスト教の遺跡を見物しに来る観光客が、短い停船時間だけでは満足できないというようなばあいに、泊っている。というわけで、その日のうちに、彼らは宿所《ダンカンの剣》に落ち着くことができた。いっぽうオリヴァー・シンクレアとアリストビューラス・ウルシクロスはそれぞれ、とにかく漁師小屋に宿をとった。

小さな部屋の、海に面して西側に開いた窓の前に立つと、ミス・キャンベルは、ヘレンズバラの高い塔のテラスにでもいるような気持になるのだった。たしかに、カレドニアン・ホテルのサロンにいるよりもすばらしかった。一望のもとにおさめることのできる水平線。それが描く弧をたち切るような小さな島影ひとつない。すこし想像力をはたらかせれば、千海里さきには、大西洋の向こう側に、アメリカの海岸を見ることもできたろう。まことに太陽は、最高に燃え輝きながら没するための、みごとな舞台を、そこにしつらえたのだ!

他人をまじえての共同生活は、堅苦しさや飾り気をなくすように工夫された。食事も宿屋の階下の部屋で一緒にした。昔の慣習にしたがい、ベスおばさんとパートリッジは主人たちと同じ食卓についた。アリストビューラス・ウルシクロスなら、あるいはこのことに多少の驚きを示したかもしれないが、オリヴァー・シンクレアは文句などつける気はすこしもなかった。すでにシンクレアは、この二人の召使にたいして情がわいていたし、二人もよくそれにこたえている。

一家が、このうえもなく簡素なスコットランドの昔風の生活をおくったのは、このときだった。おもいおもいに島を散歩した後とか、また、古い時代のよもやまの話――アリストビューラス・ウルシクロスが必ず口をはさんで、その近代科学的な不協和音で乱さずにはいられないような話にひとしきり興じてから、みんなで集まって昼食にしたり、夜の八時に夜食をとったりするのだった。そして日没だが、ミス・キャンベルはどんな天候のときでも、たとえ空が曇っていても、観察しにやってくるのだった。ひょっとして、低くたれこめた雲に抜け穴が、裂け目が、隙間ができて、そこを最後の光線が通り抜けるということもありえないことではない！

それに、なんという食事のすばらしさ！

ウォルター・スコットが描くファーガス・マグレガーの晩餐や好古家オールドバックの夜食に招かれた会食者のうち、もっともカレドニア人らしい人たちでも、古いスコットランドの流儀で準備されたこの料理には難くせのつけようがなかったろう。ベスおばさんとパートリッジは、一世紀ばかり昔に連れ戻されて、まるで先祖の時代にでも生きているかのような幸せを感じていた。サムとシブは、かつてメルヴィル家で行なわれていた料理のとりあわせに大よろこびだった。

食堂に改造した階下の広間でかわされる会話をきいてみよう――

「この《ケーキ》、カラス麦粉でつくったのをすこしいただこう。グラスゴーのふっくらした菓子とは、またちがった風味がある！」

「《ソーエンズ》（訳注―カラス麦の籾を水に浸して抽出した澱粉で作り、軽く発酵させ、ゆでて食べる）をすこし。これは今でもハイランド地方では山地《やま》の人たちのご馳走なんだ！」

「《ハギス》（訳注―羊・仔牛などの臓物を刻み、オートミール・こしょう・玉ネギなどとともにその胃袋に詰めて煮た料理）をもうすこしもらおうか。偉大なるわれらが詩人バーンズ（訳注―一八世紀スコットランドの国民詩人）は、いみじくもその詩のなかで、これぞスコットランド製腸詰《プディング》めの王様、絶品にして国のほまれ、とほめちぎったものさ！」

「この《コキリーキ》（訳注―ニラ入り鶏肉スープ）をもういっぱい！　肉が少々かたいけれど、取りあわせたニラがすごくいい！」

「では《ホッチポッチ》（訳注―羊肉、野菜、貝類などのごった煮）も三度目のおかわりといくか。ヘレンズバラのコックがつくるどんなポタージュも、こいつにはかなわんさ！」

　ヘブリディーズの小さい島々を連絡する汽船の調理室から二日おきに材料を仕入れるというので、《ダンカンの剣》は料理がうまかった！　酒もうまかった！

　なにかと理由をつけて、メルヴィル兄弟が乾盃しあうところは見せたいくらいだった。イギリス単位にして四パイント（訳注―二リットル強）ではきかない大盃に、スコットランドの香り高いビール《アスクウィーボ》や、あるいは彼らのためにわざわざ醸造した極上の《フモック》を泡立たせて、健康を祝しあう。それに、大麦からつくったウィスキーは、飲んでからも胃袋のなかで醗酵がつづくように思われる！　もし強いビールがなかったら、小麦からつくったただの《マム》（訳注―甘いビール）で彼らは満足しなかっただろうか？　たとえそれが《ツー・ペニー》（訳注—昔のビールの一種。一クォートを二ペンスで売った）のたぐいだったとしても。これはきまって小さなグラス一杯のジンを加えて風味をそえることができたのだ！　彼らは、ヘレンズバラの別荘やグラスゴーの邸の酒倉に貯えてあるシェリー酒（訳注—南部スペイン産の強い白ぶどう酒）やポルト（訳注—ポルトガルのポルト産のぶどう酒）が飲めなくて残念だなどと思うことはあまりなかった。

近代的で快適な生活に慣れたアリストビューラス・ウルシクロスとしては、不平を言わないではいられず、文句も多すぎるくらいだったが、それを気にかける者は一人もいなかった。

島で過ごす時間が、たとえ彼には長く思えたにしても、他の人びとにとって、時のたつのは速かった。ミス・キャンベルも毎夕水平線をおおい隠す靄にむかって、激しい非難をあびせるようなことは、もうしなくなった。

たしかに、アイオーナ島は大きくない。でも、戸外の散歩が好きな人にとって、それほど広い場所が必要だろうか。王宮の庭の広大さを小さな庭に取り入れることはできるのではないだろうか？　さてこそ、人は散歩するのだった。オリヴァー・シンクレアは、ここかしこに風景をとらえて写生し、それにミス・キャンベルが眺め入る。こうして時間は過ぎていった。

八月二六日、二七日、二八日、二九日と、一瞬も退屈する暇はなく、日は相ついだ。こういう自然のままの生活は、荒涼とした岩場を海が休みなく打ちつづける、この未開の島に似つかわしかった。

行楽地の、物見高い、おしゃべりな、せんさく好きな人びとをのがれて大よろこびのミス・キャンベルは、ヘレンズバラの広庭へでも出るような調子で、《ロックレイ》（訳注—一八世紀の婦人が着用した短いマント、小型ケープ）をまとい、髪には、スコットランドの若い娘たちにとてもよく似合うあの独特の《スヌード》（訳注—昔

スコットランドで未婚女性がつけた、はちまきリボン）を巻いて、出かけるのだった。オリヴァー・シンクレアにとって、彼女のしとやかさ、姿の美しさは、いくら感嘆しても足りぬ魅力だった。もとより、こういう魅力がどんなに彼の心をゆすぶっているかは彼自身よく承知していたのだが……。二人は、うちとけて語らい、みつめあい、かつ夢想しながら、あてどもなくさまよい歩いては、島のはずれの砂浜までやってきて、潮の引いたあとに残された海藻を踏むことも珍しくなかった。そんな二人の目の前で、群れをなして飛びたつのは、ひっそりしているところをおどされたスコットランドの《アビ》、《ツノメドリ》、うち寄せて砕ける波の逆流する渦に乗って運ばれてくる小魚を待ち伏せる《北極アジサシ》、羽毛は黒く羽先が白で、頭と首が黄色く、ヘブリディーズ諸島に棲息する鳥類のなかでも特に游禽類（訳注―みずかきのある鳥の仲間）を代表する《カツオドリ》たちだ。

それから日暮れになり、きまっていくらかの霧にかすみながら太陽が沈んだ後、人気《ひとけ》の少ない砂浜で宵の口をみんなでそろって過ごすのは、ミス・キャンベルとその仲間たちにとって、何というすばらしさだったろう！　星が水平線で光りだす。それとともに、オシアンの詩の思い出が残らず心に甦るのだった。深い静寂のなかで、ミス・キャンベルとオリヴァー・シンクレアは、二人の兄弟が、フィンガル王の不運な息子、年老いて失明した歌人《バルド》オシアンの詩節をかわるがわる吟唱するのを聞いた。

「〃星よ　夜の友よ　輝きつつ　西の方　雲より現われ　蒼穹に　歩み気高く　おまえは平原に何を見るのか？〃」

「〃吹き荒れた昼の風　いまはおさまり　波は和らぎ　岩根を這う　夕べ　軽やかに　速やかに　運ばれてきた羽虫の　ざわめき　空のしじまを　満たす〃」

「〃輝く星よ　おまえは平原に何を見るのか？　わたしはすでに見る　地平の彼方　低まりゆく　おまえのほほえみを　さようなら　無言の星よ！〃」

それから、サムとシブは沈黙し、二人とも宿屋の小部屋へと帰っていくのだった。

さて、どんなにメルヴィル兄弟の目が曇っていたにしても、オリヴァー・シンクレアがミス・キャンベルの心のなかで何かをかち得、それをアリストビューラス・ウルシクロスがまちがいなく失ったということは、兄弟にもよく分かった。二人の若者は互いに、できるだけよそよそしくしあっていた。だから伯父たちは、姪の機嫌を多少そこねることになっても、あえて、この小さなグループをまとめ、互いに接近するように仕向け、心をつかい、いささか骨折った。まったく彼らにしてみれば、ウルシクロスとシンクレアが互いに避けあったり、また、差し向かいになった相手にたいして、軽蔑まじりの一線を画すというようなことをしないで、仲よくしてくれれば嬉しかったのだろう。いったい、人間はみな兄弟、とでも思っていたのだろうか？　自分たち自身がそうであるようなふうに、みんな兄弟だと……。

とうとう二人が巧みに仕組んで、八月三〇日に島の北東部、僧院の丘の南にある教会や修道院や墓地の遺跡を、一緒に訪れようということになった。観光客がわずか二時間しかかけないこの遊歩コースを、アイオーナ島の新しい泊り客たちは、まだまわっていなかった。それでは、かつて海辺の小屋に住んでいた隠者たちの伝説的な亡霊にたいしても礼を失することになり、ファーガス二世からマクベスの時代にかけて世を去った、王家の偉大な人びとにたいしても敬意を欠くことになるのだった。

## XV アイオーナ島の遺跡

その日、ミス・キャンベルとメルヴィル兄弟、それに二人の青年は、昼食をすませると出かけた。秋晴れのよい天気だった。さして厚くもない雲の裂け目から絶えず陽の光が洩れてくる。島のこのあたりを飾っている遺跡、運よく海辺に残っている岩の群れ、起伏の多い土地に散在する家々、また、微風にやさしくなでられて遠くまで細い筋でおおわれている海、こういったすべてがなんとなく悲しげだったのに、とぎれとぎれに差す陽に照らされて、様子をがらりと変え、にぎやかになるように思われた。

その日は観光客のない日だった。昨日は汽船から五〇人ばかりがおりた。おそらく明日も同じくらいの人数がおりるだろう。しかし今日一日、アイオーナ島は島じゅうが新しい住人たちミス・キャンベルら一行のものなのだ。だから、この散歩者たちが着くころ遺跡には人影が絶えるだろう。

楽しい道中になった。サムとシブの上機嫌さが連れの者たちまでも陽気にしてしまったのだ。彼らはうちとけて話をしながら、ぶらぶらと、乾いた低い石垣にはさまれた砂利の小径を通っていった。

さて、一行がマクリーンの円十字の墓石の前に足を止めるまでは、すべて順調にいっていた。メーン・ストリートの土手道を見おろす、高さ一四フィートの、みごとな記念柱は、赤い花崗岩の一本石でできているが、これは一六世紀のなかごろ、宗教改革の時代までは、この島に三六〇本も立ち並んでいたもののうち、残っている唯一のものだ。

一面灰色っぽい草におおわれて干からびた平原のまんなかに、みごとなできばえで、すぐれた効果を生み出しているこの記念碑を、オリヴァー・シンクレアがスケッチしようと思ったのはむしろ当然のことだった。

そこで、ミス・キャンベルとメルヴィル兄弟、それにシンクレアは、墓石の全体像をつかむために、五〇歩ほど離れたところに寄り集まった。シンクレアは、小さな石垣の隅っこに腰をおろして、マクリーンの十字架が立っている場所の前景をスケッチしはじめた。

しばらくすると、みんなは、円十字の墓の土台によじ登ろうとしている人影を見たような気がした。

「おや！」とオリヴァー・シンクレアが言った。「こんな所へ何しにやってきたんだろう、あの闖入者め。それにしても、あの男、せめて僧侶の身なりでもしていてくれたら、絵のなかに描きこんでやっても邪魔にはならないだろうし、この古い十字架の足元にひれ伏させてやることもできるのに！」

「ただの物好きが、あなたの邪魔をしようとしているだけですわ、シンクレアさん」とミス・キャンベルが応えた。

「しかし、アリストビューラス・ウルシクロスとちがうかな、先に行ったんだがね」とサムが言った。

「ほんとだ、彼だよ！」とシブがつづけた。

たしかに、それはアリストビューラス・ウルシクロスだった。十字架の土台にのぼって、金づちで叩いている。

ミス・キャンベルは、この鉱物学者の図々しさに腹を立て、すぐさま向かっていった。

「そこで何していらっしゃるの？」

「ご覧のとおりです、ミス・キャンベル。この花崗岩の一部をはがそうと思いましてね」

「だけど、そんな夢中になって、いったい何になるのかしら。聖像破壊の時代はもう過ぎたと思っておりま

L. Benett

したわ！」

「わたくしが聖像破壊者だなんて、とんでもない。わたくしは地質学者ですし、地質学者として、この石がどんな性質のものか知っておきたいのですよ」

金づちのはげしい一撃で、破壊の仕事は終わった。土台の石が一個、地面に落ちて転がった。

それを拾い上げたアリストビューラス・ウルシクロスは博物学者用の大きなルーペをケースから取り出し、眼鏡に重ね、拾った石を鼻の先に近づけると、言った。

「思っていたとおりだ。ひじょうにきめが細かくて、固い、赤色花崗岩だ。ノンヌ島から出たものにちがいない。一二世紀の建築家が、アイオーナ島の大聖堂を建てるのに使ったものと、じつによく似ている」

そして、ウルシクロスが、このときとばかり考古学を論じはじめたので、メルヴィル兄弟は——彼らはやっと追いついたところだったが——これはうけたまわらなければならないと思った。

ミス・キャンベルは、もう付き合いきれぬと、オリヴァー・シンクレアの方へ引き返してしまった。そして、スケッチができあがったとき、全員また大聖堂の前の広場に集まった。

この記念大建造物は、二つの教会を結びあわせてできた複雑な建物で、城の外壁のように厚い壁と、岩のように頑丈な柱は、一三〇〇年来の厳しい風雪に立ち向かってきたのだった。

しばらくのあいだ見学者一行は、円天井《まる》のへこんだ曲面やアーケードの描く曲線からロマネスク様式らしいと考えられる第一教会のなかを歩きまわり、それから、第一教会の本堂と横に少し張り出して翼廊になっている、一二世紀ゴチック様式の第二教会のなかを歩きまわった。こうして、四角い大きな敷石——つなぎ目から地面がのぞいている——を踏みしめながら、この遺跡のなかをひとつの時代からもうひとつの時代へと進んでいった。こちらには墓の蓋がある。あちらの隅には墓石が立っている。墓石に彫られた人物の像は、通りかかる人の施しを待っているようにみえた。重苦しく、厳粛に、そしてひっそりと全体がまとまっているなかで、過ぎ去った時代の詩情が息づいていた。

ミス・キャンベルとオリヴァー・シンクレア、それにメルヴィル兄弟は、あまりに博学な仲間がおくれているのに気づかぬまま、四角い塔の厚い円天井の下に入っていった——かつては第一教会の正面入口を見おろしていたのだが、後に二つの建物のつなぎ目にそそり立つことになった円天井の下に。

しばらくすると、石畳を踏む規則正しい足音が響いてきた。何か精霊に息を吹きこまれて動く石像が、まるで、ドン・ジュアンの客間に現われた《騎士》の石像のように、どしんどしんと音をたてて歩いているのではないかと思われた。

歩幅をものさしにして大聖堂の寸法を測っているのは、アリストビューラス・ウルシクロスだった。

「東西一六〇フィート」と彼は、第二教会へ入っていくとき、手帳に数字を書きとめる。

「まあ！　あなたでしたの、ウルシクロスさん！　鉱物学者の次は地理学者ですのね」とミス・キャンベルが皮肉をこめた。

「それからっと、翼廊の交叉しているところまではたった七〇フィートですな」とアリストビューラス・ウルシクロスは返した。

「では、何インチになりますか？」とオリヴァー・シンクレアがたずねた。

アリストビューラス・ウルシクロスは、あきれてものも言えぬといった顔で相手を見た。だが折りよくメルヴィル兄弟がなかに入り、ミス・キャンベルと二人の青年を修道院見物に引っぱっていった。

この建造物は、宗教改革の時代にも破壊をまぬがれたのだが、今ではそれと認めにくい残骸を見せているにすぎない。この時代の後、数人の信心深いアウグスチヌス派の尼僧が、国から隠棲所としてこの修道院を与えられ、共同体をつくった。それは、極北の気候の厳しさに充分たえられるように、半円形の円天井もなければ、ロマネスク様式の柱もない僧院だったが、雨風に荒れはて、今ではもの悲しい廃墟でしかない。

一同は、昔ひじょうに栄えたこの修道院の跡を見てまわり、そのあとさらに、礼拝堂へと移った。こちらはもっとよく保存されていて、みんなあらためて感心した。アリストビューラス・ウルシクロスもその内部の寸法を測る必要は感じなかった。修道院の食堂や回廊よりも古くはないにしても、それよりももっと頑丈に建てられているこの礼拝堂には、ただ屋根だけがなくなってしまっていた。そのかわり、ほとんど当時のままに残っている合唱隊の間《ま》は、好古趣味の人にとって非常に興味をそそられるものだ。

この修道院の西のところに、最後の院長だった尼僧の墓碑が建っている。黒の大理石の平たい板に、聖処女の像が二人の天使のあいだに刻まれてあり、その上の部分に幼子イエスを胸に抱いた聖母像が見える。

「ラファエロの描いた聖母のなかで目を伏せていないのは《椅子の聖母》と《サンシストの聖母》だけなんですけど、ここの聖母も同じような目をしています。目が微笑しているようですわ！」

ミス・キャンベルの言葉はひじょうにうまく言い表わしていた。しかしその結果、アリストビューラス・ウルシクロスが不満そうに口をとがらせ、かなり皮肉っぽいしかめ面をすることになった。

「誰からそんなことをお聞きになったのですか、ミス・キャンベル」と彼は言った。「目が微笑することもあるなんて」

おそらくミス・キャンベルは、いずれにせよ彼女の目がそういう表情を示すのは、ウルシクロスさんを見

るときではない、と言い返してやりたかったろう。でも言わなかった。

「目が微笑するなどと言うのは、世間一般に広まっている誤謬ですな」とアリストビューラス・ウルシクロスは、まるで自分のいうことには絶対まちがいのあるはずがないとでもいうように、言葉をつづけた。「眼科学が教えているように、視覚諸器官はたしかにあらゆる表情を欠いています。例えば、誰かの顔に仮面をつけさせ、その仮面ごしに目を見るのです。はたしてその顔が晴れやかなのか、悲しげなのか、あるいは怒っているのか、あなた方に分かりっこないでしょう」

「へえ！　ほんとうですか？」と、この小講義に興味ある様子でサムが言った。

「それは知らなかった」とシブも言った。

「そうなんですよ、それでも」とアリストビューラス・ウルシクロスが言い返した。「もし私が仮面をもっていたら……」

しかし、この変わったことを言う青年は仮面の持ち合わせがなかったので、みんなの疑いをすっかりなくすよう、じっさいやって見せるわけにはいかなかった。

それに、ミス・キャンベルとオリヴァー・シンクレアは、すでに回廊を離れて、アイオーナ墓地の方へ向かっていた。

この場所は《オーバンの遺物匣》と呼ばれている。聖コルンバに協力して礼拝堂の建設にあたった仲間の一人を記念してつけた名前だが、その礼拝堂の廃墟が墓地のまんなかに立っている。

ここは見物客たちの興味をひく場所だ。墓石が点在し、四八人のスコットランド王、八人のヘブリディーズ太守、四人のアイルランド太守、それにフランス王が一人眠っている。いずれもひじょうに古い時代の首長たちで名前は分からない。長い鉄柵で囲み、舗石を敷きつめたこの墓地は、ドルイド教時代の巨石の代りに墓石を並べたカルナックの野（訳注―カルナックはフランス・ブルターニュ地方の村。二五〇〇以上のメンヒルが一〇〜一三列に並んで海岸に沿い三キロ以上にわたる。紀元前二〇〇〇年ごろ、ドルイド教時代の営造と推定）のようなものだ。これら墓石のあいだに、緑の草をしとねに、あの陰うつな悲劇『マクベス』で有名な、スコットランド王ダンカンの花崗岩像が横たわっている。こうした石のうちには、ただ単に幾何学模様で飾られているのもあれば、ケルト人の残忍な王の姿がいくつか丸く浮き彫りにされて、硬直した死体のように横たわっているものもある。

このアイオーナ島の大墓地の上を、なんと多くの思い出がさまよっていることだろう！　このヘブリディーズの聖ドゥニといわれた人の地を、くまなくしらべることによって、想像力はなんと遠く過去へさかのぼることだろう。

まさにこの地で着想を得たように思えるあのオシアンの詩節を、どうして忘れることができよう。

異国の人よ　あなたは　ここ　多くの英雄が眠る地に住まう　ときには　讃え給え　この名高い死者たちの栄光を　かれらが　影うすく現われ　あなたを囲み　遊び興じるよう

ミス・キャンベルの一行は、黙って眺めていた。かくも遠い歴史をおおうあいまいさのヴェールを、何人かの観光客のために引き裂いてみせる職業案内人の退屈な説明をがまんして聞く必要はすこしもなかった。祖国の独立のために闘った英雄ロバート・ブルースの仲間でもあり戦友でもあった島の貴族アンガス・オーグの子孫たちの姿が目に浮かぶようだった。

「日が暮れたら、もういちど来てみたいわ」とミス・キャンベルが言った。「こういう思い出を呼び起こすのには、夕方のほうがもっといいようですもの。不運なダンカンの亡骸《なきがら》を運んでくるのが見えると思いますわ。祖先の霊が眠る大地にダンカンを横たえる埋葬人たちのおしゃべりも聞こえるでしょう。ほんとうに、シンクレアさん、国王の墓所を守っている地の精や草の精たちを喚び出すには、ちょうど日暮れ時がいいのじゃありません?」

「そうですね、ミス・キャンベル。あなたの声を聞けば姿を見せないわけにはいかないと思いますよ」

「ミス・キャンベル」とアリストビューラス・ウルシクロスが声を上げた。「どうしてあなたは、ものの精など信じるのですか?」

「わたし信じておりますわ。ほんとうのスコットランド女性として信じています」とミス・キャンベルは応えた。

「しかし、じっさいには、あなたはそれが想像上のものだということ、そんな途方もないものはまったく存在しないということを、よーく知っておいでだ!」

「でも、信じて満足するのなら、いいじゃありませんこと!」よけいな口をはさまれて興奮したミス・キャンベルが言い返した。「家に住みついて家財の番をするブラウニー（訳注―スコットランドで夜間に現われてひそかに掃除・打穀など農家の仕事をしてくれると言い伝えられた茶色の小怪物）を信じ、ルーン文字（訳注―北欧古代文字）で綴った韻文を唱えながら呪禁《まじない》をかける魔法使いを信じ、戦場で倒れた戦士をあの世へ連れ去るという、あの、北欧神話の運命をつかさどる神の侍女ヴァルキューレ（訳注―主神オーディンに仕え、戦場の空を飛び、戦死者をえらび、オーディン神の殿堂ヴァルハラに案内する十二人の侍女）を信じ、生粋のハイランド地方の子供なら忘れることのできない

L. Benett

不朽の詩のなかで、われらが詩人バーンズ（訳注—一八世紀スコットランドの国民詩人）が歌い、みんなから親しまれているあの仙女を信じ、それで満足するなら、いいじゃありませんか……

〝蒼く明るい月の下　仙女ら踊る　軽やかに　赴く先はゴールゼーン　切り立つ岩場　谷川を　小さな入江を　さ迷いに〟

「ほう、ミス・キャンベル」と頑固な愚か者はまたはじめた。「じゃ、詩人たちが彼らの想像から生まれる夢を信じているとお考えなのですか？」

「もちろんですよ、きみ」とオリヴァー・シンクレアが応じた。「さもなければ、彼らの詩は偽りの響きを発するでしょうよ。深い確信から生まれたのでない作品がすべてそうであるように」

「あなたもですか？」とアリストビューラス・ウルシクロスが言い返した。「あなたが絵かきだとは思っていましたが、詩人だとは知らなかった」

「同じことですわ」とミス・キャンベルが受けた。「芸術というのは結局、同じひとつのもの、ただ形式が異なるだけですわ」

「いやちがう……けっしてそんな！……承服できませんな！……ほんとうは、あなたたちだって信じてはいないのだ、精神が錯乱して架空の神々を喚《よ》び降ろしたという、あんな老耄《おいぼれ》詩人たちの神話なんか！」

「ああ！　ウルシクロスさん！」と腹にすえかねてサムが声をあげた。「わが古きスコットランドを歌った、われらの祖先のことを、そんなふうに言うのはよしてくださいよ！」

「では聴いていただきましょう！」とシブは、またお気に入りの詩を吟じた。

「〃わたしが愛する詩人《バルド》の歌　遠い昔の物語　こころ楽しく　耳かたむける　静かな朝の　丘辺を濡らす露の清しく……〃」

「〃丘の斜面に　はや陽はうすれ」とサムがつづけた。「小谷の底に　湖《うみ》の凪　その瑠璃色！〃」

もし突然、アリストビューラス・ウルシクロスが次のように言って遮らなかったなら、おそらく二人の伯父は、とめどもなくオシアンの詩に酔いつづけたことだろう。

「みなさん、たいへん熱狂的に語っておられるが、そんな精などというものをいちどでもご覧になったことがおありですかな。いやありますまい！　いったい、そんなものを見ることなどできるものでしょうかね？」

「そこが、あなた、まちがっていらっしゃるわ。それに、精たちをいちどもご覧になったことがないなんて、お気の毒ですわ」と相手《てき》に自分の大事な精たちの髪の毛一本たりと譲ってなるものかとばかり、ミス・キャンベルは応酬した。「スコットランドのどこの高地でも、精たちの姿は見られますのよ。人の訪れない谷間にそっと忍びこんだり、窪地の底から飛び上がったり、湖面をあちこち飛びまわったり、わがヘブリディーズ諸島の穏やかな海のなかではしゃぎまわったり、北極の冬が浴びせる嵐のただなかで戯れている精たちの姿が。それに、ほら、わたしが飽きもせず追いかけているあの緑の光線。なぜ、あれがヴァルキューレのスカーフ、緑飾りを水平線の水にひきずっているあのスカーフだったらいけないのでしょうか？」

「ああ、なんのなんの！　そういう考えには賛成できませんな！」とアリストビューラス・ウルシクロスは声をあげた。「ひとつ、あなたのおっしゃるその緑の光線とやらが何であるか、言ってあげましょう」

「おっしゃらないで！」とミス・キャンベルが叫んだ。「そんなこと知りたくもありませんわ！」

「いや、知っていただきますとも！」反論されて興奮したアリストビューラス・ウルシクロスが言い返した。

「おっしゃったら承知しませんから……」

「でも言いますよ、ミス・キャンベル。円盤の上の端が水平線をかすめる瞬間、太陽が放つ最後の光線が、もし緑であるならば、おそらく、それは光線がうすい水の層をつらぬく瞬間、光線に水の色がしみこむからなのです……」

「おだまりなさい……ウルシクロスさん！……」

「でなければ、この緑色がごく自然に、円盤の放つ赤色につづいて放たれ、たちまち消えてしまっても、われわれ人間の目にはその印象が残るというわけです。なぜなら光学上、緑は赤の補色ですから！」

「ああ！　あなたの物理学的推論は……」

「わたくしの推論は、もちろん事物の本質にかなったものですよ、ミス・キャンベル」とアリストビューラス・ウルシクロスが応えた。「わたくしは、この問題について論文を発表しようと思っているところなんです」

「行きましょう、伯父さまがた！」すっかり腹を立てたミス・キャンベルは叫んだ。「ウルシクロスさんはあんなふうに説明して、とどのつまりわたしの緑の光線をだいなしにしてしまうおつもりなのでしょうよ！」

オリヴァー・シンクレアが割って入った。

「きみ」と彼は言った。「緑の光線に関するきみの論文は、まことに面白いものになるだろうと思います。が、おそらくもっと興味深い問題について、もうひとつ論文を書いてごらんになるよう、おすすめしたいのです」

「と言いますと?」こちらは威丈高にかえす。

「何人かの学者が、胸をときめかせるような問題を学問的に論じていることは、ご存知なくはないでしょう。例えば《海の波動におよぼす魚の尾ひれの影響はいかに?……》」

「えっ!」

「それじゃあ、もうひとつ、造詣の深いご考察をいただくために、とっておきのを紹介しましょう。――《嵐の発生におよぼす管楽器の影響について》」

## XVI 二発の銃声

翌日、そして九月に入ってはじめのころずっと、もう誰もアリストビューラス・ウルシクロスの姿を見かけなかった。ミス・キャンベルのそばにいるのは時間のむだと悟り、観光船でアイオーナ島を発ってしまったのだろうか。はっきりしたことは誰にも言えなかった。いずれにせよ、彼は現われないほうがよかった。今や彼にたいして、この若い娘は単に冷淡になったばかりではない、嫌悪のようなものもいだいてしまったのだ。彼は、この娘が大事にしている光線の詩趣をそぎ、夢を物質化して、ヴァルキューレのスカーフを身も蓋もない光学現象に変えてしまった。これだけは、ぜったい許せなかった。

メルヴィル兄弟は、アリストビューラス・ウルシクロスがどうなったかをしらべに行くことすら許されなかった。

それに、そんなことをして何になろう? 彼に会ったところで何を言うことができるだろう? このうえなお、どんな希望が残っているというのか? 俗悪な散文と崇高な詩とのあいだに深く掘られた溝でへだてられた相容れぬ二人を、これから結びあわせようとすることなど思ってもみることができたろうか? 一方は何でもかでも科学的な図式にはめこみ直そうとする偏執狂で、他方は理想にのみ生き、《なぜか》、《どうして》などはどうでもよく、感動することに満足しているというのに!

とかくするうちに、ベスおばさんに励まされてパートリッジが報告したところによると、その《青年老学者》——パートリッジが彼をそう名づけた——は、まだ出発していないで相変わらず漁師小屋に住み、そこで一人侘しく食事をとっているということだった。

　要は、もうみんなの前にアリストビューラス・ウルシクロスが姿を見せなくなったということだ。部屋に閉じこもって、たぶん何か高尚な学問的思索にふけるか、さもなければ銃を背負って出かけ、海辺の低い砂浜などで、そこでは珍しくもない黒いアイサやカモメ類を相手に一大殺戮をくりひろげては、不機嫌を解消しているというのが真相のようだ。してみると、彼はまだいくらか希望をもっているのだろうか。ひとたび緑の光線への好奇心が満たされれば、ミス・キャンベルが気持をなおして前よりも優しくなるとでも考えているのだろうか？　彼の性格からすると、そういうこともありうるのだ。

　そんなある日、とても不愉快な事件が彼の身に起こった。もし、思いもよらぬ寛大さからライヴァルが手をかしてくれなかったら、たいへんまずい結果になっていたかもしれない。

　九月二日の午後のこと。アリストビューラス・ウルシクロスは、アイオーナ島南端の岬へ、岩の研究に出かけた。《スタック》とよばれるあの花崗岩の岩塊のひとつが特に注意を惹き、とうとうそのてっぺんへよじのぼることにした。とはいうものの、それは、いささか無謀な試みだった。なぜなら岩は、そのほとんど全表面が滑りやすくなっており、足場など見つかりそうもなかったからだ。

　でも、へまをやってみじめな思いをするのは絶対にいやだ。そこでアリストビューラス・ウルシクロスは、あちこちに密生している植物の株をつかみながら、岩壁に沿ってのぼりはじめた。そうして、やっとこさ、その高くそびえた孤岩《スタック》のてっぺんに辿りつくことができた。

　辿りつくと、いつもやりつけの、細かな鉱物学者の仕事に熱中した。ところが、いざおりる段になって、これがのぼるよりもむずかしい。もし滑りおりるとしたら、岩壁のどっち側がやりやすいか、念入りにしらべたすえに、思いきってやってみようとしたのだ。その瞬間、足を滑らせ、こらえきれずにずり落ちた。もし墜落の途中で、折れた木の株にひっかからなかったら、岩に砕けて返す大波の激しいうねりのなかに落ちこんでいたことだろう。

という次第でアリストビューラス・ウルシクロスは、危険とも滑稽ともいえる状態におちいり、もはやのぼりなおすこともできず、かといっておりることもできなかった。

一時間ほどが過ぎた。もし折りよく、絵かきの道具袋を背負ったオリヴァー・シンクレアが通りかからなかったら、どんなことになったかわからない。叫び声に、彼は足を止めた。見ればアリストビューラス・ウルシクロスが、空中三〇フィートあたりに宙づりになって、居酒屋の店先に吊してある柳人形のようにバタバタしているではないか。思わず吹き出してしまった。しかし、いかにも考えられることだが、彼はためらわず、みずから危険をおかしてもウルシクロスを引きおろしてやろうとした。

それは簡単にはいかなかった。まずオリヴァー・シンクレアが孤岩のてっぺんにのぼらねばならない。そのうえで、吊り下がっているウルシクロスをもういちど引き揚げてから、さらに、彼が別の側からおりるのを手伝ってやる必要があった。

「シンクレア君」と、安全な場所へ来るなり、アリストビューラス・ウルシクロスが言った。「岩壁の傾斜角が垂直だとは、わたくしの誤算でした。その結果、こうして滑って宙吊りに……」

「ウルシクロス君」とオリヴァー・シンクレアが応えた。「偶然にもきみを救うことになって、うれしいですよ！」

「でも、お礼を言わせてくれたまえ……」

「それにはおよびませんよ。きみだって、ぼくのためにきっとこうしたでしょうよ」

「もちろんですとも！」

「それでは、いつかお返しをしていただくということで！」

二人の青年は別れた。

オリヴァー・シンクレアは、べつにたいしたことでもないこの小さな事件の話など、しなければならないとはつゆ思わなかった。アリストビューラス・ウルシクロスのほうは、なおのこと口にはしなかった。が、じつのところ、たいそう身にしみたらしく、彼は自分を窮地から救ってくれたライヴァルに感謝していた。

さて、例の光線はどうなったのだろうか？　たしかに、なかなか簡単には現われてくれそうにはない！が、もうこれ以上ぐずぐずしてはいられない。秋という季節は、あっというまに空を霧のヴェールでおおい隠してしまうはずだ。そうなると高緯度の地方では、九月ともなればごくまれにしかないあの澄みきった夕べが、もうまったく訪れなくなる。画家の絵筆というよりもむしろ幾何学者のコンパスで描かれたような、くっきりとした水平線はもう見られなくなる。こんなに方々移り歩いたのも、もとはといえばあの現象を見るためだったのだが、それもあきらめなければならないのだろうか？　観測を来年まで延期しなければならないのだろうか？　それとも、あきらめずに他の土地へ行ってつづけるべきなのだろうか？

まったく、そのことではオリヴァー・シンクレアもミス・キャンベルも同じくらい、いまいましい思いをした。二人とも、沖にかかる靄で薄暗くなったヘブリディーズの水平線を見るのが、なんとも口惜しくてならなかった。

こうして靄の立ちこめる九月の最初の四日間が過ぎた。

毎夕、ミス・キャンベルとオリヴァー・シンクレア、サム、シブ、ベスおばさん、それにパートリッジは、小さな潮のうねりに洗われる岩に腰をおろし、太陽が、みごとな光を空いっぱいに放ちながら沈むのをじっと見守った。そのみごとさは、たとえ空が完全に澄みわたっていたとしても、おそらくこれほどではなかろうと思われるくらいだった。

絵かきなら、日没時にくりひろげられるこの華麗な最後の一幕を前に、天頂のすみれ色から水平線の黄金色に輝く赤まで、雲から雲へとしだいに薄らいでゆくこの目もくらむような色調の変化を前に、空中の岩の上ではね返るこのまばゆいばかりの火の滝を前にして、手を打ってよろこんだことだろう。しかし、この空中の岩すなわち雲が問題なのだ。その雲は太陽の円盤をかじりながら、最後の光線を吸いこむとともに、観察者たちの目がむなしく探し求めていたものをも飲みこんでしまうのだった。

そして天体が沈んでしまうと、一同は、まるで道具方の手違いで最後の効果を出しそこねた夢幻劇の観客のように、がっかりして腰を上げ、できるだけゆっくりと時間をかけて宿所《ダンカンの剣》へ戻るのだった。

「では明日また！」とミス・キャンベルが言う。

「じゃ、明日また！」と二人の伯父がこたえる。「明日こそ……という予感のようなものが感じられるのだがね」

そして毎晩、メルヴィル兄弟は予感がするのだったが、相も変わらず見込みちがいに終わった。

しかし、九月五日はすばらしい朝ではじまった。東の海上にあった靄が、太陽の最初の光を浴びるや、その熱で溶けてしまったのだ。

気圧計の針は数日前から晴れの方に向かっていたが、さらに進んで持続的晴天のところを指して止まった。焼けつくような夏の日のゆらめく水蒸気が空にしみわたるほどには、もう暑くない。高度およそ千フィートの空気の希薄な山で感じられるような、大気の乾燥が海面で感じられた。

みんなこの日一日が経過するのをどんなに心配しながら見守ったか、とても言葉にはできない。なにか雲のようなものが空中に現われはしないかと不安をいだきながら、どんなに胸をときめかせていたか。太陽の昼の運行につれて描かれる軌道にどれほど心を奪われていたか、説明しようと思うだけでも無謀というものだろう。

まことに折りよく、わずかだが絶え間のない微風が陸の方から吹いてきた。東の山を越え、背景になっている草原の表面を長いあいだ滑ってきたので、この陸風は、湿った微粒子を含んだものではなかった。ふつう、この微粒子は広い海面で発散し、夕刻になると海風に運ばれてくるのだ。

それにしても、この一日は過ぎるのになんと時間のかかったことか！　ミス・キャンベルはじっとしていられなかった。オリヴァー・シンクレアがもっと広い水平線はないかと調べるために島の高みを駆けずりまわっているあいだ、彼女は焼けつくような熱さをものともせずに往きつ戻りつしていた。叔父たち二人は、共用のタバコ入れをすっかり、からにした。パートリッジは、まるで歩哨に立ちでもしているかのように、空の監視人といった姿勢をくずさなかった。

その日は、早目に観測地点へ行くため、五時に夕食をとることに決まっていた。太陽は六時四九分にならなければ消えないはずなので、日没まで観察する時間はたっぷりある。

「今度こそこっちのものだと思う！」手をこすりあわせながらサムが言った。

「わしもそう思うよ！」とシブはこたえて、同じ身ぶりをした。

だが、三時ごろになって、空に危険信号が出た。雲の大きな塊、積雲の最初の形が東に現われ、かすかな陸風に押されて大西洋の方へ進んでいく。

まっ先に気づいたのはミス・キャンベルで、失望の叫びを抑えることができなかった。

「あの雲ひとつだけじゃないか。何も心配することはない」と伯父の一人が言った。「じきに消えてしまうさ……」

「でなければ太陽より速く流れて、先に水平線の下へ姿を消すでしょう」とオリヴァー・シンクレアが言いそえた。

「でも、あの雲は」とミス・キャンベルはこだわった。「海上に霧が立ちこめる前触れではないかしら？」

「なんともいえませんね」

そう言ってオリヴァー・シンクレアは、駆け足で僧院の遺跡の方へ向かった。そこからは、マル島の山越しに、東の方をずっと遠くまで見とおすことができた。

ことのほかくっきりと輪郭を描いて、連なる峰は、真っ白の地に鉛筆で引かれた波形の罫線のようだ。空には他に雲もなく、鋭く切り立ったベン・モア山も、海抜三千フィートの高さにまったく靄がかかっていなかった。

三〇分ほどで戻ってきたオリヴァー・シンクレアから話をきいて、みんなは安心した。あの雲は天の落とし子にすぎない。こんなに乾いた大気中では成長のしようもなく、途中で衰弱して死んでしまうだろう。

そう言っているあいだにも、白っぽいふわふわした塊は天頂へ向かって進んでいく。はなはだ不愉快なことに、それが太陽の通り道をたどり、微風にのって太陽に近づいていく。滑るように空を横ぎっていくうちに、その組み立てが気流の逆巻きのなかで変化してゆき、最初は犬の頭のような形だったのが、巨きな鱏《えい》のような魚のくっきりした形になったかと思うと、まるく固まり、まんなかがどんよりとして縁がピカピカ光る球になった。その瞬間、太陽の円盤に追いつき重なったのだ。

思わず叫んで、ミス・キャンベルは両腕を天に突き出した。

輝く天体は、水蒸気の幕の裏に隠れて、もはや島の方へはただ一条の光線も送ってこない。アイオーナ島は、太陽の光が直接とどく範囲からはずれてしまい、大きな影におおわれてしまった。

が、まもなくその大きな影は移動し、ふたたび太陽がすっかり姿を現わした。雲は水平線の方へ低く下がっていったが、水平線にまで達することにはならなかった。というのは、三〇分もすると、まるで空に抜け穴でもできたかのように、雲は消えていったからだ。

「ほら、とうとう消えたわ」ミス・キャンベルは叫んだ。「もう、このあと、雲などいっさい出ませんように！」

「出ませんよ、安心なさい、ミス・キャンベル」とオリヴァー・シンクレアが応えた。「さっきの雲があんなに速く、あんなふうに消えてしまったということは、つまり、あの雲が大気中で、ほかの水蒸気に出会わなかったということですし、西の方では空全体がまったく澄みきっているということなのです」

夕方の六時、木立も家もまったくない場所に集まった観察者たちは、それぞれの持ち場についていた。

そこは、島の北端で、僧院の丘のいちばん高いところだ。そして、東に、マル島の高くなった部分をそっくり、ぐるっと見わたすことができる。北にはスタファ島が、ヘブリディーズの海で暗礁に乗り上げた巨大な亀の甲羅のような姿を見せ、アルヴァ島とゴメトラ島がマル島の長くのびた沿岸部から切り離されて浮かんでいた。西、南西、そして北西の方向に、はてしもなく広がる海。

太陽は斜めの軌道にのってどんどん沈んでいく。水平線のあたりに、墨汁で書いたかと思われるような、黒い線がうき出ていた。ふり返ると、アイオーナ島の家々の窓という窓が、火事を反射しているかのように黄金色の焔をあげて燃えていた。

ミス・キャンベルとオリヴァー・シンクレア、メルヴィル兄弟、それにベスおばさんとパートリッジは、この荘厳な光景に感動し、無言のまま、なかば目を閉じて、円盤が変形し、水の線と平行してふくらみ、巨大な緋色の熱気球の形になるのを眺めていた。沖合には靄らしいものさえ見あたらなかった。

「今度はこっちのものだと思うよ」とサムは、さっきの言葉をくりかえした。

「わしもそう思うんだ」とシブがすぐに言った。

「静かになすって、伯父さまがた！……」ミス・キャンベルが叫んだ。

彼らは口をつぐみ、息を殺した。まるで、彼らの吐く息が凝結して淡い雲となり、太陽の円盤をおおい隠してしまうのではないかと怖れでもしたかのように。

ついに天体は、下の縁で水平線に食いこんだ。そして広がり、さらに広がっていくさまは、まるでなかが光る液体でいっぱいになっているようだった。

誰もが、熱っぽい目をして太陽の最後の光線を待ちのぞんでいた。

スペイン海岸をのぞむパルマの砂漠に陣どって、地球子午線測定のためにつづけてきた三角網測量の完了まであと一歩というとき、イビサ島の頂上にあがるのろしを今やおそしと待つアラゴー（訳注―一九世紀フランスの天文学者、物理学者、政治家。一八〇六年、ダンケルク―バルセロナ間の大測量網を延長してイビサ島とスペイン海岸を結ぶ大三角形を設定し、のろしで基点間の連絡をとった）も、きっとこんなふうだったにちがいない。

とうとう、円盤のうち水面に残っているのは上部のわずかな弧だけになった。一五秒以内に、最後の光線が空中に放たれようとしている。今やおそしと待ちかまえるみんなの目に、あの楽園の色ともいえる緑の印象が焼きつけられるのだ！

突然、下の海岸の岩場で二発の銃声が轟いた。一筋の煙が上がる。煙の渦まくなか、時ならぬ銃撃におびえたのだろうか、鷗や海燕など海鳥が雲のように一面に飛び立ち広がった。

雲はまっすぐ立ちのぼり、水平線と島のあいだをついたてのように遮り、消えかかる天体が水面に最後の閃光を今まさに放とうとする瞬間、その前を過ぎた。

そのとき、断崖の突端で、まだ煙の出ている銃を手に、飛び去る鳥の群れをじっと見やっている姿は、まぎれもなくアリストビューラス・ウルシクロス。

「ああ！　またか。もうたくさんだ」とシブが叫んだ。

「うんざりだ！」とサムが叫んだ。

「あのまんま岩に吊しておけばよかった」とオリヴァー・シンクレアが独言《ひとりごと》を洩らした。「そうすりゃ少なくとも、まだあそこにいてくれただろうに」

ミス・キャンベルはぎゅっとくちびるを嚙み、目は大きく見開いたまま一語も発しなかった。

またもや、アリストビューラス・ウルシクロスのせいで、緑の光線を逸してしまったのだ！

HILDIBRAND SC

## XVII 〈クロリンダ号〉の船上で

あくる早朝六時。四五トンから五〇トンの美しいヨール型帆船〈クロリンダ号〉が、アイオーナ島の小さな港を発った。折りからの北東の微風をうけ、船は右舷開きで、順風にのって沖へ出ていった。

〈クロリンダ号〉には、ミス・キャンベル、オリヴァー・シンクレア、サムとシブの兄弟、それにベスおばさんとパートリッジが乗っていた。いうまでもなく、あの疫病神のアリストビューラス・ウルシクロスの姿はどこにもない。

前日あのような事件があってから、次のとおり決定され、ただちに実行に移された。

宿屋へ戻るため僧院の丘を後にしたとき、ミス・キャンベルがぶっきらぼうに言った。

「伯父さま、アリストビューラス・ウルシクロスさんはやはりアイオーナ島にとどまるおつもりのようですから、アイオーナ島はあの人におまかせしましょうよ。一度目はオーバンで、二度目はここで、私たちの観測がうまくいかなかったのはみんなあの人のせいなんですのよ。あのお邪魔虫がわが物顔でへまをやらかす所になんか、もう、これ以上一日だっていないことですわ！」

こんなにはっきりと言われては、メルヴィル兄弟も文句のつけようがなかった。ばかりか彼らも、他の者と同じように不満をいだいて、アリストビューラス・ウルシクロスを恨んでいた。まったく、自分たちが選んだ未来の婿さんの立場は、すっかり悪くなっている。ミス・キャンベルの心を彼のところに引き戻してくれるものなど何ひとつないだろう。実現不可能となった計画の遂行は、今からすでに断念しなければならないのだ。

「要するに」とサムはシブを脇に呼んで注意した。「軽率な約束は鉄の手錠の役はしてくれないものなんだ！」

言いかえれば、軽はずみな誓いによって人はけっして縛られないということで、シブもひじょうにはっきりした身ぶりで、このスコットランドの金言に全面的な同意を示したのだった。

《ダンカンの剣》の階下の広間で、お休みの挨拶をかわしあったとき、

「明日、発ちましょう」とミス・キャンベルが言った。「わたし、もうこれ以上、一日だって、ここにはいられませんわ！」

「よく分かったよ、ヘレーナ」とサムが応えた。「でも、どこへ行こうか？」

「もう絶対、あのウルシクロスさんに出くわさないですむ所！　ですから、わたしたちがアイオーナ島を発つことも、どこへ行くのかも、誰にも知られないようにするのが大切なんですのよ」

「これで決まった」とシブが言った。「だけど、お前、どうやって島を離れ、どこへ行けばいいのかね？」

「何ですって！」とミス・キャンベルが叫んだ。「夜が明けたらすぐにこの島を発つ手はないのかしら？　スコットランドの沿岸には、どこか人のいない所、人の住めない所でもいいから、わたしたちが無事に実験をやりとおせるような所はないのかしら？」

どんな逃げ口上もごまかしも許さないといった調子で出された、この二つの質問にこたえることは、たしかにメルヴィル兄弟のどちらにも、できなかったろう。

オリヴァー・シンクレアがいあわせてくれた——ありがたいことに。

「ミス・キャンベル」と彼は言った。「なにもかもうまくいきますよ。いい方法があるんです。この近くの島ですが、どちらかといえばただの小島で、われわれの観測にもってこいなんですよ。その小島には、われわれを邪魔するようなうるさいのは一人も来ないでしょう」

「何という島ですの?」

「スタファ島といって、アイオーナ島から北へせいぜい二海里のところに見える島です」

「そこで暮らす方法、それに、そこへ行ける見込みはありますの?」

「ええ、あります。ひじょうに簡単です。アイオーナ島の港で、いつでも海へ乗り出せるようになっているヨットをひとつ当たってみたことがあるんです。季節の好いあいだなら英国のどこの港でも見られるようなやつですがね。船長と船員は、イギリス海峡や北海、あるいはアイリッシュ海へやってほしいと希望する旅行者があり次第いつでも船を出してくれます。さてそこで、われわれはそのヨットをチャーターして、スタファ島には食べものらしいものは何もないということですから、そいつを二週間分ほど積みこんで、明日の夜明け、薄明かりのさしはじめるころに出帆するんです。これなら誰も邪魔をしないでしょう?」

「シンクレアさん」とミス・キャンベルが応えた。「もし明日、こっそり、この島を後にできたら、わたし、心からあなたに感謝いたしますわ、ほんとに!」

「明日の朝になって、わずかでも風が出さえすれば、昼前にはスタファ島に着くはずです」とオリヴァー・シンクレアが言った。「それに、観光客が週に二度、それもほんの一時間ばかり訪れるあいだをのぞけば、誰にも邪魔されないで過ごすことができるでしょう」

すぐさま、メルヴィル兄弟のいつものやり方で、家政婦の愛称がつづけざまに響きわたった。

「ベット！」

「ベス！」

「ベッシー！」

「ベツィ！」

「ベティ！」

すぐにベスおばさんが現われた。

「明日発つよ！」とサムが言った。

「明日、夜明けに！」とシブが言い足した。

それ以上くわしいことは聞かずに、ベスおばさんとパートリッジは、さっそく出発の仕度をはじめた。

この間に、オリヴァー・シンクレアは港へ向かい、ジョン・オルダックと話しあった。

ジョン・オルダックは〈クロリンダ号〉の船長である。金モールのついた伝統的な小さい帽子をかぶり、金属ボタンのジャケットを着、青い厚手の羅紗のズボンをはいた、いかにも船乗りらしい船乗り。契約が結ばれるとすぐ、六人の部下たちとあれこれ出帆準備にかかった。六人はいずれもえり抜きの水夫で、冬のあいだは生業としての漁を行ない、夏のあいだはヨットで客を運ぶ。船を操る腕前は、他の国のどんな船乗りにもひけをとらない保証つきの連中だった。

朝六時、〈クロリンダ号〉の新しい客たちは、このヨットの目的地がどこなのか誰にも告げずに乗船した。精肉や罐詰の肉などあらゆる食糧と手持ちの飲みものを、あるだけ全部積みこんだ。しかも〈クロリンダ号〉のコックは、オーバンとスタファ島のあいだを定期的に運航する汽船から食糧を仕入れるくらいの算段はできるはずだ。

さて、夜が明けるころには早くも、ミス・キャンベルはヨットの後部にある美しくて気のきいた船室に入りこんでいた。二人の兄弟は、サロンの先にある、この小型船のもっとも広い部分に設けられた居心地のいい《主船室《メイン・キャビン》》の寝台《ターシエット》を占領していた。オリヴァー・シンクレアは、サロンに通じる大きな階段の曲がり角に工夫して設けた船室で満足していた。ベスおばさんとパートリッジは、メーン・マストの足が突き抜けている食堂で、右と左に分れてそれぞれ陣どったが、それは配膳準備室と船長室の後方にあたる。もっと先の方に、コック長のいる調理場がある。さらにその先は船員室で、六人の水夫たちのハンモックがそなえつけられてある。カウズ（訳注—ワイト島の港。国際的なヨットレースで有名）のラッツィーの手になるこの立派なヨール型帆船には何ひとつ欠けているものはなかった。美しい海と快い微風にめぐまれるときは、《ローヤル・テムズ・ヨット・クラブ》のレースで、いつも上位の成績を得ていた。

出帆準備をととのえ、錨を上げた〈クロリンダ号〉が、主帆、船尾の小帆、前檣帆、船首の三角帆、上檣帆に風をうけはじめたとき、みんなのよろこびは現実のものとなった。〈クロリンダ号〉は風に向かってしとやかに頭を下げたが、カナダの小鎌のような形をした白い甲板は、水面と垂直に交わる船首に引き裂かれる小さい波の、しぶきひとつ浴びなかった。

ヘブリディーズの小さなふたつの島、アイオーナ島とスタファ島の距離は、ひじょうに短い。風にのれば、さほど無理をしなくても時速八ノットを楽に出せるヨットなら、この距離をこえるのに二〇分から二五分もあれば充分だったろう。だが、このときは、ほんの微風とはいうものの向かい風だった。ばかりか、ちょうど引き潮だったので、スタファ島に到着するには、潮の流れに逆らっていくつもの航路をとって帆走

しなければならなかった。

それでもミス・キャンベルにとっては、たいしたことではなかった。〈クロリンダ号〉が出帆したこと、それがもっとも重要なことだった。一時間後、アイオーナ島は濃い朝霧のなかに消えていった。それとともに、ヘレーナがその名前までも忘れたがっていた、あの興ざめな男のいまわしい影も消えうせた。

彼女は率直に伯父たちに言った。

「わたし、まちがっていないかしら、パパ・サム？」

「まったく正しいよ、ヘレーナ」

「ママ・シブは、わたしの考えに賛成してくださらない？」

「大賛成さ」

「それじゃ」と彼女は二人にキスしながらなおも言った。「わたしをあんな方と一緒にさせたがっていらした伯父さまがたのお考え、ほんとうはそれほどすてきなものじゃなかった、ということでよろしいのね！」

二人とも、うなずいた。

結局、短すぎるということだけが欠点の、楽しい航海だった。だから、そのまま航海をつづけ、ヨットの走るにまかせて緑の光線に向かって進み、それを大西洋のどまんなかへ迎えにいくとしても、いったい邪魔だてする者などいるだろうか。一人もいやしない！　スタファ島へ行くことが決まっていたので、船長ジョン・オルダックは、潮が満ちはじめるとともに、ヘブリディーズ全島のうちでもよく知られたこの小島に船を着ける準備をした。

八時ごろ、この航海で最初の食事となり、〈クロリンダ号〉の食堂で、紅茶とバターとサンドウィッチが出された。上機嫌で集まった人びとは、船上の食卓をかこんでにぎやかに食事を楽しんだ。アイオーナ島の宿屋の食卓に未練はない。冷たい人たちだ！

ミス・キャンベルがまたデッキに上がったときには、ヨットは船首をめぐらせて航路を転じてしまっていた。そのときヨットは、スケリヴォーの岩の上に建てられたすばらしい灯台の方へ戻っていくところだった。この灯台は、海抜一五〇フィートのところに、第一級の照明燈をそなえている。風が強くなってくると、〈クロリンダ号〉は、それを白い大きな帆に受けて引き潮とたたかったが、スタファ島の方へはほとんど進んでいかなかった。にもかかわらず〈クロリンダ号〉は、その船足の速さをスコットランド流に示すならば、「波を蹴って進んでいた」

ミス・キャンベルは、イギリス式遊覧船の船内で使われている太麻織りの分厚いクッションを敷いて、船尾に、膝をくずして坐っていたが、道路のでこぼこにも、線路の震動にも悩まされることのないこのスピード――いわば凍った湖面を流されるように走るスケーターのスピードに酔っていた。ほんのわずかに泡立つ水の上、軽く傾いて波に浮き沈みする〈クロリンダ号〉の姿ほど、優美なものはない。時おり、それは力強い翼で舞い上がった巨大な鳥のごとく、空中を飛翔するように見えた。

南北をヘブリディーズ諸島の大きな島に護られ、東をマル島の海岸で護られたこの海は、内陸の湖のようなもので、風が吹いても海面を波立たせるわけにはいかない。

ヨットは、スタファ島に向かって、傾きながら帆走していた。それはマル島の沖合に孤立する、海面からの高さ一〇〇フィートばかりの大きな切り立った岩だ。岩のほうが動いているように思える。西側の玄武岩の断崖を見せたかと思えば、東海岸のごつごつした岩の堆積を見せながら、島はこちらの方に向かってくる。目の錯覚によるものだが、〈クロリンダ号〉が連続的にそれにたいしてつくる角度にしたがい、岩は右に左に旋回するように見えた。

引き潮でしかも向かい風だったにもかかわらず、ヨットはわずかながら前進していた。マル島の岬をはずれて西へ向かって帆走するころになると、海がいっそう激しくヨットをゆすぶったが、ヨットは力強く、沖からくる最初の波のうねりにもちこたえた。それから次のひと乗り切りでヨットは、ふたたび静かな海のなかに戻り、赤ん坊の揺りかごのように揺られていた。

一一時ごろ、〈クロリンダ号〉は、かなり北上していたので、あとはもうスタファ島の方へもっていかれるだけでよかった。帆脚索《ほあしづな》はゆるめられ、上檣帆はマストのてっぺんから下がり、船長は碇泊の準備を命じた。

スタファ島には港がない。しかし、あらゆる風を利用して東側の絶壁に沿って進めば、地質時代における幾度かの地殻変動のさいに一部分岩層から崩れ落ちて積み重なっている岩石のあいだに、らくらくと滑りこめる。とはいえ、ひどい時化《しけ》にでもなると、トン数の小さい舟など、もちこたえるのが難しくなるだろう。〈クロリンダ号〉は、黒ずんだ玄武岩でできているこの小島とすれすれに進んだ。巧みに舵を取りながら右側にブーシャーイの岩をそらす。ちょうど引き潮の時刻で、角柱状の岩が何本も束になって海面に露出している。反対の左側には、岸に沿ってつくられた堤防が見える。そこにこの島でいちばんの停泊地がある。観光客を乗せてきた小型船は、彼らがスタファ島の丘をひとまわりしおわるころにはまたやってきて乗せるのだ。〈クロリンダ号〉は、小さな入江に入っていった。そこはもう二枚貝の形をしたクラム・シェルの洞窟の入口と言ってよい。揚綱《あげつな》が解かれて、後檣斜桁の先端部が倒れ、船首の三角帆がおろされ、錨が所定の位

置に下ろされた。

さっそくミス・キャンベルの一行が降り立ったのは洞窟の左手、波うちぎわの、玄武岩が重なりあった島の根元。そこからは手すりのついた木の階段が、丸くなった峰まで通じている。

みんなはその階段をのぼって、頂上の平たい部分に出た。

とうとうスタファ島にやってきた。まるで嵐にあって太平洋の人っこひとりいない島にうち揚げられでもしたように、人間の住む世界の外にいる思いだった。

## XVIII

## スタファ島

スタファ島はただの小島にすぎない。だが少なくとも自然は、ここをヘブリディーズ諸島でいちばん興味ぶかい島にしている。縦一マイルに横半マイルの卵形の大きな岩が、亀の甲羅のような形の下に玄武岩質のみごとな洞窟を隠している。そのため、ここは観光客ばかりでなく地質学者もたくさん集まる場所になっている。ところがミス・キャンベルもメルヴィル兄弟も、まだこの島を訪れたことがなかった。ただ一人、オリヴァー・シンクレアだけがスタファ島のすばらしさを知っていた。だから、この島に数日間やっかいになろうと出かけて来た一行にとって、うってつけの案内役だった。

この岩山は玄武岩が結晶した巨大な瘤だ。遠い昔、地殻形成の初期に、ここで凝結したものだろう。じっさい、ヘムホルツの研究によれば——彼は、二千度という高熱でしか溶解しなかった玄武岩をもういちど冷却させるビショフの実験をもとに推断しているのだが——この玄武岩が完全に冷却するのに要した時間は少なくとも三億五千万年ということになる。だから、ガスの状態から液体の状態に移った地球が固化しはじめたのは、想像を絶するような大昔のことと思われる。

もしアリストビューラス・ウルシクロスがその場にいたら、地質学的現象から見た地球の歴史について、何かみごとな論文を書く材料を手に入れたことだろう。だが、彼は遠い所にいたし、ミス・キャンベルは彼のことなどもう念頭になかった。

「その蠅はそっとそのまま壁にとまらせておこう」とサムはシブに言ったものだ。

これは、まったくスコットランド的な諺で、フランス人の言う「眠っている猫を起こすな」にあたる。

それから二人は他の者を見やり、また互いに顔を見あわせた。

「とりあえず新しいわれわれの場所を手に入れたほうがいいでしょう」とオリヴァー・シンクレアが言った。

「わたしたちが何のためにやってきたか、忘れずにね」とミス・キャンベルは、にっこりした。

「ええ、忘れずに、むろんそうでしょうとも！」とオリヴァー・シンクレアは力をこめて応じた。「では、行きましょう、観測する場所を探しに。そして島の西の方にどんな水平線が眺められるかを見に」

「行きましょう」とミス・キャンベルが言った。「でも、今日はすこし霧が出ていますから、日没を眺めるのによい状態だとは思いませんわ」

「ぼくたちは待ちますよ、ミス・キャンベル、必要なら、天気のくずれる秋分まで」

「そう、わしらは待つよ」とメルヴィル兄弟も言った。「ヘレーナから発てと命令されないかぎりはね」

「いいわ、急ぐことはないんですもの、ねえ、伯父さま」と若い娘は、アイオーナ島を発ってからというもの、すっかりご機嫌なのだ。「ほんとに、急ぐことなんて何もありませんわ。この島、とってもいい感じ。見渡すかぎりに緑のカーペットを敷いたみたい。この草原のまんなかに小さなお家でも建てれば、住み心地も悪くはないでしょうよ、たとえアメリカから突風が吹きまくってこの島の岩山を襲うようなことがあっても」

「ふうん！」とシブは言った。「そいつは、この大西洋のはずれでは恐ろしい勢いで吹きまくるにちがいない！」

「じっさいそうなんですよ」とオリヴァー・シンクレアが応えた。「スタファ島は沖から吹いてくる風を全部まともにうけます。避難場所といえば東側の海岸にしかありません。そこに今、ぼくたちの乗ってきた〈クロリンダ号〉が停泊しているんですがね。大西洋のこの海域《あたり》では、海の荒れる季節が一年のうち九ヵ月近くもつづくんです」

「それで分かった」とサムが応えた。「木が一本も見えないわけだ。なるほどこの台地じゃ、植物は地面からわずか数フィート伸びたところで、みんなだめになってしまうにちがいない」

「じゃ、夏のあいだ二、三ヵ月、この小島で暮らすのは、たいした意味がないということになるのかしら?」とミス・キャンベルは声を高めた。「もしスタファ島が売りに出されたら、伯父さまたちに買っていただかなければならなくなってよ」

サムとシブは、早くもポケットに手を突っこみ、姪の気まぐれなら何ひとつ拒むことのない伯父たちらしく、もう買いとった島の支払いでもするような調子だった。

「スタファ島は誰の所有なのかね?」とシブがたずねた。

「マクドナルド家のものです」とオリヴァー・シンクレアが応えた。「年一二ポンドで賃貸ししているのですけれど、どんなに金を積んでも、絶対に売りわたしはしないと思いますよ」

「残念だわ!」とミス・キャンベルが言った。彼女は、たいへん熱中するたちだが、このときは特に気のりしていた。

おしゃべりをしながらスタファ島の新来の客たちは、島いっぱいに広々と大きくうねる緑の草原を歩きまわった。その日はちょうどオーバンの汽船会社がヘブリディーズの小さい島々に観光客を運ぶ日にあたっていなかったから、ミス・キャンベルの一行は、うるさい観光客に悩まされる心配がまったくなかった。この無人島にいるのは彼らだけだ。溶岩流によって腐植土の薄い層のあちこちに穴のあいている台地で、数頭の小型の馬や黒い牛が、わずかばかり生えている草を食んでいる。見張り番は一人もいない。もし、この四足《よつあし》の島民の群れを見張るとすれば、遠くの方から——おそらくアイオーナ島だとか、あるいは東の方へ一五海里ばかり離れたマル島の沿岸から、ということにでもなるだろう。

人家も一軒として見あたらなかった。ただ、秋分から春分にかけて吹き荒れる嵐で壊れたわらぶきの家が、その残骸をさらしているだけだった。じっさい一二ポンドというのは、数エーカーの牧草地の賃貸料としては安くない。おまけに生えている草も、横糸が見えるほどにすりきれたビロードみたいに、たけが短い。

というわけで、島の表面の部分はすぐにしらべがついてしまい、あとはただ水平線の観測に専念するしかなかった。

その日は夕方になると、日没から何も期待できないということがはっきりした。九月は空模様の変わりやすいのが特徴だ。前日はあれほど澄みわたっていた空が、また、かすみで曇ってしまった。六時ごろには、やがて天候の崩れる前ぶれに、赤みをおびた雲が西の空をおおった。メルヴィル兄弟は〈クロリンダ号〉のアネロイド気圧計が「天気定まらず」の所へ後戻りし、そればかりか、ことによったらそこを通り越してしまいそうなのを、しぶしぶながら認めた。

そんなわけで、沖のうねりがつくりだす波うつ線の彼方に太陽の沈むのを見てから、みんな船に戻った。クラム・シェルの洞窟の入口を形づくる小さな入江のなかで夜は静かにふけていった。

翌九月七日、この島をもっとよく偵察することになった。すでに外側はしらべが終わっている。今度は内側の探検だ。そのために多少の時間を費やしてもよいのではないか？　これまではまったくついてなくて――それはもっぱら、あのアリストビューラス・ウルシクロスのせいなのだが――現象を観察しそこなってきたのだから。それに、ヘブリディーズ諸島の一小島にすぎないこの島が有名になったのもなるほどと思える洞窟へ、こうして足をのばして後悔するわけもなかった。

ヨットはクラム・シェルの洞窟の前に停泊していた。今日は一日がかりで、まずこの《穴ぐら》を探検しよう。コック長はオリヴァー・シンクレアに言われて、洞窟のなかで昼食を出す準備をした。そんなところで食事をする人たちは、まるで船底に閉じこめられたような気がするだろう。じっさい、長さ四〇フィートから五〇フィートの角杭状の岩が組み合わさって円天井を形づくっているさまは、船の内側の肋材にかなりよく似ている。

洞窟は高さが約三〇フィート、幅が約一五フィート、奥行が約一〇〇フィートで、近くまで行くのはさして難しくない。逆風をよけるようにほぼ東に向かって口をあけているから、暴風のときも、この島の他の洞窟にはぶち当たるものすごい波のうねりに、この洞窟だけはまったく見舞われない。それだけに、おそらく他とくらべて面白味は少ないだろう。

にもかかわらず、自然のしわざというよりはむしろ人間のしわざではないかと思われる、このような玄武岩の曲線がみごとに配置されているのには驚嘆させられる。

ミス・キャンベルは、ここを訪れたことにとても満足していた。オリヴァー・シンクレアのおかげでクラム・シェルの洞窟の美しさを存分に味わうことができた――きっとオリヴァーは、ウルシクロスのようには雑然とした科学知識をうるさく並べたてたりせず、むしろ芸術的なセンスで鑑賞することを教えてくれたの

だ。

「わたし、みんなでクラム・シェルを訪れた記念に、何かひとつとっておきたいのですけど……」とミス・キャンベルが言った。

「おやすいご用ですよ」とオリヴァー・シンクレアは応えた。

そして、幾度か鉛筆を動かすと、洞窟をスケッチした。それは、大きな玄武岩の暗礁のはずれで水面に頭を出している岩から眺めたところだった。洞窟の入口は、その壁面からして、骸骨と化した巨大な海の哺乳類を想わせる。島の頂上に通じている簡単な階段。入口は、とても静かで、ひじょうに澄んだ水。その水面下に、洞窟をささえる巨大な玄武岩が描かれている。すべてが、たいへん巧妙に、写生帳のそのページに表現されていた。

画面の下の方に、邪魔にならないよう、画家は署名した――

ミス・キャンベルに　オリヴァー・シンクレア

スタファ島にて　一八八一年九月七日

昼食が終わると、ジョン・オルダック船長は、〈クロリンダ号〉につんである二隻のボートのうち大きい方をおろして出発の準備をした。船客たちはボートに乗りこみ、絵に描きたくなるような美しい島の外縁《へり》に沿って、船の洞窟へ向かった――この洞窟は内側に海水がみなぎり、足を濡らさずには見てまわることができないので、こう呼ばれている。

この洞窟はスタファ島の南西部にある。波の荒い場所なので、すこしでもうねりが強いとき、ここに立ち入るのは無謀というべきだろう。その日はしかし、空の雲行きこそ悪かったけれど、風はまだ出ていなかったので、洞窟の探検で何か危険な目にあいそうには思われなかった。
〈クロリンダ号〉のボートが深い洞窟の入口の前まで来たとき、オーバンからスタファ島へ観光客を乗せてきた汽船がちょうど錨をおろしたところだった。たいへんありがたいことに、その汽船〈パイオニア号〉の船客たちがスタファ島を占領するのは船が停泊している二時間だけだから、ミス・キャンベルの一行にとってはすこしも不都合をきたさなかった。観光客たちがお定まりのコースに従ってフィンガルの洞窟とスタファ島の外面だけを見て歩いているあいだ、彼女たちは人目につかずに船の洞窟のなかにいた。だから、あのいささか騒々しい連中とも出くわさないですんだ——そのことを彼女たちはよろこんだが、それもそのはずだ。突然自分の仲間たちから置き去りをくったアリストビューラス・ウルシクロスが、オーバンへ戻るために、アイオーナ島へ立ち寄った汽船に乗らなかったともかぎらない。なにがなんでも彼と出会うことだけは避けねばならなかった。

　ふられた求婚者が九月七日の観光客のなかにいたにせよ、いなかったにせよ、汽船の出たあと島にはもう誰ひとり残っていなかった。ミス・キャンベル、メルヴィル兄弟、そしてオリヴァー・シンクレアが玄武岩の山に掘りぬかれた一方口しかないトンネルのような細長い坑道から出てきたとき、大西洋のはずれにぽつんと浮かぶ孤岩スタファ島のあたりは、いつもと変わらぬ凪だった。

　みんなは、地球上の多くの地方、とくに火山地帯にある名高い洞窟をいくつかあげて話しあった。洞窟は、その形成が水成であるかによって区別される。

　じっさい、こういった洞窟のあるものは海水によってうがたれたものだ、海水は、花崗岩のような硬い層でさえも、徐々に浸食し、すりへらし、くりぬいて、大きなくぼみをつくる。たとえばブルターニュ地方のクロゾン、コルシカ島のボニファチオ、ノルウェーのモルガッテン、ジブラルタルのサン・ミッシェル、ワイト島沿岸のサラッチェル、インドシナ海岸の大理石の断崖にあるトゥラーヌなどの洞窟だ。

いっぽう形成過程がまったく異なり、花崗岩や玄武岩のような火成岩が冷える際に起こる収縮作用によって岩壁がへこんでできたものもある。その構造は、水成の洞窟には見られない粗っぽさを特徴とする。

自然はその原理に忠実にしたがい、水成の洞窟のばあいには労力を節約し、火成の洞窟のばあいには時間を節約した。

名高いフィンガルの洞窟（訳注―長さ六九メートル。洞窟の奥までひたひたと寄せる波の奏でる音楽に想を得て作曲されたメンデルスゾーンの『フィンガルの洞窟』は有名）――イギリスふうの散文的な表現にしたがえばフィンガルの穴ぐら――は、地質時代の地熱のために物質が沸きたってできた洞窟のひとつだ。

まさしく、このような地球の驚異を探検することに、明日の一日をかけようとしていた。

## XIX

### フィンガルの洞窟

もし〈クロリンダ号〉が、まる一日前から連合王国内のどこかの港に入っていたなら、船長は、大西洋を横断中の船にとって油断のならない天気予報が出されていることを知っていただろう。

じじつ、突風の襲来をニューヨークからの電信は伝えてきたのだった。突風は、大西洋を西から北東へ吹き抜けてノルウェー海岸の彼方へ消え去る途中、アイルランドとスコットランドの沿岸地方でひと暴れする危険があると。

しかし、このような電信がなくても、ヨットにそなえてある気圧計は、用心ぶかい船乗りならば気にかけずにはいられないような大きい気象変化が近々起こることを示していた。

というようなわけで、この日、九月八日の朝、少々心配になった船長ジョン・オルダックは、空と海の様子を見るために、スタファ島の西のはずれの岩場に行った。

形のあまりはっきりしない雲、というよりはむしろ水蒸気の切れはしとでも言えそうなのが、すでにたいへんな速さで動いている。風も強まって、まもなく嵐に変わるだろう。沖ではさかんに白波が立ち、島の波うちぎわにずらりと並んだ杭のような玄武岩に、波のうねりが当たって砕ける音はすさまじいばかりだ。

これは油断できないぞ、とジョン・オルダックは思った。〈クロリンダ号〉はクラム・シェルの入江に入りこみ、わりあい安全な状態で風から守られていた。けれども、ここにいれば危険がないというわけではない、特に小型の船にとっては。東側の暗礁と小さい島々のあいだにどっと潮が流れこめば、その水圧のために恐ろしい返し波が生じて、ヨットはかなり危険な状態におちいるだろう。迷っているときではない。水路が通れなくならないうちに決断を下さなければならぬ。

船に戻ると、ミス・キャンベルたちが集まっていた。船長は自分が懸念していることを話し、一刻も早く出帆準備をする必要があると伝えた。もし出帆が数時間遅れるならば、スタファ島とマル島をへだてる幅一五海里のこの海峡が荒れ狂う海と化する危険がある。では、どこに避難するのがいいか。この島の裏側、とくにアクナグレイグの小さな港だ。そこまで行けば〈クロリンダ号〉は沖から吹きつける風を恐れる必要などまったくなくなるだろう。

「スタファ島を去るんですって！」と、まず声をあげたのはミス・キャンベルだった。「こんなすばらしい水平線をもう見られなくなるんですか！」

「いつまでもクラム・シェルに船を止めておくと、たいへん危険なことになるだろうとわたしは思いますよ」とジョン・オルダックは応えた。

「しかたがないじゃないか、ヘレーナ！」とサムが言った。

「そうだ、しかたがないんだよ！」とシブも言った。

こんなあわただしい出発になって、さぞミス・キャンベルは面白くなかろうと見てとったオリヴァー・シンクレアは、急いでたずねた——

「オルダック船長、この嵐はどのくらいつづくとお考えですか？」

「まあ、せいぜい二日か三日でしょう、今のことですから」と船長は応えた。

「で、どうしても出発しなければならぬとお考えなのですか？」

「そうです、しかも、今すぐに」

「どんなご計画なのか聞かせていただけませんか?」

「これからすぐ出帆準備にかかります。風が強くなれば、夕方までに、アクナグレイグに着くことができましょう。そして天候がよくなり次第、スタファ島に戻るのです」

「なぜ、アイオーナ島へ戻らんのですか? 〈クロリンダ号〉なら一時間で行けるでしょうに……」とサムがきいた。

「だめ……いやですわ……アイオーナ島なんていけませんわ!」とミス・キャンベルは言った。アイオーナ島と聞いただけで、はやくもアリストビューラス・ウルシクロスの影が立ちはだかるのだ。

「アイオーナ島の港のほうがスタファ島の停泊地よりずっと安全だというわけにもいかないでしょう」と船長ジョン・オルダックは注意をうながした。

「では、出発してください、船長」とオリヴァー・シンクレアは言った。「ただちにアクナグレイグに向かって出発してください、そして、われわれはこのスタファ島に残したままで行ってください」

「この島にですか!」とジョン・オルダックは言った。「風をよけるための家一軒ない所ですよ!」

「クラム・シェルの洞窟のなかなら数日間はだいじょうぶじゃないでしょうか?」とオリヴァー・シンクレアは言葉をつづけた。「何か足りないものがあるでしょうか? 何でもありますよ! 船には食糧が充分積んでありますし、寝台《クーシエット》の毛布や枕が使えますし、着替えもあります。それを降ろせばいいんです。それに料理人も一人いますよ。われわれと一緒に残るんならよろこんで同意してくれるでしょう!」

「そうよ!……そうですわよ!……」と手をたたきながらミス・キャンベルは言った。「どうぞお発ちになって、船長さん、今すぐお発ちになってくださいな、大事なヨットといっしょにアクナグレイグへ。わたしたちはスタファ島に置いていってくださいな。わたしたち、無人島にほうりだされた人びとのようにここにおりますの。よろこんで漂流生活をおくるんですわ。わたしたちは〈クロリンダ号〉が戻ってくるのを感動と興奮と息苦しいほどの不安のうちに待ち受けることでしょう、ちょうど、ロビンソンが、そしてロビンソンのような難船者たちが、沖合に船の影をちらと見たときのように。わたしたち、何をするためにここへやってきたのでしょう？　小説に書かれているような冒険をしにきたんじゃありませんこと、シンクレアさん？　そうだとすれば、今目のあたりにしているこの状況くらい小説的なものがまたとあるでしょうか、伯父さまがた？　それればかりか、嵐になるんですわ。この詩情豊かな小島に吹きつける一陣の風、怒り狂う極北の海、オシアンの詩にうたわれているような、荒々しい自然の力の闘い、このような雄大な光景をもし見のがしたら、わたし、一生後悔いたしますわ！　ですから、どうぞお発ちになって、オルダック船長さん！　わたしたちはここに残って、あなたのお帰りを待つことにいたしましょう」

「しかし……」メルヴィル兄弟は、いかにもおずおずした様子で、ほとんど同時に言った。

「伯父さまがたがおっしゃりたいことなら分かってましてよ」とミス・キャンベルは応えた。「でも、わたしの考えに賛成してもらえる方法がちゃんとありますの」

そう言うなり彼女は、朝の挨拶のキスをしに二人の所へ行った。

「はい、サム伯父さま……。こんどは、シブ伯父さま……。さあ、これでもう、お二人とも、とやかくおっしゃいませんわね」

むろん異議をとなえようなどとは思いもしなかった。スタファ島にとどまるのが自分たちの姪にとって都合がいいということになったからには、どうしてとどまっていけないことがあろう？　どうして最初からこういう、とても簡単な、とても自然な、みんなの得になる名案が自分たちの頭には浮ばなかったのだろう？

　この名案を出したのはオリヴァー・シンクレアだった。だからミス・キャンベルは、彼には格別感謝しなければならないと思った。

　話が決まると、島に滞在するために必要な品々が水夫たちの手で船から降ろされた。たちまちクラム・シェルの洞窟は仮の宿に姿を変えてメルヴィル・ハウスと名づけられた。ここは、アイオーナ島の宿屋と同じくらい、あるいはもっと居心地がよいはずだ。適当な炊事場を一生懸命に探していた料理人は、洞窟の入口に近い岩壁のくぼみに、ちょうどお誂え向きの場所を見つけた。

　それから、ミス・キャンベルとオリヴァー・シンクレア、メルヴィル兄弟とベスおばさんとパートリッジが〈クロリンダ号〉を降りるに際し、船長ジョン・オルダックは、ヨットに積んであった小さなボートを貸してくれた——岩と岩とを往き来するのに便利だから自由に使うようにと。

　一時間後に、〈クロリンダ号〉は、悪天候にそなえて、帆を二段分巻きあげ、トップマストの帆をおろし、船首の小さな三角帆を張って出帆の準備をしていた。これからマル島の北を迂回し、免租地とのあいだの海峡を通って、アクナグレイグの港に向かう。ミス・キャンベルら一行は、スタファ島の高台から、ヨットが見えなくなるまで見送った。つばさで波をかすめて飛ぶカモメのように、風を帆に受け、船体をぐっと傾けて走るヨットは、半時間もすると、ゴメトラ島の後ろに姿を消した。

　さて、天気は今にも変わりそうだったけれど、空はかすんではいない。風のためにはるか上空で切れる雲の大きな裂け目を通して、まだ陽は差している。島を散歩することもできるし、玄武岩の断崖の下を辿りながら、ぐるっとまわって歩くこともできる。というわけで、ミス・キャンベルやメルヴィル兄弟のいちばんの関心事は、オリヴァー・シンクレアの案内でフィンガルの洞窟へ行ってみることだった。

アイオーナ島からスタファ島にやってくる観光客たちは、ふつうオーバンから彼らを運んできた汽船のボートで、この洞窟を見物することになっている。が、右手の岩場にボートの着けられる場所があって、そこから歩いて洞窟に入れば、奥の奥まで見ることができる。

それならば、〈クロリンダ号〉のボートを使わずに洞窟の探検をしてみよう、とオリヴァー・シンクレアは決めた。

一行はクラム・シェルの洞窟を出ると、島の東海岸に沿ってつづく岩の道をたどった。あたかも土木工事で玄武岩の杭を打ちこみでもしたかのようにずらりと並んだ岩の柱の上端が、堅固な舗道になって、波のしぶきをかぶることもなく、岩山のすそにのびている。数分ほどの散歩のあいだ、みんなは楽しいおしゃべりをつづけ、あたりの小島が砕ける大波に洗われ、青く澄んだ水の下に根もとのほうまでも透《す》いて見えるのを眺めては感嘆の声を放った。『アラビアン・ナイト』の主人公たちが住むのにいかにもふさわしいこの洞窟へ行くのに、これ以上すてきな道は考えられないだろう。

島の東南の角に着くと、一行はオリヴァー・シンクレアに言われて、自然にできあがった階段を数歩のぼった。それは宮殿のなかにあったとしても美観をそこなうようなことはなかったにちがいない。

階段の踊り場の角に、たくさんの岩の柱が入り組んで層をなし、洞窟の内壁に向かって立ち並ぶさまは、ローマのウェスタ神殿（訳注―かまどの女神をまつった神殿で、フォーラムの近くにある）を想わせるが、こうした柱のために洞窟の入口が隠れて見えない。スタファ島の一角をなす巨大な岩塊を支えているのが、この岩の柱の層なのだ。この岩塊には石目《いしめ》なりの裂け目が斜めに走っているが、それは円天井のへこんだ曲面の石の幾何学的切断面にそっているように見えて、垂直に立ち並ぶ支えの柱と奇妙な対照をなしていた。

階段の根もとを洗う海は、さっきまでは穏やかだったが、すでに沖合では波が騒いでいるためだろうか、高くなり低くなりしながら、ゆっくりと大きな呼吸をしている。そこに岩山の腰のあたりがそっくり映って、黒ずんだ影が水中にうねっていた。

上の踊り場に着くと、オリヴァー・シンクレアは左の方へ曲がって、ミス・キャンベルに狭い河岸のような部分を指し示した。自然にできた歩道というべきか、洞窟の内壁にそって奥の方まで通じている。縁《へり》のとがった、水ぎわの細い道で、鉄の支柱を玄武岩にはめこんで固定してある手すりにつかまって進むことができるようになっている。

「あら!」とミス・キャンベルは言った。「こんな所に手すりなんかつけて、せっかくフィンガルの宮殿にやってきたというのに、なんだか気分がこわれてしまいそう!」

「まったくですね」とオリヴァー・シンクレアがうなずいて言った。「自然のつくりだした作品にたいして人間の手がよけいな真似をしたものです」

「でも、役に立つんなら、使わせてもらおうじゃないか」とサムが言った。

「わしは使ってるよ!」とシブが言い足した。

フィンガルの洞窟に入りかけたとき、案内人の声がかかって、見物人たちは足を止めた。

目の前に、教会の本堂のような、天井が高くて奥ゆきの深い、神秘的な淡い光に満ちた空間が開いていた。左右の壁と壁との距離は、海面と同じ高さの所で、三四フィートぐらいはありそうだ。右側にも左側にも玄武岩の柱がびっしりと立ち並んで、ゴチック時代末期の大伽藍に見られるように、どっしりした支えの壁が隠れてしまっている。これらの柱の最上部によって巨大な尖頭形穹窿《ドーム》の起拱点《ききよう》が支えられているのだが、穹窿の要石《かなめいし》までの高さは、平均水位から計って五〇フィートぐらいだろうか。

はなからみごとな光景に驚嘆してしまったミス・キャンベルの一行は、ただもう、うっとりと眺めていたが、ついに思いあきらめてしぶしぶその場を離れ、あの、細い道になっているでっぱった所を辿って洞窟のなかへ入っていった。

とほうもなく大きな結晶作用によってできたものと思われる数百本の角ばった柱が、長さはばらばらだが、まことに整然と並んでいる！　そのするどい角の線は、まるで装飾彫刻師がのみで彫りあげたかのようにくっきりとうき出て、重なりあう柱と柱のつくる凹角と凸角が幾何学的にみごとな調和を示している。三面の柱があるかと思えば、四面、五面、六面の柱があり、七面、あるいは八面もの柱さえある――このように全体としてはどれもが同じような形をしていながら、そこにはまた、それぞれちがった味わいもそなわっており、並々ならぬ自然の芸術的感覚と言わなければならない。

外から差しこむ光が、これらのさまざまな角や面とたわむれていた。また洞窟内の鏡のような水に入って反射した光は、海底の石や海藻類の緑色、暗赤色、淡黄色などに染まり、世界に二つとはありそうにない、この巨大な地下納骨堂の円天井に達すると、そこで玄武岩のでっぱりがつくっているたくさんの不揃いな格間《ごうま》に、きらきらと灯をともしていた。

洞窟の内部に、一種の響きわたる静寂――この二つの語をつなぎあわすことができるならば――がみなぎっていた。これは、深い洞窟に特有な静寂であって、訪問者たちもまた、この静寂を破ろうなどとは考えもしなかった。ただ、吹き通る風に、あの長く尾をひく和音——強まったと思うと、だんだんに弱まっていく、哀調をおびた滅七の和音だけが重なり連続して響いていた。さながらそれは、強く吹く風に洞窟内の角ばった柱という柱が、巨大なハーモニカの響片《した》となって共鳴するのを聞いてでもいるような思いだったろう。ケルト語で、このほら穴のことをAn-Na-Vine《調べ妙なる洞窟》と呼んだのは、このような奇妙な風の効果に由来するものではなかったろうか？

「ところで、フィンガルという名称以上にこの洞窟にふさわしい名称がありえたでしょうか？」とオリヴァー・シンクレアが言った。「ご存知のようにフィンガルはオシアンの父でしたし、オシアンは詩と音楽の溶け合うひとつの芸術をつくりだした天才的詩人だったのですからね」

「なるほど」とサムがこたえる。「でも、オシアン自身が語っていますね……〝いつの日　わたしの耳に聞こえるのだろう　詩人《バルド》たちの歌は　いつの日　わたしの心は高なるのだろう　父祖の武勲《いさお》の物語に？　もはや　竪琴の音に　セボラの森は鳴りひびかない！〟」

「そう、そのとおり」とシブが言いそえる。「〝宮殿も　いまは荒れはて　住む人もなく　木霊も　もはや昔の歌を　返してこない！〟」

洞窟の奥行きは約一五〇フィートだ。本堂のように広い部分の奥の方に、パイプオルガンの管のような何本かの柱がくっきりとうき出ている。入口の所の柱よりは小さいけれど、角の線のできぐあいなどは、まったく同じようだ。

ここで、オリヴァー・シンクレアと、ミス・キャンベルと、二人の伯父たちは、ひと休みすることにした。この位置からは、空いっぱいに見晴らせて、みごとな眺望だった。光のみなぎった水をとおして海底の様子が手にとるように見える。四面から七面の柱の断片のような岩が、モザイクの石のようにぴったりと入り組んで並んでいる。左右の岩壁に映る光と影の戯れは世にも不思議な眺めだ。そんなすべてが忽然と消えさるのは、低い雲が、まるで劇場の舞台前面におりる薄地の幕のように、洞窟の入口をおおうときだった。反対に、すべてが輝きわたり、虹の七色に彩られるのは、さっと陽の光が差して、海底の色とりどりの結晶体に反射し、光の長い帯となって、本堂の後陣にまで達するときだった。

彼方では、海が、とほうもなく大きなアーチを支える岩の層に当たっては砕けている。黒檀の縁《ふち》のように黒いこの枠が、背景の美しさをいっそうひき立てている。はるか向うに空と水の境は壮麗このうえなく、アイオーナ島が、二海里の沖合に、僧院の廃墟をくっきりと白く浮かびあがらせていた。

一同は、仙境にでもいるかのように恍惚となって、言葉もなく、ただただ感動するだけだった。

「不思議の国の宮殿にいるみたい！」とうとうミス・キャンベルが口をきった。「神様が、空気の精や水の精のために、これをおつくりになったということを信じようとしない人は、よほど散文的な頭の人なんでしょうね！　この大きなアイオロス琴（訳注―エオリアンハープ。数本の同じ長さの腸線を張った箱型の楽器。風が吹くにつれ、その圧力で鳴りだす）が風にふれて鳴りひびくのは誰のためなのでしょう？　ウェーヴァリー（訳注―スコットの同名の歴史小説の主人公）が夢のなかで聞いたのは、この超自然の音楽、セルマの声ではなかったでしょうか？　作者スコットは、その声の調べを譜に写しとって、主人公たちの心を和らげようとしたのでしたわ」

「おっしゃるとおりです、ミス・キャンベル」とオリヴァーは応えた。「きっと、ウォルター・スコットは、ハイランド地方の詩情あふれる古い時代に作品のイメージを探し求めたとき、フィンガルの宮殿を想い浮かべていたのでしょう」

「わたし、こういう場所でこそ、オシアンの霊を呼んでみたいものですわ！」と若い娘は熱っぽい口調で言葉をついだ。「どこかに隠れている詩人が、わたしの呼び声に一五〇〇年の眠りからめざめて、姿を現わさないわけが、どうしてあるでしょう？　ホメロスと同じように盲いた不幸な詩人が、父親の名を今に伝えているこの宮殿に、当時の数々の武勲を讃えながら、身を隠しにやってきたことも一度ならずあった、そんなふうに、わたし、思ってみたいんです！　きっと、そのとき、フィンガルの木霊は、オシアンの勇壮で抒情的な妙想を、ゲールの方言に特有の清らかな調べにのせて、くりかえしたことでしょう。シンクレアさん、ちょうど今わたしのいる場所に、年老いたオシアンがやってきて腰をおろし、奏でる竪琴の音がセルマの声のしわがれたひびきとまじりあったこともあったにちがいないと、あなた、信じていただけますかしら？」

「信じますとも、ミス・キャンベル」とオリヴァー・シンクレアは応えた。「あなたがそんなにも強く信じて、おっしゃることを、どうして疑ったりするものですか」

「呼んでみましょうか、オシアンの霊を？」とミス・キャンベルはつぶやくように言った。

そして彼女は、すがすがしい声で、幾度か、ずっと昔の詩人の名を、風の鳴るなかで呼んだ。けれども、ミス・キャンベルがせつなる願いをこめて、三度くりかえしてその名を呼んだにもかかわらず、こたえるのは木霊だけだった。オシアンの霊は、その父の宮殿に、とうとう現われてくれなかった。

いつのまにか時がたって、太陽は厚い雲の下に隠れてしまい、洞窟を重くるしく闇がみたし、外では海が荒れだしていた。すでに大きな波のうねりが洞窟のなかにも押し寄せ、いちばん奥の玄武岩にまで当たって砕け、はげしい音を立てていた。

見物人たちは、波のしぶきにほとんど濡れてしまっている細い道を引き返した。吹きさらしの小島の角を

曲がるときは、沖の風をまともにうけた。海岸沿いの岩の道に出て、一時《いっとき》風をしのぐことはできた。天候は二時間ほど前から、目にみえて悪化していたのだった。突風がスコットランドの沿岸地方に襲いかかって風力をまし、今にも暴風になりそうだ。

しかし、ミス・キャンベルの一行は、玄武岩の絶壁に守られて、さしたる困難もなく、クラム・シェルの洞窟に帰りつくことができた。

翌日になると、気圧計の水銀柱がまた下がり、風がすさまじい勢いで吹き荒れた。雲は、さらに厚くなり、さらに鉛色をまして、低くなった空いっぱいに広がり、まだ雨にはなっていないけれど、陽の光はちょっとの間も差さなかった。

ミス・キャンベルは、こんな予想もしない支障が生じたのに、思ったほど、いらだつ様子もない。嵐にたたかれる離れ小島で、こんなふうに日をおくるのが彼女の激しい気性にあっているのだ。ウォルター・スコットの作品に登場する女主人公のように、彼女は、スタファ島の岩場をさまよい歩くのが気に入っていた。これまでとはすこしちがったもの想いにひたりながら、たいていはひとりきりで。そして誰もが、彼女の孤独を妨げないようにしていたのだった。

彼女は、それゆえ、あの洞窟の詩情をそそる異様さに惹かれて何回となく訪れてみた。洞窟のなかで夢想にふけりながら何時間も過ごし、むちゃなことをしないようにという周りの者の忠告などは、ほとんど気にもとめなかった。

翌、九月九日、スコットランドの海岸は最大の低気圧に見舞われた。突風の中心で見られる気流の激しさは、ちょっと比類のないものだった。すでに暴風だ。島の台地でこれに巻きこまれたら、立っていることもできなかったろう。

午後の七時ごろ、これから夕食にしようかというクラム・シェルの洞窟で、オリヴァー・シンクレアとメルヴィル兄弟がひどく気をもんでいた。

ミス・キャンベルが、三時間ほど前から、行き先も告げずに出たまま、まだ帰っていないのである。とにかく辛抱して、といっても不安はつのるばかりなのだが、六時までは待った……けれども帰ってこない。

なんども、オリヴァー・シンクレアは島の台地に上がって見た……人影はなかった。

嵐も本格的になって、たとえようもない激しさで荒れ狂っている。海は、巨大なうねりとなって高まり、風にさらされている島の南西部全体を、ひっきりなしに叩いている。

「きっと、つらい思いをしてるんですよ、ミス・キャンベルは！」突然オリヴァー・シンクレアが叫んだ。「もしも、まだフィンガルの洞窟のなかにいるのだったら、助けに行かなければ、さもないと、命が危ない！」

# XX ミス・キャンベルのために

しばらくすると、オリヴァー・シンクレアは、足ばやに岩の道を通って洞窟の入口の前までやってきた。そこから、玄武岩でできた階段をのぼるようになっている。

メルヴィル兄弟とパートリッジは、オリヴァーのすぐうしろからついてきた。

ベスおばさんはクラム・シェルの洞窟に残っていたが、なんともいいようのない不安を胸に、ヘレーナが戻ってきたときにそなえて、なにくれとなく忙しい。

満ちてくる潮が、すでに階段の上の踊り場までも浸し、手すりを越えた波がさかんに砕け散り、壁ぎわの細い道はまったく通れなくなっていた。

洞窟のなかに入っていくこともできないのだから、出てくることもできないわけだ、もしもミス・キャンベルが洞窟のなかにいるのなら、閉じこめられてしまったのだ！　でも、どうやってそれを確かめたらいいのか？　どうやったら彼女のいる所まで行き着けるのだろうか？

「ヘレーナ！　ヘレーナ」

絶え間なしにつづく波の唸りのなかで彼女の名を呼ぶこの声が、はたして聞こえるのだろうか？　洞窟のなかに吹きこむ風と流れこむ波が、まるで雷鳴のようにとどろく。声をかぎりに叫んでも怒濤の響きにかき消され、いくら視線をこらしても深い洞窟の奥まで覗きこむことはできなかった。

「ひょっとしたら、このなかにはいないのじゃないかね？」とサムが言った。そうであることに望みをかけたかったのだ。

「じゃ、あの娘《こ》はどこにいるんだろう?」とシブが応えた。

「そうですとも! このなかにいないとしたら、どこにいるというんでしょう?」とオリヴァー・シンクレアは声を大きくした。「探したんですよ、島の小高い所や、海岸の岩場のあいだや、その他ありとあらゆる所を。でも、見つからなかった。もし戻ってこれたんなら、もうとっくに、戻ってきているんじゃないでしょうか? やっぱり、このなかにいるんです!……このなかに!」

みんなは、思い出していた、こわいもの知らずの若い娘が、フィンガルの洞窟でいちど嵐を見てみたいなどと、むこうみずな、酔ったようなことを、熱心に何度も話していたのを。いったい彼女は、暴風で荒れ狂うときの海は洞窟のてっぺんまで押し入り、そのために洞窟は一種の牢獄と化し、力ずくでなかに入ることなどとてもできない状態になるのだということを、忘れてしまっていたのだろうか?

彼女のいる所にたどりつき、救いだすために、今、やれることは何か?

スタファ島のこの一角をまともに襲う暴風の力で、高まる波が洞窟の円天井のてっぺんにまでとどくこともあった。波は、そこで、耳を聾《ろう》するばかりのすさまじい音をたてて砕ける。はね返されて溢れる海水が一面の分厚い塊となって泡だちながら落下するさまは、さながらナイアガラの大瀑布。しかも、波の下の方の部分は、沖から寄せるうねりに押されて、なかへなかへと激しい勢いで突き進む、大きな堤防もあっというまに崩してしまう奔流のように。海は、まさしく洞窟の最深部に浸入してぶつかっているのだった。

ミス・キャンベルは、波に襲われないですむような避難場所を、どこに見つけることができたのだろうか? 洞窟のいちばん奥は波の襲撃に直接さらされていたし、せまい歩道は、潮が流れこむときも引くときも、波に洗われて防ぎようもないはずだった。

でも、むこうみずな若い娘が、このなかに閉じこめられているなどとは考えたくない気持がまだあった。こんな行き止まりの洞窟に浸入して怒り狂っている海に、どうやって抵抗することができたろう？　もう死体となって、手足をもぎ取られ、肉を引き裂かれ、返し波にのって洞窟の外に押し出されてしまったのではないか？　そして、上げ潮の流れが彼女の遺骸を、海岸の暗礁に沿ってクラム・シェルの洞窟のあたりまで運んでしまったのではないだろうか？

「ヘレーナ！　ヘレーナ」

吹きすさぶ風と立ち騒ぐ波の音のなかで、若い娘の名を呼ぶ声が執拗につづいた。

しかし、それにこたえる叫びひとつ聞こえなかった。こたえることができなかったのだ。

「だめだ！　いない！　あの娘《こ》はこの洞窟のなかにはいやしません！」とメルヴィル兄弟は、すっかり気落ちして言った。

「彼女は、このなかにいます！」とオリヴァー・シンクレアが言い返し、伸ばしたその手が、玄武岩の階段を指さした。波の引いた後の踏石の上に一枚の布切れが見える。

彼は急いでその切れはしを拾い上げた。

それは《スヌード》とよばれるスコットランドのリボンで、ミス・キャンベルが髪に巻いていたものだった。

これでもまだ信じられないと言うのだろうか？

このリボンを彼女の髪からもぎ取るほどの激しい波だったとすれば、その同じ衝撃がミス・キャンベルを

L. Benett

フィンガルの洞窟の壁にぶちつけて、ばらばらにしてしまったかもしれないではないか？

「ぼくが確かめてきます！」とオリヴァー・シンクレアは叫んだ。

そして、壁ぎわの細い道を洗っていた潮が半分ほど引いた瞬間をねらって、手すりのいちばん手前の支柱をつかんだ。が、たちまち大波にさらわれ、踊り場の上にひっくりかえった。

もし、このとき、パートリッジが身の危険を冒してとびつかなかったなら、オリヴァー・シンクレアは階段のいちばん下まで転げ落ち、もはや助けも及ばず、そのまま波にさらわれてしまったことだろう。

オリヴァー・シンクレアは起き上がった。洞窟のなかに入っていこうという決意はすこしもにぶっていなかった。

「ミス・キャンベルは、このなかにいるんです！」と彼はくりかえし言った。「彼女は生きていますよ。まだ、外に押し出されてはいませんからね、この布切れのようには！　どこか壁のくぼみにでも避難しているかもしれない！　でも、そんなに長くは力がつづきますまい！　潮の引くまでは、とてももたないでしょう！……だから、彼女のいる所まで行かなければならないんです！」

「わたくしが参りましょう！」とパートリッジが言った。

「いや！……ぼくが行く！」とオリヴァー・シンクレアはこたえて言った。

ミス・キャンベルのところまで行き着こうと、彼は今、最後の手段を試みようとしている。しかし、この方法でうまくいくかどうか、成功の可能性は百に一つもあるかなしか、だ。

「お二人は、ここで待っていてください」と彼はメルヴィル兄弟に言った。「五分もすれば、戻ってきますから。さあ、来てください、パートリッジさん！」

伯父たち二人は、島のはずれの角の所にそのまま残った。断崖のおかげで風も当たらず、海の波もここまでは押し寄せてこない。一方、オリヴァー・シンクレアとパートリッジは、大急ぎでクラム・シェルの洞窟へ戻っていった。

夜の八時半だった。

五分ほどたって、青年と老執事は、磯づたいに、小さなボートを曳いて帰ってきた。〈クロリンダ号〉の船長ジョン・オルダックが残していってくれたボートだ。

陸路を通って洞窟に入ることができないため、海の力をかりて洞窟に飛びこもうとしているのだろうか？ そのとおり！ 今からそれをやってみようというのだ。まさに自分の命を賭けようとしている。それは、よく分かっている。でも、迷いはなかった。

ボートが、階段の根もとの、返し波のとどかない、玄武岩の踏石の角の所へ持ってこられた。

「わたくしもお供いたします」とパートリッジが言った。

「いや、だめです、パートリッジさん」とオリヴァー・シンクレアは応えた。「だめです！ こんな小さなボートに二人も乗ったら危ないし、かえってうまくいかないでしょう！ もしミス・キャンベルがまだ生きているのでしたら、ぼく一人で充分ですよ！」

「オリヴァー君！」とメルヴィル兄弟は涙声になって叫んだ。「オリヴァー君、どうか、わしらの娘の命を助けてやってください！」

青年は二人の手を握った。それから、ボートにとび乗ると、中央の横板に腰をおろし、左右のオールをつかみ、器用に漕いで、逆まく潮のなかを進んだ。そして、うち寄せた巨大な波が戻るのを、一瞬待って、それに乗っかると、フィンガルの洞窟の正面へと運ばれていった。

洞窟の前で、ボートは高波に持ち上げられたが、オリヴァー・シンクレアは巧みにオールを操って、波のうねりに向かってまっすぐにボートをもっていった。もし横波をくっていたら、転覆はまぬがれなかったろう。

最初、海は、この頼りない小舟を円天井の高さぐらいまで持ち上げた。ボートは大きな岩塊にぶつかって木端微塵になるかと思われた。ところが、引く波のいかんともしがたい力によって、小舟は洞窟のずっと外へもっていかれた。

こんなぐあいにボートは三度、波に翻弄されたあげく、今度は洞窟へ向かって突き落とされ、それからもう一度引き戻されたときには、入口をふさいでいる波のために、通り路さえ分からなくなる有様だった。しかし、オリヴァー・シンクレアは、あくまで沈着に、しっかりとオールを握って、ボートから投げ出されるのを防いだ。

ついに、今まで見られなかったような大きな波のうねりがボートをかかえあげた。ほとんど島の台地と同じくらいの高さに達した波の背にのって、ボートは一瞬、ぐらりと揺れた。次の瞬間、逆落としの波が洞窟を底までえぐりこみ、オリヴァー・シンクレアは大瀑布の斜面を下るようにそのまま斜めに突き落とされた。

恐怖の叫びが、見ている人たちからあがった。もはやボートは、洞窟の入口、左手の岩の柱に当たって、うち砕かれるほかないように思われた。

が、大胆不敵な若者は、一漕ぎでボートを立てなおした。洞窟の入口をふさいでいた波が今は引いている。もういちど海が巨大な水の塊となってふくれあがるわずかのすきをついて、若者は矢のように洞窟のな

L. Benett
HILDEBRAND SC.

かへ消えていった。

間一髪、広い水の層が雪崩のように襲いかかり、砕け散る波に島のてっぺんまでも隠れるほどだった。

ボートは洞窟の奥の岩に当たって打ち砕かれてしまったのだろうか？　犠牲者がまた一人出たことになるのだろうか？

否。オリヴァー・シンクレアは、円天井のでこぼこした岩に衝突することもなく、すばやく通り抜けたのだった。ボートのなかで仰向けになり、体を平たくしていたので、玄武岩のでっぱった角にぶつからずにすんだ。あっというまに彼は目ざす向う側の岩壁に達していたのだが、心配はただひとつ、洞窟の奥のどこかででっぱりにとりつくこともできぬまま、逆流する潮とともに外へ吐き出されてしまうのではないかということだった。

運よく、ボートは、フィンガルの洞窟のいちばん奥にパイプオルガンの管のように立ち並ぶ岩の柱へ来てぶつかった。激突をまぬがれたのは、うねり返す波のおかげで衝撃が和らげられたから。それでもボートは半分壊れた。しかしオリヴァー・シンクレアは玄武岩の一角をつかむことができ、溺れる者の執拗さで、しがみつくと、波のとどかぬ所へよじのぼることができたのだった。

その直後、ばらばらになったボートが、流れ出る潮にのって洞窟の外に吐き出されてくると、メルヴィル兄弟とパートリッジは、勇敢にも救助におもむいた若者が命を落としたにちがいないと考え、波にボートの残骸が漂うのを見ていた。

# XXI
## 洞窟の嵐

オリヴァー・シンクレアは無事だったし、ちょっとの間だったけれど安全な場所にいた。洞窟のなかは、何も見えないくらい深い闇だった。入口をふさいでいる山のような波が半ば引き、次の波が寄せてくるまでの短いわずかなあいだだけ、かろうじて薄明かりが差しこんだ。

ミス・キャンベルはどこに避難場所を見つけることができたのだろう……と、オリヴァー・シンクレアは、確かめようと試みたが、むだだった。

彼は呼んだ――

「ミス・キャンベル！　ミス・キャンベル！」

すると、

「オリヴァーさま！　オリヴァーさま！」

こたえる声があった。その声を聞いたときの彼の心中は、どう書き表わしたらよいのだろう。

ミス・キャンベルは無事だった。

それにしても、波に襲われないですむようなどんな場所にのがれることができたのだろうか？

オリヴァー・シンクレアは、細い道に腹這いになって、フィンガルの洞窟の奥の部分をぐるっとまわってみた。

左手の岩壁に、玄武岩の収縮によって生じたくぼみがあり、壁龕《へきがん》のように空洞になっていた。そこだけ岩の柱が切れている。この隠れ処は、かなり広い間口のものだが、人間が一人だけ入れるくらいの場所しかなく、奥へいくにつれ狭まっている。昔から、この穴は《フィンガルの椅子》と呼ばれてきた。

突然、海の浸入してくるのに驚いて、ミス・キャンベルが逃げこんだのは、このくぼみだったのだ。数時間前には潮が引いていて、洞窟の入口は楽に通れたので、無鉄砲な娘は、この日もまた見物にやってきたのだが、そこで夢想にふけっていた彼女は、高潮の危険が身に迫っていようなどとは思ってもみなかった。洞窟の外でどんなことが起こっているのか、何も知らなかったのだ。いざ出ようと思って、見れば、なんと怖ろしいことだ、洞窟内はすっかり海になっている。出口がない！

しかし、ミス・キャンベルは、あくまでも冷静だった。どこか安全な場所に身を置こうとした。二度、三度、外の踊り場に戻ろうと試みたが失敗に終わった。その後、二〇回も波にさらわれそうになりながら、やっとの思いで、このフィンガルの椅子に辿りつくことができたのだった。

そこに身をすくめている彼女を、オリヴァー・シンクレアが見つけた。ここなら荒れ狂う波もとどかなかったわけだ。

「ああ！　ミス・キャンベル」と彼は叫んだ。「どうしてまた、あなたともあろうひとが、こんな所で危いめにあうようなむちゃをなさったんですか？　嵐になることはお分かりになっていたはずでしょう！　みんなはもう、あなたが波にさらわれてしまったのだと思っていたんですよ！」

「それなのに、あなたは、わたしを助けにきてくださったんですのね、オリヴァーさま！」とミス・キャンベルはこたえて言った。彼女は、若者の勇気に感動したあまり、まだこれから出会うかもしれない危険にたいする恐怖など、さほど感じていないようだった。

L. Benett
HILDEBRAND SC.

「ぼくは、あなたが困っていらっしゃるのを助けにきたんです、ミス・キャンベル。神のご加護によって、ぼくはきっと成功してみせますよ！」

「こわくはありませんの？」

「こわくなんかありません……全然！……あなたが、ここにいらっしゃるんですから、ぼくにはもう、こわいものなどひとつもありません……それに、こんな、すごい光景を前にしては、ただもう感嘆するばかりなんです！……まあ、見てごらんなさい！」

ミス・キャンベルは狭い隠れ処の奥まで後ずさりしてしまった。オリヴァー・シンクレアはその前に立ち、できるだけ彼女を波から守ろうとした。先刻よりもさらに高くなって荒れ狂う波が、しきりと彼女に襲いかかろうとしていた。

二人とも黙ったままだった。オリヴァー・シンクレアは、自分の気持を分かってもらえるような言葉を、どんなにか口にしたかったことだろう！　でも、言葉が何の役に立とう、言わなくとも、ミス・キャンベルはすべてを感じとっていたのではなかろうか？

そうやっているあいだも若者は、外のますます恐ろしさを加える光景を眺めながら、自分のためにではなく、ミス・キャンベルのために、ある言いようもない、息苦しいほどの不安を覚えるのだった。風の唸る声、たち騒ぐ波の音を聞いて、嵐がますます激しさを加えて荒れ狂ってくるのが分かっていたのではないか？　これからまだ数時間は海をふくれあがらせるはずの満ち潮のために、水位がどんどん上がってきているのに気づいていたのではないか？

いったい海は、どこまで高くなれば気がすむというのだろう？　沖合の波のうねりぐあいから見ると、なにか異常な高さに達しそうだが、予測はできない。しかし分かりすぎるくらいはっきりと分かっていることは、洞窟内に潮が徐々に満ちてくるということだ。それから洞窟が真暗でないのは、波頭に外の光がよどんで、ぼんやりと明るくなっているせいだ。さらに、夜光虫で光る広い海面から波のしぶきが飛び、ここかしこ、玄武岩の角々にかかると、電灯のきらめきのようなもので角柱の稜線が輝き、それが消えた後もなお、ぼうっと鉛色のほのかな明かりが残るのだった。

このように束の間ひらめく光の下で、オリヴァー・シンクレアはミス・キャンベルの方へふり向いた。わきあがる感動、危険に直面しているためだけのものではない、そんな感動をおぼえながら彼女をみつめた。ミス・キャンベルは笑みを浮かべて、この光景の崇高さにすっかり心をうばわれている——まさしく彼女が求めていた、フィンガルの洞窟のなかの嵐だった！

そのとき、今までのよりも強い波のうねりが、フィンガルの椅子のくぼみまで上がってきた。まもなく自分たち二人はこの安全な隠れ処を立ち退かされるのだと思った。

オリヴァー・シンクレアは、若い娘を腕のなかに抱きしめた、海が餌食とねらう、このヘレーナをけっして離すまいと。

「オリヴァー！　オリヴァー！……」とミス・キャンベルは、抑えかねる恐怖にかられて叫んだ。

「何もこわがることなどありませんよ、ヘレーナ！」とオリヴァー・シンクレアは応えた。「ぼくが守ってあげます、ヘレーナ！……ぼく……」

彼は言った。彼女を守ろう！　だが、どうやって？　もしも波がもっと怒り狂い、潮がもっと高まってきて、このくぼみの奥に隠れていられなくなったときは、どうやって彼女を激しい波から守りぬくことができるのだろう？　他のどんな所に避難場所を探しに行けばよいのか？　この、怪物のように盛りあがる海に襲われないですむ安全な場所が、どこに見つかるというのだろう？　こういった不測の事態が一挙に、恐ろしい現実となって迫ってきた。

なによりもまず冷静でなければならない。どんなことがあっても、けっして取り乱さないように、とオリヴァー・シンクレアは心に決め、ひたすら、つとめた。

そうすることが必要だった。この若い娘が気力までなくしてしまうようなことはないにせよ、少なくとも体力がつきてしまうときが、ついにはやってくるはずだ。ならば、なおのこと自分がしっかりしていなければならない。あまりにも長い闘いに力をふりしぼった結果が、やがて彼女に現われるだろう。はやくも彼女の力が徐々に弱まっていくのが感じられる。彼は、自身が希望を失いそうなのに、なおも彼女を安心させてやりたいと思った。

「ヘレーナ……ねえ、ヘレーナ！」と彼はささやいた。

「ぼくは……オーバンに帰って……知ったんです……あなただったんだと……あなたのおかげで、ぼくはコリヴレカンの渦潮から助け出されたんだってことを！」

「まあ、オリヴァー……ご存知でしたのね！」とミス・キャンベルは消え入りそうな声で応えた。

「ええ……だから今日は、ぼくがお返しをする番です！……きっと、あなたを助け出してみせますよ！」

山のような大波が隠れ処の入口にまで寄せては砕けているというのに、なんとオリヴァー・シンクレアは救出のことをあえて口にしたのだ！　今自分と危険を分かちあっているこの女性を、襲いかかる波から守ってやることさえも思うにまかせず、二度、三度、波にさらわれかけた……ミス・キャンベルの両腕が自分の胴にぴったりとついて離れなくなってしまったように感じ、自分が踏みこたえなかったなら彼女も一緒に波にさらわれてしまう、そう思いながら、ただもう超人的な努力によって耐えたのだった。

夜の九時半ぐらいにはなっていたろうか。ついに嵐は、いちばん激しい状態になった。じっさい、高潮が雪崩のような勢いで、フィンガルの洞窟に流れこんでくる。洞窟の奥や両側の壁にぶつかってとどろく潮の音は耳を聾するばかり。怒り狂う波のあまりな激しさに、壁からとれた玄武岩の塊が、燐光を放つ泡のなかに、いくつも落下して黒い穴をうがつ。

この、たとえようもなく荒々しい波の襲撃に、立ち並ぶ岩の柱も、ひとつ、またひとつと岩が欠け落ち、ついには全部崩れてしまうのだろうか？　円天井も崩れ落ちるのだろうか？　すべてが気がかりだった。オリヴァー・シンクレア自身も、感覚が麻痺し、いくらこらえようとしても、どうしようもなく眠くなってくるのだった。それは時どき、洞窟内に空気が足りなくなるためだった。空気は波とともにどっさり入ってくるのだが、潮が引くとき、吸いとられてまた出ていってしまうように思われた。

こういう状況のなか、ミス・キャンベルは疲れきり、体力も気力もなくして、意識を失った。

「オリヴァー！……オリヴァー！……」と彼女は、シンクレアの腕のなかに倒れこみながら、ささやいた。

オリヴァー・シンクレアは、若い娘をかかえて、隠れ処のいちばん奥にうずくまった。彼女の身体は冷えきって、まるで死人のようだ。あたためてやりたかった。自分の体に残っている熱を全部、伝えてやりたかった。しかし、海水はすでに彼の半身を浸している。もし、ここで彼自身が気を失うようなことになったら、二人とも、それで終わりだ！

とはいうものの、この大胆な若者には、まだ数時間もちこたえるだけの力があった。彼はミス・キャンベルを支え、襲いかかる波の衝撃からかばい、玄武岩のでっぱりを楯に闘った——しかも、この闘いは、燐光が消えてしまったためにいっそう深くなった闇のさなかで、打ち当たる波の音と、無意味に唸る海の音と、ひゅうひゅうとなる風の音とがまじりあう絶え間のない轟きのまっただなかで、行なわれたのだ。もはやそれは、フィンガルの洞窟に反響するセルマの声ではなかった！　それは、いっせいに吠えたてるカムチャッカ犬の恐ろしい吠え声だった。ミシュレーは言う、「数千頭が、大きな群れをいくつもつくって、長い夜を、ほえる波に向かって吠えつづけ、北国の海と激しさを競う！」と。

ついに、潮が引きはじめた。潮位の下がるのと同時に沖合の波のうねりもすこし小さくなってきたのがわかる。そのとき洞窟内は闇がたいへん深かったので、かえって外が明るいくらいだった。この薄明かりのなかに、今はもう跳ねあがる海によってふさがれていない洞窟の入口が、ぼんやりと現われた。まもなく、フィンガルの椅子と呼ばれるくぼみの縁には、波のしぶきがかかるだけとなった。それはもう、野獣を捕える投げなわのように締まったり緩んだりしながら迫ってくる波ではない。オリヴァー・シンクレアの胸に、また希望がわいた。

潮の高さから考えると、どうやら真夜中は過ぎたようだ。あと二時間、そうすればもう細い道を波が洗ってしぶきをあげることはないだろう。また通れるようになるだろう。これこそ、暗闇のなかで見きわめなければならないことだった。そして、ついにそうなった。

洞窟を離れるときが来た。

ところがミス・キャンベルは、まだ意識を回復していない。オリヴァー・シンクレアは、ぐったりした彼女を両腕にかかえ、フィンガルの椅子の外へ滑るように出ると、せまいバルコニーのような所を辿りはじめ

L. Benett

た。手すりの鉄の支柱は、波の力でねじ曲げられたり、引き抜かれたり、折れたりしていた。

波が襲ってくると、一瞬立ち止まり、一歩退く。

やっと、洞窟の外の角の所に出ようとしたとき、最後の大波が寄せて、すっぽりと体が包まれてしまった……。ミス・キャンベルと一緒に岩壁に当たって打ち砕かれるか、さもなければ、足もとでごうごうと鳴る渦潮のなかに突き落とされるか……。

最後の力をふりしぼって踏みこたえた。そして、波が引くと見るや、洞窟の外へ飛び出した。

あっというまに、断崖の角に達した。そこにはメルヴィル兄弟と、パートリッジと、それにあとからやってきたベスおばさんが、夜どおし彼らを待っていた。

二人は助かったのだ。

それまで精神的にも肉体的にも極度にはりつめていたオリヴァー・シンクレアは、いっぺんに力がぬけ、ベスおばさんの腕にミス・キャンベルを渡すと、岩の根方にへなへなと倒れこんだ。

若者の犠牲的精神と勇気がなかったなら、ヘレーナは生きてフィンガルの洞窟を出られなかったことだろう。

## XXII
## 緑の光線

数分後、クラム・シェルの洞窟の奥で、冷たい空気にふれて、ミス・キャンベルは我にかえった、まるで夢からさめたようなぐあいに。彼女の見た夢のどの一齣にも、オリヴァー・シンクレアの姿があった。自分の無分別さのために出会った数々の危険のことなどは、憶えてもいなかった。

まだ口がきけなかった。けれども、オリヴァー・シンクレアの顔を見ると、感謝の涙を目に浮かべて、命の恩人に手を差しのべた。

サムとシブは、言葉もなく、そろって若者を強く抱きしめた。ベスおばさんは彼にたいして尊敬のうえにも尊敬の念をいだいた。パートリッジは彼にキスしたいと心から思った。

それからみんなは、潮と雨でぐしょ濡れになった衣服を着替えると、疲労にうち負かされて、眠りこんでしまった。そして夜はそのあと何事もなくすぎていった。

しかし、伝説を秘めたフィンガルの洞窟を舞台に、あのような状況のなかでくりひろげられた場面の主役と観客が、このときうけた強い印象は、想い出のなかでけっして消えることのないものとなった。

翌日、ミス・キャンベルがクラム・シェルの洞窟の奥、彼女のために前夜、特に用意された寝台で休息しているあいだ、メルヴィル兄弟は、腕を組み合って、近くの岩の道を散歩していた。何も話はしなかった。しかし、どちらも同じことを考えているのに、言葉を用いる必要があったろうか？　二人は同時に頭を動かした——肯定するときは下から上へ、否定するときは右から左へ。それにしても、彼らが肯定できることといえば、オリヴァー・シンクレアが命がけで、この若い、こわいもの知らずの娘を救ってくれたということより他にはあろうはずがない。では何が否定されたのか？　彼らが最初にもくろんだことだ。今となってはその実現もおぼつかない。無言のうちにかわされた会話をとおして多くのことが語られた。それが近いうちに実現されるだろうと、サムとシブは予想した。二人の目から見れば、オリヴァーはもはや、どこにでもいるオリヴァーではない！　まさしく、ゲールの叙事詩にうたわれている非のうちどころのない英雄アミンだった。

オリヴァー・シンクレアのほうは、異常に、といっても、むしろそれが当然なのだろうが、ひどく興奮していた。感情がこまやかなこの若者は、ひとりになりたがっていた。メルヴィル兄弟と差し向かいでいるときなど気づまりがしてならない。そこに自分がいるというだけで、自分の献身的行為の代償を要求しているかのように思われてならなかった。

というわけで、クラム・シェルの洞窟を離れて、スタファ島の台地をひとりで散歩したりしていた。そんなとき想うのは、おのずとミス・キャンベルのことばかりだった。

自分が冒した危険、自分からすすんで彼女と分かちあった危険のことなど、覚えてもいないくらいだ。あの恐ろしい一夜のことで彼が覚えているのは、何時間かをヘレーナのそばで過ごしたということ、あの暗い隠れ処に身をひそめて、波にさらわれないよう両腕にしっかと彼女を抱きかかえながら過ごしたということだけだ。荒れ狂う海を前に、嵐の精のようにすっくと立つ美しい若い娘の、恐怖のためというよりもむしろ疲労のために青ざめた顔が、淡い燐光につつまれて、今また、目のあたりに浮かぶ。「まあ、ご存知でしたの？」と感動にふるえる声で応えたのが聞こえる――「ぼくがコリヴレカンの渦潮で命を落としそうになっていたとき、あなたがどんなことをしてくださったか、ぼくは知っているんです！」と、あのとき彼女に言ったのだった。あのせまい避難所の奥にまだいるような気がする。冷たい石像かなにかを置くために作られたあの壁龕のなかで、愛しあう若い二人が寄りそって、かくも長い時間に耐えて、闘ったのだ。あそこでは、もはやシンクレアとミス・キャンベルではなかった。二人は、あたかも死の影に脅かされつつ新しい生に甦ろうと欲するかのように、互いにオリヴァー、ヘレーナと呼びあったのだ！

こうして、スタファ島の台地をさまよい歩くうちに、燃えあがるさまざまな想いが、若者の頭のなかで結びあわされていった。ミス・キャンベルのところへ戻りたいとどんなに思っても、あるどうにもならない力で、われにもあらず引きとめられてしまう。もし彼女の顔を見ればおそらく何か言わずにはいられないだろう。しかし何も言わずにいたかった。

そうこうするうちに、時どきあることだが、大気の乱れが不意に起こって、不意に消えてしまうように、天気がすっかり好くなり、空もくまなく晴れた。たいてい、南西の風が強く吹いたあとには雲ひとつ残らず、空は紺青に、このうえもなく澄みわたるものだ。太陽はすでに子午線を通過したが、水平線をおおい隠すごくうすい靄すら現われなかった。

オリヴァー・シンクレアは興奮のさめやらぬまま、島の台地に注ぐ烈しい光と照り返しを浴びながら歩いた。熱い光の放射のまったただなかに浸り、海の風を呼吸し、活気をあたえる大気のなかで、ふたたび力をとりもどしていった。

突然、あることを思い出す——今彼の心をもっぱら占めている別の想いにまじって、すっかり忘れられていたのだが——沖合はるかな水平線と向きあったとき、それを思い出したのだ。

「そうだ、緑の光線を忘れていた！」と彼は叫んだ。「われわれの観察にぴったりの空があるとすれば、まさに、この空だ！　雲ひとつ見えない、水蒸気も全然ない！　すさまじい昨日の突風で、そんな邪魔ものは東の方へ吹き払われてしまったにちがいないから、現われるようなことはまずないだろう。ところでミス・キャンベルだが、今日の夕方になれば、おそらく、すばらしい落日が見られようなどとは思ってもいない！……知らせに……知らせに行かなくては……ぐずぐずしてはいられない！……」

オリヴァー・シンクレアは、ヘレーナのところへ戻るための、いかにも自然な理由が見つかったので嬉しくなり、クラム・シェルの洞窟の方へとってかえした。

しばらくして彼はミス・キャンベルの前に姿を現わした。見れば、二人の伯父たちが、いとしそうに彼女をうち見守るそばで、ベスおばさんが彼女の手をとっていた。

「ミス・キャンベル」と彼は言った。「だいぶよくなられましたね！……分かりますよ……力が出てきましたか？」

「はい、オリヴァーさま……」とミス・キャンベルは応えたが、若者の顔を見たよろこびに小さく体をふるわせていた。

「台地に行ってみませんか？」とオリヴァー・シンクレアは言葉をつづけた。「嵐できれいになった海の風につつまれたら、気持がいいと思いますよ。太陽もすばらしいし、体があたたまるでしょう」

「シンクレアさんのおっしゃるとおりだよ」とサムが言った。

「まったく、おっしゃるとおりだよ」とシブが言いそえた。

「それに、言ってしまいますとね、もしぼくの予感がまちがっていなければ」とオリヴァー・シンクレアは言葉をつづけた。「数時間後に、あなたのいちばん大事な願いがかなえられることになるんですよ」

「わたしのいちばん大事な願い?」とミス・キャンベルはつぶやいた。まるで自分自身にたいしてこたえているように。

「そうです……空は、みごとに澄んでいますし、このぶんなら、太陽は雲ひとつない水平線に沈むでしょう!」

「そんなことがあるのでしょうか?」とサムは叫んだ。

「そんなことがあるのでしょうか?」とシブがおうむ返しに言った。

「ぼくは、いいかげんなことを言ってるんじゃありません」とオリヴァー・シンクレアは重ねて言った。「みなさんは今日の夕方、緑の光線をごらんになれます」

「緑の光線!」とミス・キャンベルは、すこしはっきりしない記憶のなかで、その光線が何であるかを探っているようだった。

「ああ!……そうでしたわ!……わたしたちがここに来たのは、緑の光線を見るためですもの!」

「さあ! さあ!」とサムは、この、ぼうっとしてそのまま冬眠にでも入りそうな若い娘の目をさまさせるよい機会が訪れてくれたことに満足して言った。「さあ、行ってみようじゃないか、島の向こう側へ」

「そうして帰ってくれば、夕飯もいっそうおいしくいただけるというものだ」と楽しげにシブが言い足した。

夕方の五時だった。

オリヴァー・シンクレアの案内で、ベスおばさんやパートリッジも加えた全家族は、すぐさまクラム・シェルの洞窟を離れ、木の階段をのぼり、いちばん上の台地の端に出た。

すばらしい空を輝く天体がゆっくりとおりていくのを眺めた伯父たち二人のよろこびようは、見てもらいたいくらいだった。あるいは大げさなよろこびかたをしたのかもしれないが、しかし、緑の光線にたいして彼らがこんなに熱狂したことは、かつていちどもなかった。ヘレンズバラの別荘をふりだしに、オーバン、アイオーナ島を経て、スタファ島まで、多くの旅を重ね、多くの試練に耐えてきたのは、ミス・キャンベルのためではなく、どちらかといえば彼らのためであったかのようだった。

じっさい、その日の夕刻には、たいへん美しい落日が見られそうで、目の前にくりひろげられる海のパノラマを眺めれば、ロンドン旧市街の商人やカノンゲイトの卸商人のうちのどんなに実際的な、散文的な、感じない連中でも感嘆の声を放つだろう、と思われた。

軽やかに沖の方から吹いてくる潮風につつまれて、ミス・キャンベルは元気が戻ってくるのを感じた。その美しい目は、大西洋の景色に向かって大きく見ひらかれている。疲労で蒼ざめた頬に、スコットランドの乙女らしいバラ色がよみがえってくる！ そんな彼女の、美しいこと！ どんなに魅力を漂わせていることか！ オリヴァー・シンクレアはすこし後から、黙ったまま、彼女のうしろ姿にみとれながら歩いてきた。それまで、長い散歩のあいだじゅう、当惑するようなこともなく彼女についてきたのだったが、今は心が乱れ、胸が苦しくなって、ほとんど彼女の顔を見ることもできないくらいだった。

メルヴィル兄弟はどうかというと、太陽に負けないくらい明るい様子で、太陽に向かって熱っぽく話しかけ、どうか靄のかからない水平線に沈んでくれ、この美しい日の終わりに、どうか最後の光線を放ってほしいと太陽に懇願していた。

そして二人はかわるがわる、オシアンの詩を一節ずつ暗誦するのだった。

「〃おお　聖なる太陽よ！　われらの頭上に巡る　おまえを形どったわれらの父祖の楯よ！　言え　おまえの永遠の光は　何処からくるのか？〃」

「〃美しく　おごそかに　おまえは進む　星は天空に消え　月は西方の波間に沈む　蒼白く　冷やかに！〃」

「〃おまえの道連れは誰？　月　天空に踏み迷い　ひとり　おまえは姿を変えず　きらきらと光る歩みをつねに　よろこぶ！〃」

「〃雷鳴とどろき　電光走るとき　雲の陰より　美しくあらわれ　おまえは　嵐を嗤う！〃」

こんなふうに、みんな有頂天になって、スタファ島の、沖を望む台地のはずれの方へと進んでいった。着くと、いちばん突き出た岩の上に、水平線に向かって腰をおろした。空と水の境に引かれた細い線をゆがめるようなものは何ひとつ現われそうになかった。

今度こそ、アリストビューラス・ウルシクロスも、沈む太陽とスタファ島のあいだに、舟の帆を立てて入りこんだり、水鳥の群れを羽ばたかせたりは、よもやしないだろう！

とかくするうちに、夕暮れが迫り、風はやみ、最後まで岩礁の根もとを洗っていた波もだんだん静まって、今は返し波がゆっくりと揺れ動いているだけである。沖の方はもっと静かで、鏡のように平らな海が一面、油を流したように凪いで、これを乱すさざ波ひとつ立っていない。

だから、緑の光線が現われるために驚くほどぴったりした条件が揃っていたのだ。

ところが、半時間もたったころ、突然、パートリッジが南の方へ手を差しのべながら叫んだ——

「帆が見えます！」

帆だ！　またもや、太陽が波間に沈もうとする瞬間に、あれが円盤の前を通りかかるというのだろうか？

ほんとうにそうなら、これはもうついてないどころではない！

小舟は、マル島の岬とアイオーナ島をへだてるせまい水路から出てくるところだった。順風にのって滑っているが、風の最後の息吹きをやっと帆にはらんで走っている、というよりもむしろ、上げ潮に押されて進んでいる。

「〈クロリンダ号〉ですよ」とオリヴァー・シンクレアが言った。「でもスタファ島の東岸に着く内まわりのコースをとっていますから、われわれの観察の邪魔をするようなことはないでしょう」

たしかに、それは、マル島の南を迂回した〈クロリンダ号〉が、クラム・シェルの入江に停泊しにやってくるところだった。

みんな、ほっとして、視線をまた西の海の水平線の方へ向けた。

すでに太陽は、かなりの速さで落ちながら、海に近づくにつれて、ますます輝きをましてくる。円盤の放つ、まだ目のくらむような烈しい光を映して、海面では銀色の帯が細かく震えていた。落ちていく太陽の、いぶしのかかった金色が、まもなく鮮紅色に変わろうとしている。まぶたを閉じると、赤い菱形や黄色い輪がきらきらと入り交じるさまは、万華鏡の現われたかと思えばたちまち消える多彩な色のようだ。光の反射によって海面に描きだされた彗星の尾の部分には、波うつ細縞が軽く入っている。まるで銀色のスパンコールをちりばめたようだが、岸辺に近くなると、その輝きも弱まってくる。

水平線のあたりには、どんな淡い雲も、薄い霧も、微かな水蒸気も見あたらなかった。豪華本の写本に用いる真白な犢皮紙《とくひし》にコンパスで描いても、これほど精妙にはいくまいと思われるくらい鮮やかな孤を描いている水平線をゆがめるものは何ひとつなかった。

一同は身じろぎもせず、信じられないほど感動して、球体にじっと視線を注ぎつづけた。水平線に向かって斜めに進んでいきながら、さらに下降した球体は、一瞬、歩みを止める、あたかも深淵の上で宙づりになったかのように。それから、大気の屈折によって、徐々に円盤の形が変わりゆがんでいく。円盤は縦軸が縮まって横に広がり、胴のまるくふくれたエトルリアの壷が足を水中に沈めているようだ。

あの現象が起こることは、もはや疑う余地もない。思わず嘆声を発しないではいられない、このきらきらと輝く落日の光景を、かき乱すものは何ひとつないはずだ！　太陽の放つ最後の光線を遮りにくるようなものは、よもや何ひとつあるまい！

やがて、太陽は水平線の後ろに半ば姿を隠し、放たれた黄金の矢のようにほとばしる光線が、スタファ島最前端の岩場を射た。

背後では、マル島の断崖とベン・モアの峰が、ぱっと焔につつまれたように真紅に染まった。

ついに、空と水の境には、もはや上部の弧のほんのわずかが残っているだけになった。

「緑の光線だ！　緑の光線だ！」とメルヴィル兄弟、ベスおばさん、パートリッジの四人は声をそろえて叫

んだ。一秒の四分の一ぐらいのあいだだったが、彼らの眼差しに、液体の翡翠とでも言いたいような何ともたとえようのない色がしみとおった。

ただ、オリヴァーとヘレーナは、せっかくの現象をまったく見ないでしまった。あれほど回を重ねて観察をつづけてきながら、いつも徒労に終わったすえに、やっと起こった現象を！

太陽の放つ最後の光線が空間を走ろうとしたその瞬間、二人は目と目を見かわしながら、ひとつの想いに、我を忘れていたのだ！……

でもヘレーナは、若者の目が投げかける黒い光線を見た。そしてオリヴァーは、若い娘の目からもれる青い光線を見た！

太陽は完全に沈んでしまっていた。オリヴァーも、ヘレーナも、緑の光線を見ないままだったのである。

## XXIII むすび

明けて、九月一二日、美しい海と順風にめぐまれて〈クロリンダ号〉は出帆し、ヘブリディーズ諸島の南西を走っていた。ほどなく、スタファ島も、アイオーナ島も、マル島の岬も、この大きなマル島の断崖の後ろに姿を消していった。

楽しい旅が終わり、一行はオーバンの小さな港でヨットをおり、そこから汽車に乗ってダルマリーへ、ダルマリーからグラスゴーへ、ハイランド地方のこのうえもなく美しい、そのまま絵になる風景のなかを、ヘレンズバラの別荘へ帰ってきた。

それから一八日たって、グラスゴーの聖ジョージ寺院で、盛大な結婚式が挙げられた。しかし、これはアリストビューラス・ウルシクロスとミス・キャンベルの結婚式ではない。婿さんはオリヴァー・シンクレア。にもかかわらず、サムとシブの兄弟は、姪のヘレーナに劣らず満足しているようだった。

あのような状況のなかで生まれたこの絆には、幸福のあらゆる条件がそろっているということは、今さら強調するまでもないことだ。この幸福をそっくり迎え入れるとしたら、ヘレンズバラの別荘をもってしても、グラスゴーのウェスト・ジョージ街にある大邸宅をもってしても、いや全世界をもってしても、間に合うかどうか。もっとも、それほど広くもないあのフィンガルの洞窟には、ちゃんと納まったのではあるが。

ところで、オリヴァー・シンクレアは、あんなに探し求めていた現象はついに見ないでしまったのだが、スタファ島の台地で過ごした最後の晩の想い出を、いつまでも忘れないように、なんとしてもながつづきさせたいと心をくだいた。というわけで、ある日、彼は『日没』と題する、まことにかわった印象をあたえる一枚の絵を発表した。人びとは、液体エメラルドで描きでもしたような、一種のきわめて強烈な緑色の光線を見て感嘆の声を発した。

その絵は、讃美と同時に反論もひきおこした。自然なままの印象を巧妙に再現したものだと主張する者もいれば、反対に、これはまったく想像力から生まれた作品であって、自然界にはけっしてこんな色彩は存在しない、という説をなす者もあった。

光線を自分の目で見た二人の伯父たちは、おおいに怒り、青年画家はでたらめな絵を描いたのではない、と言いはった。

「それどころか」とサムは言った。「緑の光線は絵で見るほうがよく見えるのです……」

「実物を眺めるのよりも」とシブがおぎなった。

「考えてもごらんなさい、沈む太陽を、何度も何度も眺めたら、そりゃ目も痛くなりますからね」

メルヴィル兄弟の言うことにまちがいはなかった。

二ヵ月後、若い夫婦と伯父たちは、別荘の広庭の前を流れるクライド川のほとりを散歩していて、思いがけなく、アリストビューラス・ウルシクロスに出会った。

クライド川の浚渫作業を熱心に観察しつづけてきたこの若い学者は、ヘレンズバラ駅の方へ向かう途中、オーバンで一緒に夏を過ごした仲間の姿を見つけたというわけだ。

ミス・キャンベルにうっちゃらかされて、アリストビューラス・ウルシクロスがつらい思いをしたなどと言う人がいるなら、それは彼のことを何も知らないからだ。彼は、シンクレア夫人と顔をあわせても、まったく平気である。

挨拶をかわし、アリストビューラス・ウルシクロスは新婚夫婦に向かっていんぎんに祝いの言葉をのべた。

メルヴィル兄弟は、こんなふうにみんなが機嫌よくしているのを見て、このたびの結婚を自分たちがどんなに嬉しく思っているかを隠すことができなかった。

「とっても幸せなので」とサムは言う。「わしは、思わず、ひとり笑いをしてしまうこともあるくらいで……」

「わしは、つい、泣けてきて……」とシブがつづける。

「へーっ」とアリストビューラス・ウルシクロスが口をはさんだ。「えらいことになりましたな。はじめてお二人の意見が分かれましたね。一人は、お泣きになる、もう一人は、にっこりなさる……」

「それは、まったく同じことなんですよ、ウルシクロスさん」とオリヴァー・シンクレアが注意した。

「ほんとうですわ」と若妻は言いそえて、二人の伯父に手を差しだした。

「なんですって、同じことですって?」とアリストビューラス・ウルシクロスは、いかにも彼らしい高慢な調子で言い返した。「ちがいますね!……ぜんぜん! にっこり笑うというのは、そもそも、どういう現象なのでしょう? 顔の筋肉の自発的にして、かつ独特な表現であって、呼吸作用はほとんど関与いたしません。しかるに、涙は……」

「涙?……」とシンクレア夫人はきいた。

「さよう、涙は眼球の潤滑をよくする一種の体液にすぎず、塩化ナトリウムと、燐酸石灰と、塩素酸カリウムからなる合成物にほかなりません!」

「化学的には、きみの言うとおりでしょう」とオリヴァー・シンクレアは言った。「しかし、あくまで化学的に言えばのはなしです」

「そういうふうに区別するところが、理解できないのです、わたくしには」とアリストビューラス・ウルシクロスは、とげとげしくこたえ、尺取り虫のようなぎごちないおじぎをすると、また駅の方へゆったりと足を運んだ。

「ねえ、みなさん、ウルシクロスさんて、ああいう方なのですわ」とシンクレア夫人は言った。「あの方、前に緑の光線の説明をなさったようなぐあいに、人の心の喜びや悲しみを説明したがっていらっしゃるのよ！」

「でも、ねえ、ヘレーナ」とオリヴァー・シンクレアは応えた。「結局、ぼくたちは見ないでしまったんだよ、あれほど見たいと言っていた、あの光線を！」

「わたしたち、もっといいものを見ましたのよ！」と若妻はささやいた。「わたしたち、幸福そのものを見たのですわ――あの光線を見た者は幸福になれるって、昔から言われてきた、その幸福を！……わたしたち、それを見つけたのですもの、ねえ、オリヴァー、それでもう充分じゃなくって？　ですから、まだ幸福に出合ってはいないけれど、出合いたいと思っている人たちに探してもらいましょうよ、緑の光線を！」

（中村三郎訳）

# メキシコの悲劇

## I　グアム島からアカプルコへ

一八二五年十月十八日、スペインの戦艦アジア号と八基の大砲を装備したブリッグ帆船、コンスタンシア号が、マリアナ諸島の一つ、グアム島に寄港した。この二隻の艦船は、スペインを発って半年がすぎていた。その間、ろくな食事にもありつけず賃金の支払いも悪く、働きづめで精魂尽き果てていた乗組員によって、ひそかに反乱の企てがなされていた。その前兆ともいうべき規律の無視が、不撓不屈の鉄の男、ドン・オルテバ艦長率いるコンスタンシア号でとりわけ顕著になっていた。通常ではありえず、誰がしかの悪意の仕業としか思えないような重大な船の損傷がたび重なり、ブリッグ帆船は停泊を余儀なくされた。その結果、ドン・ロケ・デ・グスワルテ艦長が率いるアジア号も共に寄港したというわけだ。ある晩には、羅針盤が不可思議な壊れ方をした。また別の晩には、前檣下帆の横静索がまるで切り取られでもしたように抜け落ちたため、マストが索具装置もろとも崩れ落ちた。そしてついには、舵柄網までが肝心な操縦の最中に二度もちぎれたのである。

グアム島はマリアナ諸島のなかに位置していたので、フィリピン諸島統合港湾事務所の管轄下にあった。それゆえスペイン人たちは、その島で母国同様迅速に船舶の損傷を修繕してもらうことができた。

不本意ながら上陸していた間、ドン・オルテバはドン・ロケに会い、ブリッグ帆船で目に余るようになっていた規律の弛みについて伝え、この二人の艦長は、さらに用心を重ね厳格に対処しようと話し合った。

ドン・オルテバはとりわけ二人の乗組員に目を光らせなければならなかった。マルティネス大尉とホセ甲板員である。

マルティネス大尉は、船首楼で謀議を繰り返して幾度も禁足処分を受けており、将校の地位を危うくしていた。彼の謹慎中にコンスタンシア号の大尉の代理をしたのはパブロ見習士官だった。ホセ甲板員について言えば、あさましく卑劣で薄情で、算盤づくでしか動かないような男だった。そのため、オルテバの信頼厚い実直なハコポ下士官の前では窮屈でたまらなかった。

パブロ見習士官は、度量の大きさという美点も兼ね備えた生来のエリートで、率直な上に勇敢だった。孤児であったが、ドン・オルテバ艦長に引き取られ養育されたので、その恩人のためなら死をも厭わないほどの気持ちを抱いていた。パブロはハコポ下士官と話し込むうちに、若者特有の血気と胸の高鳴りとで、ドン・オルテバの子として愛情のこもった言葉を口にしないではいられなかった。そしてハコポは、見習士官がかくも熱く語ったことに共感して、パブロの手を堅く握りしめた。かくしてドン・オルテバはここに、全幅の信頼を寄せることができる献身的な部下を二人もつことになったのだ。しかし、規律に従わず情動に突き動かされる乗組員に対して、たった三人で何ができただろう？　彼らが昼夜争いの種をなくすために尽力している間に、マルティネスやホセや水兵たちは反乱と裏切りへの道をさらに進んでいったのである。

出航前夜、安酒場でマルティネス大尉は二隻の艦船に所属する数人の下士官と二十人ほどの水兵に会っていた。

「同志諸君よ」と、マルティネスが言った。「なんと都合よく船に損傷が生じたものだ。おかげで、ブリッグ帆船も戦艦もマリアナ諸島に寄港せざるをえなくなり、わたしはここで諸君と内々に話し合いをすることがかなったというしだいだ！」

「ブラボー！」と、一同が声をそろえた。

「お話しください、大尉。われわれに計画を教えてください」と、数人の水兵が呼びかけた。

「わたしの計画はこうだ」と、マルティネスが答えて言った。「これら二隻の艦船を乗っ取ったら、ただちにメキシコの海岸へ向かう。みなも知ってのとおり、この新連邦国（訳注―メキシコは一八二一年にスペインから独立した）には海軍がない。だからわれわれの船を、よく確かめもせずに買うだろう。そうすれば、これまでの給金が賄えるばかりか、余った金銭をみなで山分けにもできるのだ」

「了解しました！」

「それで、二隻の船の船員が、共に行動を起こすための合図は何ですか？」と、ホセ甲板員が訊いた。

「アジア号からのろしが上がる」と、マルティネスが答えた。「それが、一斉行動のときを知らせる！　多勢に無勢で、戦艦とブリッグ帆船の将校らはわけもわからず捕らわれの身となるだろう」

「いつ、その合図が出されるのですか？」と、コンスタンシア号の下士官の一人が訊いた。

「数日後、われわれの船がミンダナオ島の緯度に達したときだ」

「しかし、メキシコ人がわたしらの船を大砲の弾で出迎えたりはしませんかね？」と、ホセ甲板員が反論した。「わたしの勘違いでなければ、新連邦国は、すべてのスペイン船舶を警戒せよというお達しを出しているそうです。となると、金がころがりこむどころか、舷側に鉄や鉛がぶちこまれるなんてことになりかねませんよ！」

「落ち着けよ、ホセ！　われわれのことを味方だと思わせればいいのだ。しかも、遠方からな」と、マルティネスが言い返した。

「どうやってですか？」

「縦帆の先端にメキシコ船舶の旗を揚げるのだ」

そう言うと、マルティネス大尉は反乱者たちの前に、緑、白、赤の国旗を広げてみせた。

メキシコ独立の象徴を目のあたりにして、一同は沈んだ面持ちで押し黙った。

「諸君は、もうスペイン国旗が懐かしいのか？」と、大尉がからかうような口調で言った。「よろしい！　心残りのある者は、われわれのもとを去りたまえ。そして、ドン・オルテバ艦長やドン・ロケ司令官の命令に従い、風上に向けて針路を変えるがいい！　だが、われわれにはもう彼らに服従する気などないのだから、彼らが何もできないようにしてやろう！」

「そうだ！　そうだ！」と、ここに集まった者たちは、みなが声をそろえて叫んだ。

「同志よ！」と、マルティネスが再び言った。「わが将校どもは、貿易風にのってソンデ島へ向かうつもりだ。だが、そんな風を利用しなくても、われわれは太平洋の季節風に向かってジグザグ航行できるということを見せつけてやろうではないか！」

密議に参加した船員たちは、四方に散らばり、それぞれの船に戻っていった。

その翌日、夜が明けると、アジア号とコンスタンシア号は錨を上げて南西へと針路を向けた。戦艦と総帆を張ったブリッグ帆船は、ニューホランド（訳注―オーストラリア大陸の歴史的呼称）へと向かったのである。マルティネス大尉は任務に戻った。そして、ドン・オルテバ艦長の指令によって、厳重な監視を受けていた。

それでも、ドン・オルテバは胸騒ぎをおぼえた。船員の不服従が、遠からずスペイン海軍の崩壊という破滅的な結果をもたらすことを悟っていたのだ。その上、祖国を思う彼の心は、国を疲弊させた相次ぐ敗北、その頂点であるメキシコ連邦国の革命を受け入れることができないでいた。彼はしばしばパブロ見習士官と、そうした深刻な問題について、とりわけスペイン艦隊が七つの海すべてにかつては主導的地位を誇っていたことを語り合うのだった。

「息子よ！」と、ある日、艦長は言った。「わが海軍にはもう規律などないも同然だ。反乱の兆候が、とりわけわしの船で目にあまる。ひょっとしたら――そんな予感がしてならぬのだが――なにか不当な裏切りに遭い、わしは命を奪われるやもしれぬ！　だがそのときは、おまえが仇をとってくれるだろう？　きっとそうしてくれるだろう？　それは同時にスペインの仇をとることにもなるのだ。わしを打ち負かすことはそのままスペインを傷つけることなのだからな」

「誓ってそうします。ドン・オルテバ艦長！」と、パブロが答えた。

「このブリッグ帆船には、一人の敵もつくってはならぬぞ。だが、しかるべき日が来たら、息子よ、思い出しておくれ。逆境のなかで国家に尽くす最良の方法とは、用心を第一とし、時機を待って裏切りの輩を罰することだとな」

「死など厭いません」と、見習士官は答えた。「そうですとも！　ぼくは死んでも裏切り者を罰します！」

二隻の艦船がマリアナ諸島を発って三日が過ぎた。コンスタンシア号は斜め後方からの和風（訳注―風速五・五～七・九m毎秒の風）を受けて進んでいた。この優美で敏捷ですらりとした姿のブリッグ帆船は、マストを後ろに傾けながら水面を這うようにして波の上を疾走したので、カロネード砲八基のうちの六基がしぶきに濡れていた。

「十二ノットです、大尉」と、ある晩、パブロ見習士官がマルティネスに言った。「この調子で追い風を帆に受けながら進み続けたら、航海も長くはかからないですね！」

「そう願いたいものだ！　これまでさんざんな目に遭ってきたのだから、われわれの苦労もこれで終わりをむかえるのだとな」

そのとき、ホセ甲板員が船尾楼付近で大尉の言葉に耳を傾けていた。

「じきに陸が見えてくるはずだ」と、マルティネスが大声で言った。

「ミンダナオ島ですね」と、見習士官が答えた。「当船の位置は、現在、西経一四〇度、北緯八度です。もし間違いでなければ、あの島は……」

「経度が一四〇度三九分、緯度が七度だ」と、マルティネスがすかさず言い返した。

ホセは顔を上げてかすかに合図を送ると、船首楼の方へ行ってしまった。

「きみは深夜の当直だったね、パブロ？」と、マルティネスが尋ねた。

「そうです、大尉」

「午後の六時になった。行ってよろしい」

パブロは引き上げた。

マルティネスは船尾楼に一人とどまり、ブリッグ帆船の風下を航行するアジア号に目をやった。すばらしい宵だった。熱帯のあの爽やかで静かで澄み切った夜の訪れを告げているような宵だった。

大尉は暗闇のなかに当直員の姿をさがした。グアム島で密談した船員たちとホセの姿が見えた。

ほんの一瞬、マルティネスは舵を握っている男に近づいて二言三言ささやいた。ただそれだけであった。

しかし、舵柄がやや風上へと向けられていたのだ。その結果、ブリッグ帆船は明らかに主力戦闘艦に接近

CH. AL. BARBANT

したのである。

船上における慣例に反して、マルティネスは風下を歩き回り、なおもアジア号の様子を伺った。不安と苦悩のために、手のなかの伝声器を捻じ曲げていた。

突然、戦艦で爆発音がした。

それを合図に、マルティネスは当直仕官用の椅子に飛び乗り、大声で叫んだ。

「全員甲板に集合せよ！　下檣の桁の大横帆を絞り綱で絞れ！」

そのとき、ドン・オルテバが将校たちを従えて船尾楼から出てくると、大尉に問いただした。

「何故そのような操船をするのだ？」

マルティネスは返事もせずに当直席を離れ、船首楼の方へ走っていった。

そして、次々に指示をだした。「下手舵を取れ！」「左舷転桁索、前へ！」「帆の向きを変えろ！」「船首三角帆の帆脚綱をゆるめよ！」

とそのとき、アジア号でさらに何発かの爆発音が鳴り響いた。

乗組員が大尉の指令に従ったため、それまで風を受けて疾走していたブリッグ帆船が動きを止めた。前檣帆の帆桁を操って停船したのだ。

すると、ドン・オルテバが彼のまわりに整列した何人かの男たちに顔を向けて、

「たのんだぞ、おまえたち！」と、叫んだ。

そして、マルティネスに詰め寄りながら、

「この将校を捕らえよ！」と、命じた。

「艦長を殺せ！」と、マルティネスが応酬した。

パブロと二人の将校が剣や拳銃を手に取った。ハコポを先頭に、数人の水兵が駆けつけて味方した。だがすぐに、反逆者たちに捕まり、武器を奪われて拘束されてしまった。

海軍の兵隊と乗組員が船の横幅いっぱいに整列して、自分たちの将校に敵対した。これら艦長側の忠臣たちは、船尾楼へと追い詰められ、もはや態度を決するよりほかなくなった。つまり、反逆者たちに飛び掛っていったのである。

ドン・オルテバは拳銃の銃身をマルティネスに向けた。

するとそのとき、アジア号にのろしが上がった。

「勝ったぞ！」と、マルティネスが叫んだ。

ドン・オルテバが放った銃弾は、宙にそれた。

銃撃はすぐに終わり、艦長はマルティネスに面と向かって挑みかかった。しかし、反逆者の数はあまりに多く、彼は重症を負って打ち負かされた。部下の将校たちも、ややあって運命を同じくした。

ブリッグ帆船の索や網に船灯がともされると、アジア号もそれに応えた。戦艦においても同じように反乱が起こり、反逆者が勝利したのである。

マルティネス大尉はコンスタンシア号の支配者となり、捕虜たちは会議室のなかへ乱暴に放り込まれた。

ところが、血が流されるのを目撃した乗組員たちは、本能的に凶暴性をかきたてられた。勝利だけでは足りず、殺すべきだと言うのだ。

「喉をかき切ってしまおう！」と、いきり立った数人の男たちが叫んだ。「殺してしまえ！　死人に口無しだ！」

マルティネス大尉が、血に飢えた暴徒の先頭に立って会議室に向かって駆け出した。だが、ほかの乗組員たちがそのような大量殺戮に反対したおかげで、将校たちは命拾いをした。

「ドン・オルテバを甲板に連れてこい」と、マルティネスが命令した。

命令は実行された。

「オルテバ」と、マルティネスが言った。「わたしが、この二隻の船を指揮することとなった。ドン・ロケも、おまえと同じようにわたしの捕虜となったからな。明日は、おまえたち二人を無人島に置き去りにする。その後、われわれはメキシコの港をめざし、連邦国政府にこれらの船を売り払うつもりだ」

「裏切り者！」と、ドン・オルテバが言い返した。

「下檣の桁の大横帆を揚げさせて、できるかぎり風を受けて航行せよ！　この男を船尾楼に縛り付けておけ」と、マルティネスがドン・オルテバを指して言った。

命令は実行された。

「ほかのやつらは船底へ移動させろ。向かい風に方向転換、用意。かかれ！　頑張れ！　諸君」

操船は手際よく遂行された。その後、縦帆によって逆風を受けるように転桁にした船の風下にドン・オルテバ艦長の姿があった。そしてなおも、「卑怯者」「裏切り者！」と、大尉をののしる艦長の声が聞こえてきた。

マルティネスは、かっとなって斧を手にすると船尾楼へと突進していった。艦長の手前で行く手を阻まれはしたが、そのたくましい腕で縦帆の帆脚索を切り落とした。すると、帆桁が風に激しく押しやられてド

ン・オルテバにぶつかり、頭蓋骨を打ち砕いた。

ブリッグ帆船に恐怖の叫びがあがった。

「事故死だ！」と、マルティネス大尉が言った。「死体を海へ投げ捨てろ」

命令はまたもや実行された。

二隻の船舶は航行を再開し、できるかぎり風を受けながらメキシコの海岸へ向かった。

翌日、舷側に小島が見えると、アジア号とコンスタンシア号から小舟が海に下ろされた。マルティネス大尉に服従の意を示したパブロ見習士官とハコポ下士官を除いて、ほかの将校たちはその無人の島に置き去りにされた。ところがその数日後、幸運にも将校たちはイギリスの捕鯨船に救助されてマニラに送られたのだった。

何故ゆえに、パブロとハコポは反逆者に寝返ったのであろうか？　彼らを裁くには時を待たねばならない。

数週間後、二隻の艦船は旧カリフォルニア（訳注―当時カリフォルニアはメキシコ領だった）北方にあるモントレー湾内に停泊した。マルティネスは港湾議会警備部隊長に寄港の目的を知らせた。海軍のないメキシコ国家に、この二隻のスペイン艦船を武器弾薬も含めて引き渡すことを申し出たのだ。さらに乗組員については、連邦国側の命令に服従する用意があるが、その条件としてスペインを出発して以降の給金を全額支払うこととした。

この提案について隊長は、こうした交渉を取り扱う権限が自分にはないと告げた。そしてマルティネスに、自らメキシコシティに赴けば容易に事が運ぶだろうと勧めたのである。大尉はこの忠告に従い、ひとまずアジア号をモントレーに残すことにして、ひと月ほど気晴らしに興じた後コンスタンシア号に乗って再び航海の途についた。パブロとハコポ、それからホセも共に乗船した。ブリッグ帆船は斜め後ろからの追い風にのって、できるだけ早くアカプルコの港に着くように全速力で進んでいった。

## II　アカプルコからシグワランへ

メキシコは、太平洋側にサンブラス、サカツーラ、テワンテペク、アカプルコの四つの港を持っているが、なかでもアカプルコ港は船舶に最も多くの物資を供給することができる。たしかに、町はつくりが悪く不衛生なのだが、錨泊地はしっかりとしており、百隻もの大型艦船を容易に収容できるほどだ。港を臨んで絶壁が高くそびえ立ち、あらゆる場所からやってくる船舶を受け入れるための非常に穏やかなドックを形づくっている。外国からの旅人が、陸の路を通ってここにやって来たならば、山に囲まれた湖と見紛うことだろう。

アカプルコは当時、右手一面にわたって配された三つの砦によって防御されていた。また七基の大砲を備えた砲兵隊が湾口の守りを固め、有事には、サンディエゴ要塞の砲兵隊と共に敵に交差射撃をすることができた。サンディエゴ要塞は三十基の大砲を備え錨泊地全体を見下ろす位置にあったので、港の入口を強制突破しようとするいかなる船舶も例外なく撃沈させられたのである。

そういうわけで、この町には何の恐れもなかったはずなのだが、第一章で語られた事件があってから三ヶ月後、町中が恐怖に襲われた。

一隻の大型船舶が沖合にいるのが知らされたからである。その怪しい艦船の目的に大いなる不安を抱いたアカプルコの住人は、ただ怯えるばかりであった。新連邦国がいまだにスペインに再び支配されることを恐れるのにはそれなりの理由があったのだ！　大英帝国と通商条約を締結したにもかかわらず、またロンドンから共和国を承認する代理大使が訪れたにもかかわらず、メキシコ政府は海岸を守るために使用できる自国の船舶を一隻も所有してなかったのである！

ともあれ、その艦船は秋から春にかけて沖合で激しく吹きすさぶ北東の風に容赦なく力量を試されたはずの、ただの向こう見ずな船にすぎないという可能性もあった！　しかしアカプルコの住人は、どう考えていいのかわからず、万一に備えて外国人の下船を拒絶しようと決めていた。そのとき、あれほど警戒していた船が斜桁の先にメキシコ独立の旗を広げたのである！

船が、港を守る大砲の射程距離二分の一の地点まで来ると、船尾の船名板にはっきりとコンスタンシア号という名が読み取れた。そこで突然、船から錨が投げ込まれた。帆が帆桁の上に引き上げられ、一そうの小舟がそこを離れると間もなく船着場に横づけになった。

小舟からただちに降り立ったマルティネス大尉は、司令官のもとに赴いて寄港の理由について詳しい説明をおこなった。大尉がメキシコシティに行って、連邦国大統領であるグアダルーペ・ビクトリア将軍から艦船の売買契約の許可を得る決意だと語ると、司令官はそれに同意した。この知らせが伝えられるやいなや、町は歓喜に沸き立った。住民がこぞってやってきては、メキシコ海軍の最初の艦船となる船を賞賛した。彼らは船舶を所有するということに、スペインに対する不服従のしるしとかつての支配者の新たな企てすべてに対してのより徹底的な反抗手段を見出したのだった。

マルティネスは帆船に戻った。それから数時間後、ブリッグ帆船コンスタンシア号は船着場に双錨泊（訳注―二つの錨をV字状に降ろして停泊させること）され、乗組員はアカプルコの住民から宿泊所の提供を受けた。

ただ、マルティネスが乗組員の点呼を行ったときには、パブロとハコポの二人の姿は消えていた。

世界中のあらゆる国のなかで、メキシコ合衆国の特徴は、その広大な面積と中央部に占める高地の標高の高さにある。一般的にはアンデスという名で呼ばれているコルディレール（訳注—山脈という意味）は、南アメリカ全体を縦断し、グアテマラ共和国を走り、メキシコ合衆国に入ると二手に分岐し、国土の両脇に並行して起伏をつけている。ところが、その二手に分岐した山脈というのは、隣接する海より二五〇〇メートルの高さにある広大なアナワク高原の斜面にすぎない。その高原には果てしなく平地が広がり、ペルーやヌエバ・グラナダ共和国（訳注—主に現在のコロンビアとパナマなどから成っていた。一八五八年、グラナダ連合の形成により廃止された）の平地に比べてもはるかに広く変化に富み、面積は国土のおよそ五分の三を占める。コルディレールは、旧メキシコ州に入ると『シエラ・マドレ』と呼ばれ、サンミゲル市やグアナフアト市の緯度まで達すると三手に分岐して、北緯五七度の地点に至って消えてしまうのである。

アカプルコ港とメキシコシティの間は八十里離れているが、メキシコシティとベラクルスの間の道に比べると、地面の起伏も急ではなく、勾配も険しくはない。太平洋の近くを走る山脈は、その一部が削られてアカプルコ港となっているのだが、そこには花崗岩が多く含まれている。そこを通りすぎると、旅人が見かけるのは斑岩を含んだ岩ばかりになる。その岩からは、石膏、玄武岩、原初の石灰岩、錫、銅、鉄、銀そして金が第二次産業によって根こそぎ採取しつくされている。一方で、アカプルコからメキシコシティへと至る道はまさに名勝の地であり、世にも珍しい植物群落が見られる場所でもある。ブリッグ帆船コンスタンシア号が停泊して数日後、その美しい景色や植物に注意を向けたにしろ向けなかったにしろ、馬にまたがる二人の男が連れ立ってそこを通り過ぎていった。

マルティネスとホセである。甲板員はこの道を知り尽くしていた。このアナワクの山々を幾度も歩き回っていたのである！　それで、インディオのガイドが道案内を申し出たのを断り、二人の山師は見事な馬にまたがり、メキシコの首都をめざして道を急いでいた。

二時間、速足で馬を疾走させて、話すこともままならずにいた二人の馬乗りは立ち止まった。

「並足で行きましょう、大尉」と、ホセが息を切らしながら言った。「なんてこった！　同じ二時間なら、帆船の最上檣にまたがって北西の風に吹かれているほうがよっぽどいいな！」

「急ぐんだ！」と、マルティネスが答えた。「おまえは道を知り尽くしているのだったな、ホセ、それは確かなのだな？」

「大尉がカディスからベラクルスへの道をご存知なのと同じように知っていますよ。おまけに、入り江で嵐に遭うこともなければ、タスパンやサンタンデールの浅瀬に入って遅れをとることもありません！……とにかく、並足で行きましょう！」

「逆に、もっと急ぐんだ」と、馬に拍車を入れながらマルティネスが繰り返した。「パブロとハコポが姿を消したことがどうも気に掛かるのだ！　取引を独り占めして、われわれの取り分まで盗もうとしているんじゃないだろうな？」

「これはたまげた！　そんなことになったら大変だ！」と、甲板員がぬけぬけと答えた。「わたしらのような盗人から盗むとはね！」

「メキシコシティまで行くのに何日かかる？」

「四、五日です、大尉！　ほんのひと歩きですよ！　とにかく並足で行きましょう！　土地がかなり上り坂になっているのがお分かりでしょう！」

事実、長々と続いた平野に最初の山の起伏が感じられた。

「馬たちに蹄鉄が打ってないんです」と、甲板員が再び馬を止めて言った。「この花崗岩の岩の上だと、すぐに蹄がすり減っちまいますよ！　なにはともあれ、ここの地質に文句を言うのはやめときましょう！……地下には金が眠ってるんですから。だけど、その上を踏んで歩いているからって金をバカにしているわけじゃありませんよ、大尉！」

二人の旅人は、低い丘のところまで来た。丘には、扇ヤシやノパルサボテン、メキシコアキギリが大きな日陰をつくっていた。足元には平坦な耕地がどこまでも広がり、灼熱の土地に生育するあらゆる植物が生い茂っていた。左手にはマホガニーの森が景色の一部となり、優美なコショウの木が太平洋から吹きつける熱風にしなやかな枝を揺り動かしていた。サトウキビ畑が平原にそそり立ち、見事な実をつけた綿花は、そのつややかな灰色のぽんぽん飾りを音もなく揺らしていた。あちらこちらに、サンシキヒルガオや薬草のヤラッパや真っ赤なトウガラシが生えていて、アイの木やカカオの木があり、ロッグウッドやユソウボクの森があった。熱帯の多種多様な花々、ダリア、メントゼリア、ヒマワリなどが、メキシコ州のなかで最も肥沃なこの素晴らしい土地を虹色に彩っていた。

まったくそうなのだ！　この美しい自然のすべてが、降り注ぐ太陽の焼けつくような光の下で生気に満ちているようだった。だが、住人たちはその耐えがたい暑さのために、不幸にも黄熱病の脅威に苦しんでいたのだ！　それで、この高原は行き来する人の気配もなく、ひっそりとして物音もしなかった。

「前に見える地平線にとがった山がそびえているが、あれは何というのだ？」と、マルティネスが尋ねた。

「ブレア岳でさあ。平地よりほんのちょっぴり高いだけで！」と、甲板員が横柄な態度で答えた。

その峰は、果てしなく続くコルディレールの最初の大きな隆起だった。

「先を急ごう」と、マルティネスが率先して歩みを速めながら言った。「この馬たちは北メキシコの農園で飼育されている。つまり、サバンナを駆け抜けるコースを走っていたのだから、起伏のある土地には慣れているはずだ。このでこぼこ道は、馬たちを走らせるにはもってこいだ。さっさとここから脱出しよう。こんなにだだっ広くて、しんとした場所にいると、どうも気が滅入ってくるからな!」

「ひょっとして、マルティネス大尉は後悔されてるんじゃないですか?」と、ホセが肩をすくめながら言った。

「後悔だと!……ばかな!……」

マルティネスは再び完全に黙してしまい、二人は馬を速足で疾走させた。

ブレア岳まで来ると、絶壁に沿った険しい道を通ってその山を越えた。絶壁とはいえ、シエラ・マドレのはかりしれない深淵には遠く及びはしないが。それから二人は、反対側の斜面を下ると、走るのをやめて馬たちを休ませた。

マルティネスとその連れがシグワラン村に着いたときには、太陽がいまにも地平線に沈もうとしていた。

この村には、農民という意味の『マンソス』と呼ばれる貧しいインディオが住む掘っ立て小屋が数軒あるだけだった。一般的に言って、定住民族となった原住民は非常に怠惰である。なぜなら、肥沃な大地が惜しげもなくもたらす恵みをただ拾い集めればいいからだ。したがって、シグワラン村の原住民が怠惰であるのは本来の特徴だと言うことができる。一方、高地に追いやられたインディオは必要に迫られて器用さを身につけ、さらに北方の遊牧民であるインディオにいたっては、略奪強奪によって暮らしを立て決して同じ場所にとどまらない。

二人のスペイン人は、この村でたいした歓迎を受けなかった。インディオにとって、スペイン人はかつての支配者にほかならなかったので、彼らの役に立とうという気などまったく起こらなかったのである。

その上、彼らがこの村に来るほんの少し前に別の二人の旅人がやって来たばかりで、手に入るわずかな食料を奪っていったのだった。

大尉と甲板員は、それを特殊な事態だと認識して警戒するようなことはしなかった。そもそも、そんなことは、取り立てて言うほどのことではなかったからだ。

マルティネスとホセは、ほとんどあばら家と言ってもいいような場所で夜露をしのぐこととなった。夕食には羊の頭の蒸し煮を作った。二人は地面に穴を掘ると、穴のなかに火をつけた薪と保温用の小石を詰めて可燃物が全部燃えてしまうのを待った。次に、その焼けるような灰の上に下処理をしないままの肉を香草に包んで置くと、小枝とすりつぶした土で隙間なく覆った。しばらくすると料理がほどよく出来上がった。二人は、羊の肉に豪快に食らいついた。長い道のりを旅したあとで食欲は旺盛だった。食事がすむと短剣を握ったまま地面に横になった。やがて疲労が寝床の硬さや絶え間ない蚊の攻撃に打ち勝ち、二人はほどなくして眠ってしまった。

しかし、マルティネスは夢にうなされて何度もハコポとパブロの名を呼んだ。彼らが姿を消してしまったことが頭から離れなかったのである。

## Ⅲ　シグワランからタスコへ

翌日夜が明けると、馬には鞍が置かれ勒もつけられた。旅人たちは、所々切り開かれた、前方の曲がりくねった山道をたどりながら太陽に向かって東の方角へと進んでいった。彼らの旅は幸先が良かった。上機嫌な甲板員とは対照的に大尉がふさぎこんでさえいなければ、二人の姿はこの上ない善人に見えたことだろう。

地面はしだいに高度が増していった。やがて、メキシコでもっとも温暖な場所である広大なチルパンシンゴ高原が、地平線の果ての果てまで広がっているのが見えた。この地域は温帯に属していたが、海抜一五〇〇メートルの地点にあり、低地の暑さとも高地の寒さとも無縁だった。ところが、こんなオアシスには目もくれずに、二人のスペイン人はサンペドロ村に到着して三時間後にはツテラデルリオ町へと向かったのである。

「今夜はどこに泊まる予定だ?」と、マルティネスが訊いた。

「タスコです!」と、ホセが答えた。「大都会ですよ、大尉。こんなちっぽけな村々に比べたらね!」

「いい旅籠屋はあるのか?」

「ありますとも! しかもそこは、空は晴れ渡り、気候も快適です。海辺のように太陽がじりじりと照りつけることもありません。けれども、こんなふうに登り続けていくと、ポポカテペトル山の頂上に着くころには、知らないうちに凍傷にかかっていることがあるんです」

「その山を越えるのはいつになるんだ、ホセ？」

「明後日の夜です、大尉。その山の頂上からは、ずっと遠くにですが、旅の最終目的地が本当に見えるんです！　黄金の都、メキシコシティがです！　わたしが今何を思ったかわかりますか、大尉？」

マルティネスは答えなかった。

「無人島に置き去りにした、戦艦とブリッグ帆船の将校たちはどうなってしまったのだろうと思ったんです」

マルティネスはぎくりとした。

「知るものか！……」と、くぐもった声で答えた。

「わたしは、こうだったらいいと思ってるんです」と、ホセが続けて言った。「あの高慢ちきなやつらは、全員飢え死にしたとね！　おまけに、船から降ろそうとしたとき、海に落ちた者もいました。あの海域にはサメの仲間のティントレラ（訳注―別名イタチザメ、タイガーシャーク）がいますからねえ。容赦なく襲ってくるでしょうよ！　ああ、なんてこった！　でも、もしドン・オルテバ艦長が生き返ったとしたら、わたしらのほうが、クジラの腹のなかに雲隠れすることになるでしょうがね！　まあしかし、艦長の頭がちょうど帆桁のところにあってよかった。帆脚索があんなおかしな折れ方をして……」

「黙らないか！」と、マルティネスが怒鳴った。

船員は口を閉ざした。

「今ごろになって、良心が咎めたってわけか！」と、ホセは内心思った。それから声に出して言った。「旅から帰ったら、とりあえずこの魅惑の国メキシコに腰を落ち着けようかと思ってるんです！　パイナップルやバナナの畑を通って、ジグザグ航行しながらあっちこっちで飲み歩き、金や銀の岩礁の上に座礁するって寸法ですよ！」

「そのために反乱に加わったのか？」と、マルティネスが尋ねた。

「いけませんかね、大尉？　大もうけするためです！」

「ああ！……」と、マルティネスは嫌悪感を込めて言った。

「それで、あなたはどうなんです？」と、ホセが言い返した。

「わたしか！……階級制のためだ！　大尉というのは、とりわけ大佐に対して雪辱を果たしたがるものだ！」

「ああ！……」と、ホセが軽蔑を込めて言った。

この二人の男は、動機が何であれ同じ穴の狢《むじな》だ。

「しっ！……」と言って、マルティネスが急に立ち止まった。「あそこに見えるのは何だ？」

ホセが鐙の上で立ち上がった。

「だれもいませんよ」と、答えた。

「男が素早く姿を消すのを見たんだ！」と、マルティネスが繰り返した。

「幻ですよ！」

「たしかに見たんだ！」と、大尉がいらいらしながら言った。

「そうですか！……では、気が済むまで探してください……」

そう言うと、ホセはそのまま道を進んでいった。

マルティネスは一人で、マングローブの茂みの方へ向かっていった。土に接したらすぐに根を生やすこの植物の枝は、分け入りがたい藪となっていた。

大尉は馬から降りた。人の気配はまったくなかった。

突然、日陰のなかで渦巻状のものが動くのが見えた。それは小形の種類のヘビで、岩の下につぶれた頭部があった。下半身にあたる部分はまだくねくねと動いていて、まるで電流の刺激でも受けているようだった。

「ここに、だれかいたんだ!」と、大尉は叫んだ。

迷信深い上に罪の意識があったマルティネスはあたりを見まわし、急に身震いしはじめた。

「だれだ? だれなんだ?……」と、つぶやいた。

「どうでした?」と、追いついた大尉に向かってホセが訊いた。

「何でもなかった!」と、マルティネスは答えた。「行こう!」

旅人はそのとき、リオバルサスという河の支流、メサラ川の河岸に沿って、上流に向かって進んでいた。やがて、立ち上る煙が原住民の存在を知らせると、ツテラデルリオ町が現れた。しかし、このスペイン人たちは日暮れまでにタスコにたどり着こうと道を急いでいたので、わずかな休憩をとったらすぐにその町を立ち去った。

道がかなり険しくなっていった。そのため、馬も並足よりも遅くしか進めなかった。山の中腹のあちらこちらにオリーブの林があった。土地にも気温にも植生にも著しい変化が現れた。

やがて日が暮れた。マルティネスは道案内をするホセの数歩後ろからついていった。ホセは真っ暗闇のなかでひどく苦労しながら位置を確かめ、通行できそうな道を探していた。切り株につまずいては文句を言い、顔に枝が激しく叩きつけたと文句を言った。口にくわえた上等な葉巻が今にも消えそうだった。大尉は、自分の馬を連れの男の馬についていくにまかせた。漠然とした自責の念が心のうちでざわめいていた。そして自身が強迫観念にとりつかれてしまったことには気づきもしなかった。

夜の帳がおりた。旅人は歩みを速めた。コンテペク村にもイグアラ村にも寄らずに通り過ぎてタスコの町に到着した。

ホセの言ったことは本当だった。その町は、さきほど二人が後にしてきたちっぽけな村落に比べると大都会だった。町一番の目抜き通りに面して旅籠屋らしき宿屋が開いていた。馬丁に馬をあずけると二人は主食堂に入った。そこには細長いテーブルがあり食事の用意が整えられていた。

二人のスペイン人は、向かい合った席に着くと食事を始めた。そこに供された料理は現地の人々の口には合うものであっただろうが、ヨーロッパ人にとっては空腹の場合にのみ耐えうる味だった。青トウガラシのソースにどっぷりと浸かった若鶏のクズ肉、赤トウガラシとサフランで調味した米料理、オリーブと干ブドウ、ラッカセイ、玉ねぎを詰めた丸鶏、カボチャの甘煮、ヒヨコマメ、スベリヒユ（訳注―熱帯から温帯にかけて広く分布し野菜として食される）といった皿がならび、それらすべてに『トルティーヤ』と呼ばれる、鉄板で焼かれたトウモロコシのクレープのようなものが添えられていた。それから食後には飲み物が出された。

何はともあれ、味はさておき空腹は満たされた。それに疲労がかさなって、マルティネスとホセはほどなくして眠りに落ちると、翌日は遅くまで眠っていた。

CH. BARBANT Sc.

## Ⅳ タスコからクエルナバカへ

大尉がはじめに目を覚ました。

「ホセ、出発するぞ!」と、言った。

甲板員は両腕を伸ばした。

「どの道を通って行くのだ?」と、マルティネスが尋ねた。

「実は、行き方を二通りほど知ってましてね、大尉」

「どんな道だ?」

「一つは、サクアリカン、テナンシンゴ、それからトルカを通る道です。トルカからメキシコシティまでの道は快適ですよ。すでにシエラ・マドレを越えてますからね」

「もう一方は?」

「もう一つのほうは、やや東に迂回していく道でして。あの美しいポポカテペトル山やイスタシワトル山の近くまで行くんです。最も安全な道ですよ。ほとんど人が通りませんからね。勾配のある坂道を十五里ほどひと歩きする、ってわけです!」

「長いほうの道を行くことにしよう。さあ、出発だ!」と、マルティネスが言った。「今夜はどこに泊まる予定だ?」

「十二ノットで突っ走ってクエルナバカへ行きましょう」と、甲板員が言った。

二人のスペイン人は厩へ行き、馬に鞍を置いてもらい、ポケット状になった『モテラ』という馬具の一つを、トウモロコシのクレープやザクロや干し肉でいっぱいにした。山のなかでは十分な食料が見つけられないかもしれないからだ。支払いをすませると彼らは馬にまたがり、右手に向かった。

この旅で二人は初めて吉兆の木という異名をもつコナラを目にした。その木の根元で、下の高原に漂う有害な放射性物質が止められる。海抜一五〇〇メートルのこの台地には、スペイン人の征服によってもたらされた作物が従来の植物群に混じって生育していた。麦畑が広がるこの肥沃なオアシスのなかで、ヨーロッパを原産とするあらゆる種類の穀物が育ち、アジアやフランスから持ち込まれた樹木はそれぞれの葉をからみあわせていた。東洋から来た花々は緑の絨毯の上を五色に彩り、スミレ、ヤグルマギク、クマツズラ、ヒナギクといった温帯の花と美しい調和をなしている。しかめ面をしたくなるようなヤニを出す低木があちこちで景観をそこねていたが、香木となるアミリスやコーヒーの一種リキダンバールの木陰に護られたバニラが、その甘くかぐわしい香りを放っていた。『温暖な土地』との呼び名のあるサラパやチルパンシンゴと同じく、平均気温が二十度から二十二度という一帯を通るのは、この二人の山師にとってもさぞ快適なことであったろう。

マルティネスとその連れはアナワク高原をだんだんと登ってゆき、メキシコ平野を囲んで障壁のように連なる山々を越えていった。

「ああ！」と、ホセが叫んだ。「渡らなければならない三つの奔流のうちの、これが一つ目です！」

事実、旅人たちの数歩先には、高く切り立つ崖に挟まれて川が流れていた。

「最後にここを通ったときは水が涸れていたんですがね」と、ホセが言った。「ついてきてください、大尉」

二人は、岩そのものが削られてゆるい傾斜となっているところを下って、渡りやすい浅瀬にきた。

「これで一つ目は渡ったぞ！」と、ホセが言った。

「ほかの川も同じように渡ることができるのか？」と、大尉が尋ねた。

「同じです」と、ホセが答えた。「雨季には、それらの川は増水してイストルカ河に流れ込むんです。その河は、これから行く大山脈のなかにあります」

「そんな人けのない場所で何も危険はないのか？」

「まったくありませんよ。メキシコ人の短刀は別ですがね！」

「そうだな」と、マルティネスが答えた。「高地に住むインディオは伝統的に必ず短刀を身につけているからな」

「なにしろ」と、笑いながら甲板員が続けた。「そのお気に入りの武器を意味する言葉の多さったらないですよ……止めを刺すもの、死刑執行人、高山病、鈎針、攻撃、大型ナイフと、こんなにあるんですからねえ！　その名を口にするが早いが、もう手に握ってるって寸法です！　さあて、それはそれとして。とにかくカービン銃よりはましです。弾丸はどこから飛んでくるか目に見えませんからね！　自分を殺そうとしているのが、どこのどいつかわからないほど癪に障ることはありません！」

「ここの山には、どんなインディオが住んでいるんだ？」と、マルティネスが訊いた。

「それが、大尉！　このメキシコの黄金郷にどれだけ様々な人種がいるか、多すぎて数えきれないほどです！　それより、やつらの混血について詳しく調べてみたことがあるんです。いつか、条件のいい結婚の取り決めをしようと思ってましてね！　例えば、メスティサはスペイン人男とインディオ女の混血です。カスティサはメスティサ女とスペイン人男の混血で、ムラートはスペイン人女と黒人男の混血、モニスケはムラート女とスペイン人男の混血、アルビノはモニスケ女とスペイン人男の混血、トルナトラスはアルビノ男とスペイン人女の混血、ティンティンクレールはトルナトラス男とスペイン人女の混血、ロボはインディオ女と黒人男の混血、カリブホはインディオ女とロボ男の混血、バルシーノはコヨーデ男とムラート女の混血、グリフォは黒人女とロボ男の混血、アルバラファドはコヨーデ男とインディオ女の混血、チャニサはメスティサ女とインディオ男の混血、メチーノはロボ女とコヨーデ男の混血、という具合です！」

ホセの言ったことは本当だった。この辺の地域では純血という概念がなく、文化人類学のさらなる研究が望まれるのだ。さて、甲板員がその博識ぶりを披露していたのに、マルティネスはまた、はじめのころのように終始無口になった。連れの存在がうっとうしく思え、わざと遠ざかりさえした。

残す二つの奔流に、やがて道を遮られることになる。川まで来ると、大尉は河原が干上がっているのを見て落胆した。馬に水を飲ませたかったのだ。

「ここはまるで大凪のようですね、大尉。生き物もいなければ、水もない」と、ホセが言った。「なあに！ついていきてください！　コナラとニレの間に『アウエルウエル』という木があります。旅籠屋が、装飾に使うワラの束の代用品として便利に使っている木です。その木陰には必ず泉が湧いてるんです。それもただの水ではありませんよ。本当です。砂漠のぶどう酒と言ってもいい代物です！」

馬に乗った二人の男が木立を曲がると、すぐに目当ての木が見つかった。ところが、約束の泉は涸れていた。それも、つい最近涸れてしまったように見えた。

「奇妙だな」と、ホセが言った。

「そうだな、奇妙だ！」と、マルティネスが青ざめながら言った。「さあ行こう、出発だ！」

旅人たちは、カカウイミルチャンという小さな村に着くまで、もう一言も言葉を交わさなかった。そこで、モテラの中身を少し減らすと、クエルナバカへ向かって東に歩みを進めた。

その一帯はきわめて険しい様相を呈していた。太平洋から昇ってくる雲を玄武岩の尾根で遮る巨大な峰々があるに違いなかった。一枚の大きな切り立った岩壁を曲がると、コチカルチョ要塞が現れた。古代メキシコ人が建てたもので、広さ九〇〇〇平方メートルの台地の上にあった。旅人たちは要塞の土台となっている巨大な円錐形の台地へ向かった。そこを頂にして、周りをぐらつく岩山とみにくい瓦礫がとり囲んでいた。

足を地面に下ろし馬をニレの幹につなぐと、マルティネスとホセは道の方向を確かめようと、地形の凹凸を利用して台地の上によじ登った。

日が暮れていたので、周囲のものがぼやけて不思議な形に見えた。この古い要塞は、頭を動かさずにしゃがみ込んだ大きなバイソンにそっくりだった。そのときマルティネスは不安な目つきをした。その怪物の身体の上で人影らしきものが動くのを見たように思ったのだ。だが彼は黙っていた。疑り深いホセに揶揄されるのが嫌だったのだ。ホセはゆっくりと危険な山道をたどっていった。そして、窪みや洞くつで姿が隠れるときは、「サンジャック！」とか「サンタマリア！」と声を出して、大尉に道を教えるのだった。

突然、大きな夜行性の鳥がしゃがれ声をあげて、そのゆったりとした翼を重たげに広げながら飛び立った。

マルティネスが急に立ち止まった。

大尉の三十フィートほど上のところで、巨大な岩の塊がその土台の上でぐらぐらしているのがはっきりと見えた。岩の塊は、いきなりはがれ落ち、稲妻のような轟きとともに行く手にあるすべてのものを一瞬にして打ち砕きながら、深淵のなかへと落下した。

「なんてこった！」と、甲板員が叫んだ。「おおい！　大尉はどこです？」

「ホセか？」

「こっちです！」

二人のスペイン人は再び一緒になった。

「ひどい崖崩れでしたね！　下りましょう」と、甲板員が言った。

マルティネスは、無言のまま彼にしたがって下ってゆき、やがて二人はさっきいた高原にたどり着いた。

そこには、落下した岩の跡が広い筋をつけていた。

「なんてこった！」と、ホセが叫んだ。「馬が消えちまったってことは、押しつぶされて死んだんだ！」

「まさか、本当か？」と、マルティネスが言った。

「見てください！」

二頭の馬をつないでいた木が、現に、馬もろとも根こそぎさらわれていた。

「もし、これがわたしらだったら！……」と、甲板員が達観したように言った。

マルティネスは激しい恐怖にとらわれた。

「ヘビに、泉に、崖崩れか！」と、つぶやいた。

すると急に、目を血走らせてホセに飛び掛った。

「おまえ、さっきドン・オルテバ艦長の話をしなかったか?」と、叫びながら、怒りで唇をぶるぶる震わせた。

ホセは後ずさりした。

「まあまあ! ばかなことは言わないでください、大尉! 馬たちに最後の挨拶をして、出発しましょう! ここに長居は無用です。年老いた山がたてがみを揺らしてますからね!」

かくして二人のスペイン人は一言もしゃべらずに道を歩き続け、真夜中になってクエルナバカに着いた。しかし新しい馬を手に入れることができなかったので、翌朝はなんと歩いて、ポポカテペトル山に向かうことになった。

## V　クエルナバカからポポカテペトルへ

気温が低くなり植物の姿がまったく見られなくなった。人を寄せ付けないこの高地は寒帯に属し『冷たい土地』と呼ばれている。靄がかった一帯で生育するモミの木がすでにコナラの間からその無愛想な姿を見せていた。高地のコナラはこれで見納めだった。また、土壌の大半が、細かくひびの入った粗面岩と多孔質で杏仁状になった岩からできていたので、泉はほとんど見られなくなっていった。

六時間も前から大尉と連れの男は苦しい道をやっとの思いで歩いていた。鋭い岩の角で両手はすり傷だらけになり、尖った小石で両足も傷だらけだった。間もなく疲れ果てて二人はしゃがみ込んだ。ホセは食事の支度にかかった。

「いつもの道にしなかったなんて、ばかなことを考えたもんだ！」と、ぶつくさ言った。

二人が共に期待していたのは、アラコピストラという山中の辺鄙な村で、最終目的地まで彼らを運んでくれる手段を見つけることだった。だがそこにあったのが、相も変らぬ貧しさと、絶対的な欠如と、クエルナバカ村と同じ居心地の悪さだとわかったときの失望はいかばかりだっただろう！　それでも彼らは行かねばならなかった。

二人の前にはポポカテペトル山の巨大な峰がそびえていた。あまりの高さに、山の天辺を探そうとすると視線が雲のなかでさまようほどだった。道はどうしようもないほど乾いていた。至る所で地面が隆起し、その間には計り知れないほど深い穴があいていた。そして目がくらむような山道は、人がその上を歩くと揺れ動いているように感じられた。道を確認するために、山のどこか一箇所によじ登る必要があった。標高五四〇〇メートルの、インディオからは『煙を出す岩』と呼ばれるこの山は、いまだに真新しい噴火の跡をとどめ、険しい山腹には黒っぽい色の亀裂が走っていた。甲板員のホセがこの前ここを旅してから、新たな天変地異がこの静寂の地を覆してしまったため、彼にはもはや辺りの見分けがつかなかった。それで、通行ができなくなった山道の途中で途方に暮れたり、ときおり耳をそばだてて立ち止まったりしたのだった。というのも、巨大な円錐状の山肌のあちらこちらの割れ目を通して低くざわめく音が聞こえてきたからだ。

すでに日はかなり傾いていた。空にはあつい雲が垂れこめて、あたりを一段と薄暗くしていた。雷雨の兆しがあった。標高が高くなるほど水の蒸発が早まる地域で、それはよくある現象だ。岩肌からは植生らしき姿は消え失せ、山の頂は万年雪におおわれて見えなかった。

「もう限界だ！」と、ついに疲れ果ててホセが言った。

「とにかく、歩くんだ！」と、マルティネス大尉がひどくそわそわした様子で言った。

すると、ポポカテペトル山の割れ目で雷鳴が幾度かとどろいた。

「ちくしょう！　道に迷ってさっぱり見当もつきませんや」と、ホセが言った。

「立ち上がって、歩け！」と、マルティネスがつっけんどんに言った。

そして、よろめくホセを無理やり歩かせた。

「道を教えてくれる人間が一人もいないんだからな、まったく！」と、甲板員がぶつぶつ言った。

「よかったじゃないか！」と、大尉が言った。

「ではご存知ないんですか？　メキシコシティでは毎年何件もの殺人事件が起きてるんです。このあたりだって安全とは言えませんよ！」

「よかったじゃないか！」と、マルティネスがまた言った。

岩の塊の上で、大粒の雨が日の名残を受けてそこかしこで煌いていた。

「われわれを取り囲む、この切り立った山々を越えたら何が見えるのだ？」と、大尉が尋ねた。

「左にはメキシコシティ、右にはプエブラが見えます」と、ホセが答えた。「まあ、何か見えるとしたらですがね！　でも、何も見分けがつかないでしょうよ！　暗すぎますよ！……前方にあるのはイスタシワトル山でしょう。ということは、谷底の道へ行けばいいんです！　だけど、どうやってそこへ行ったらいいのか、さっぱりです！」

「歩こう！」

ホセの言ったことは本当だった。メキシコ平野は、そのまわりを、山々が広大な方形を成して囲む、縦が十八里、横が十二里、周囲が六十七里の、だだっ広い楕円形をした盆地である。まわりにそそり立つ山々の南西にはポポカテペトル山とイスタシワトル山がある。それら山脈の頂上にたどり着きさえすれば、アナワク平野まで下るのにもう何の困難も感じないですみ、北に迂回したとしても、メキシコシティへの道は快いものとなる。ニレやポプラの長い並木道を通りすぎると、アステカ王朝の王たちによって植樹されたイトスギや、東洋のシダレヤナギに似たコショウボクが目を楽しませてくれる。いたるところで、耕地には作物がたわわに実り、花壇には花々が咲き乱れ、リンゴやザクロやオウトウの木が、紺碧の空の下、高地の乾燥した希薄な空気のなかでのびのびと育っているのである。

そのとき山のなかで、雷鳴が何度もけたたましい音をたててとどろいた。ときおり雨や風がやむと、その残響までもが鳴り響くのだった。

ホセは一歩進むたびに悪態をついた。マルティネス大尉は青ざめた顔で黙りこくったまま、彼の前に立ちはだかる連れの後姿を敵意に満ちた目でにらみつけていた。自分を亡きものにしようと目論む共犯者の一人ででもあるかのように！

突如、暗闇のなかで稲妻の光が走った！　甲板員と大尉は破滅の淵にいた！……

マルティネスがホセのところへ勢いよく向かっていった。そして彼の肩に手を置くと、雷鳴が鳴りやんだ後こう言ったのである。

「ホセ！……わたしは恐ろしい！……」

「嵐がこわいんですか？」

「空が荒れることなど恐ろしくはない、ホセ。だが、わたしの心の中で荒れ狂う嵐が恐ろしいのだ！……」

「ああ！　またドン・オルテバのことを考えているんですね！……まったく、これは、大尉、お笑い種だ！」

と、ホセは答えたが、笑ってはいなかった。彼を見つめるマルティネスの目が血走っていたからだ。

雷のすさまじい轟音が鳴り響いた。

「黙れ、ホセ、黙れ！」と、マルティネスが叫んだ。彼はもう自制がきかなくなっているようだった。

「わたしに説教をするには、うってつけの夜ですね！」と、甲板員が言った。「もしこわいのなら、目を閉じて、耳をふさいでいることです！」

「わたしには」と、マルティネスが叫んだ。「艦長が……ドン・オルテバが……見えるような気がするのだ……頭が砕けて！……あそこに……あそこに……」

黒い人影が、白っぽい稲妻にこうこうと照らされて、大尉とその連れのいるところから二十歩ほど前方に立っていた。

と同時にホセは、傍らのマルティネスが、青ざめ、やつれはて、陰うつな面持ちで、短刀を手にしているのを見たのだった！

「どういうことだ?……」と、甲板員が叫んだ。

稲妻の光が二人を包んだ。

「助けてくれ！」と、ホセが悲鳴をあげた……

そこにはすでに亡がらが一つ横たわっているだけだった。新たなる殺人者カイン、マルティネスは、血にまみれた武器を握って嵐のなかへと逃げた。

ほどなくして、二人の男が甲板員の遺体の上にかがみ込んで言った。

「これで一人だ！」

マルティネスは、この暗く寂しい場所を狂人のようになって彷徨った。そして、どしゃ降りの雨のなかを帽子もかぶらず走っていた。

「助けて！　助けて！」と、わめきながら、ぬるぬるとした岩の上でよろめくのだった。

すると突然、激しくほとばしる音が聞こえてきた。

マルティネスは目をこらし、濁流の砕けるような音を聞いた。

それは、彼の五〇〇フィート下を勢いよく流れるイストルカ河だった。

数歩先には、その濁流を渡るためにリュウゼツランの縄で作った橋が架かっていた。橋は、両河岸の岩にそれぞれ杭を何本か打ち込むことで固定されていたものの、宙づりの糸のように風に揺れていた。

マルティネスはそのつる植物の縄にしがみつきながら、橋の上を這い進んだ。そして気力をふりしぼって向こう岸までたどり着いた……

そこに、人影が立ちはだかった。

マルティネスは無言のまま後ずさりし、さっき離れたばかりの河岸へ戻ろうとした。

するとそこにもまた別の人影が現れた。

マルティネスは橋の真ん中まで戻ると膝をついた。絶望で両手が痙攣していた。

「マルティネス、ぼくはパブロだ!」と、一人の声が言った。

「マルティネス、ぼくはハコポだ!」と、もう一人の声が言った。

「おまえは裏切り者だ!……死ね!」

「おまえは人殺しだ!……死ね!」

二度、強烈な打撃の音がした。橋の両端を留めていた杭が斧で打ち落とされたのだ……

恐怖の叫びをあげながら、マルティネスは両手を広げたまま奈落の底へと落ちていった。

イストルカ河の浅瀬を渡った後、一里ほど下って、見習士官と下士官は一緒になった。

「ドン・オルテバの仇をうったぞ!」と、ハコポが言った。

「そして、ぼくは」と、パブロが言った。「スペインの仇をうったぞ!」

メキシコ連邦国の海軍はこのようにして誕生した。二隻のスペイン艦船は、裏切り者の手に渡ったあと、新共和国にとどまった。そして、メキシコ艦隊の中核となって、最近までテキサスとカリフォルニアを巡っ

てアメリカ合衆国の戦艦と闘ったのだった。

（小高美保訳）

# 訳者あとがき

ヴェルヌのものとしては珍らしく動きの少ない、地味な、そして優雅な恋の物語である。導入部も長い。たとえばバルザックの短篇などで、めざす城館《シャトー》が見えはじめてから門にたどり着くまで、あたりの景色に目をとめるなど、一ページ分くらいの時間がかかるのもある。それとは違うヴェルヌののどかさではあるのだが……。本筋に入るまでの道のりには、いかにもヴェルヌらしい面白さがあり、加えて、なによりも物語が展開する時空の広さ。

天に跼《せぐくま》り地に抜き足などというのは人間の本性にそむくように思われるのだが、地球の裏側までというようなことが近頃旺んに言われる。ものごとを地球規模で考えるのは、さほど新しいことではない。それが、にわかに覇道の影を濃くしてきた現実があり、遠い向う側まで行って何をするのかというように話は広がるばかり。愚かなことだ。もし人の住んでいそうもない地域の埋もれている文化を掘り起こすというようなことであれば、ヴェルヌも存命なら喜んだろう。一人でも人が住む所には文化が生まれる。ささやかであっても伝統、伝承、故事、古謡など、地域性が刻まれていて、しかも普遍的な文化。そういうものへの深い想いが素因となってヴェルヌに筆をとらせる。緑の光線を追う乙女に一《ひと》夏の夢を紡がせたのではないか。

話を戻そう――悠揚迫らぬ前奏部、あるいは物語進行途中での道草は、ヴェルヌのサービス精神に由来する。それを支える博識。それも並でない。次に重ねるシェイクスピアの戯曲集を購うために三日間食うものも食わずにすごしたというパリ時代のヴェルヌがそこにいる。

この『緑の光線』にもシェイクスピアが出てくる。ミュッセが、バーンズが、ディケンズが、ウォルター・スコットが、オシアンが出てきて、ちょっと読者をあわてさせる。スコットやオシアンなどのように平素ほとんど関心の対象でないものの場合は、ことにそうだ。が、結局はヴェルヌのペースにのせられてしまう。古めかしい、と感じつつも、である。その他なんでも出てきそうだ。天文、気象、地理、地質、測地、物理、化学、歴史、音楽、美術、宗教、旧蹟、運河、船舶、観光、球戯……。とにかく多彩である。観光気分で何億年という大昔の地殻形成に付き合わされたりもする。と言っても、いわゆるもの知り顔の知識の羅列とはちがう。

人物描写の辛辣さは一七世紀フランス・モラリストの流れに汲むものと言えるだろう。風俗描写も忘れてはいない。ユーモラスで皮肉たっぷりなヴェルヌの眼はモンテスキューの『ペルシア人の手紙』を思わせないだろうか。つまり、物語作家の向うに文明批評家がいるのだ。

女主人公ミス・キャンベルが緑の光線を求めてグラスゴーを離れるくだりなど（第4章）、言葉こそ少ないけれど、すでに青い地球の喪失を予感しているようだ。もっと言えば世界的な公害問題が暗喩されている。さかのぼれば十八世紀にルソーが『孤独な散歩者の夢想』で呟いた自然を破壊する文明への批判でもある。

アリストビューラス・ウルシクロスという変てこな名前の若い学者が登場する。ひとの話は聞こうとせず、自分の言いたいことだけ朗々としゃべりまくる。作者はこの人物を、ぎくしゃくした滑稽な衒学者、対人感受性を欠くアンチフェミニスト、ロマンを解さぬ無神経な男、ミス・キャンベルに嫌われて当然な人間に仕立てあげて（第7、10、15章）、片寄った科学的分析的精神を戯画化した。真の科学的精神に根ざさない産業優先、功利、効率主義、反知性に対してヴェルヌは痛烈な一矢を放っている、「愚物」、「まがいもの」と。

　女主人公は一見、気まぐれでわがままな、夢みる乙女のようだが、しかし彼女の人となりを描く一行か二行の筆に、ヴェルヌのあたたかい人間観がのぞく。また、右の手が行なった施しを左の手に知らしめず、というのに近い生き方も示されている。そんな彼女が、アリストビューラスとは対蹠的な青年画家オリヴァー・シンクレアに惹かれるのは、まことに当然といえよう。

　オリヴァーは、恐ろしい潮の渦巻く瀬戸に幻妙な色彩を求めて、あえて危険をおかす芸術家気質の若者で、そのために危く一命を落としそうにもなるのだが、そこがまた、存在も不確かな緑の光線を追って旅する乙女の共感をそそる。彼はまた、満ち潮のために脱出不可能となった洞窟で、身を挺して彼女の命を救う、いわば近代の騎士《ナイト》。いつの世でも生命に対する人間の義務は、それが行為として現わされるとき美談にもなる。しかしヴェルヌに美談の意識はない。オリヴァーは勇敢で、男らしくて、繊細で、それでいてそういう自分をすぐに忘れてしまえる青年なのだ。

　オリヴァーはヴェルヌの主人公の大多数、たとえばネモ船長のように《男だけの世界》で使命を果たす超人的英雄ではない、その結婚観も否定的ではない。そもそもこの小説は、一人の夢みがちな乙女を軸に展開し、その意味でヴェルヌの異色作の一つと言えるだろう。

　ただ、いささか優雅、優雅すぎるようなのが欠点だろうか。

　緑の光線は、青い鳥であった。ミス・キャンベルの、そしてオリヴァー青年の。

　われわれは、バルザック、ユーゴー、フロベール、ゾラ等々を読むとき、強い力で支えられもし、また左右されもする。ヴェルヌは型が異なる。彼の話す声は低い。しかし張りがあり、まるみがあり、調子がくずれない。ユーモアあふれる、たのしい〈旅〉の道連れ、それがジュール・ヴェルヌだ。

しかし、作者に対して充分に応え、その夢を作者と共に見るためには、読者もまた、果敢な探検者となって恐ろしい荒海に乗り出し、謎に酔い、薄明を喜び、いずかたとも知れぬ笛の音に誘われて、逆まく波に魂をゆだねる旅人とならなければならない。

なお、一九七九年の初訳の際には、敬愛する先輩、今は亡き白川宣力氏から多大なご助力、叱正と励ましをいただいたこと、忘れ得ぬ思い出となっている。また、注をつけるために若い古谷、林の両氏の少なからぬ労をわずらわしたこと、感謝の気持は今も変らない。尚また、このたび文遊社からのお勧めによる拙訳復刊にあたり、編集部の方々、とくに久山めぐみ氏のご批判に助けられながら、大幅な加筆をこころみることができた。ここに記して厚く御礼申しあげます。

中村　三郎

二〇一四年爽夏

静かなアミアンの町並を懐しみつつ

今回の邦題は『メキシコの悲劇』となっているが、その内容から題をつけるとしたら、『メキシコにおける復讐劇』あるいは『スペイン海軍の悲劇』になるのかもしれない。この作品は、一八五一年、作者が二十四歳のときに書いた初期の短編である。二十歳の時に法律の勉強をするためにパリに上京したジュール・ヴェルヌは、そこで知り合ったデュマ・ペールらの影響を受けて文学の道を志す。十九世紀半ばという発明、発見が相次いだ時代の背景もあって、若きヴェルヌが胸ときめかせたものはおそらく、はるか遠い未知の土地や国々であり、真新しい機械や乗り物だったのだろう。そうして書き下ろされたのが本作であった。

当時すでに瓦解寸前まで至っていたスペイン海軍のある艦船内で乗組員による反乱が起こり、誇り高き艦長ドン・オルテバが殺される。反乱を率いたマルティネス大尉とメキシコの地理に詳しい船員のホセは、乗っ取った二隻の艦船をスペインから独立間もないメキシコに売却するために、アカプルコ港に船を停泊させて、陸路、メキシコシティーをめざす。しかし、……。

ストーリーはテンポよく展開し、背景の描写も無駄がない。きっと読者は、ひとつの国土に熱帯、温帯、寒帯という気候風土を有するメキシコという国に魅力を感じるのではないだろうか。私などは翻訳しながら、いつか行ってみたいと思わずにはいられなかった。メキシコについて知りたいことがあれば、情報社会といわれるこの時代、いくらでも調べることはできるだろうが、この作品に描かれたメキシコほど、その風土が鮮やかに描かれたものを見つけるのはそう簡単ではないだろう。執筆にあたって、作者は南米に詳しい探検家のもとに足繁く通ったというエピソードもあるが、きっと、わくわくしながらその話に耳を傾けたにちがいない。物語の舞台となった太平洋やメキシコの地理の丁寧な調査に基づきながら、ヴェルヌの生来の豊かな想像力を駆使して書き上げられたのが本作である。

小高　美保

二〇一四年六月

JULES VERNE
LE RAYON-VERT
DESSINS par L. BENETT

**訳者略歴**

## 中村三郎

1929 年、山梨県生まれ。早稲田大学文学部卒業。早稲田大学名誉教授。主な訳書に、アルベレス『サンテグジュペリ』(水声社)、ダニエルソン『タヒチのゴーギャン』(美術公論社) など。

## 小高美保

明治学院大学仏文学科卒業。アテネフランセにてディプローム取得。訳書にモーリス・ルブラン『白鳥の首のエディス』(岩崎書店)、『戯曲アルセーヌ・ルパン』(論創社)、ピエール・シニアック『リュジュ・アンフェルマンとラ・クロデュック』(論創社) など。

＊今日の人権意識に照らして不適切と思われる語句や表現については、
時代的背景と作品の価値をかんがみ、そのままとしました。

**緑の光線**

2014 年 8 月 1 日初版第一刷発行

著者 : ジュール・ヴェルヌ

訳者 : 中村三郎・小高美保

発行者 : 山田健一

発行所 : 株式会社文遊社

東京都文京区本郷 4-9-1-402　〒 113-0033

TEL: 03-3815-7740　FAX: 03-3815-8716

郵便振替 : 00170-6-173020

書容設計 : 羽良多平吉 heiQuiti HARATA@EDiX+hQh, Pix-El Dorado

本文基本使用書体 : 本明朝小がな Pr5N-BOOK

印刷 : シナノ印刷



Jules Verne
*Le Rayon-vert*, 1882　*Un drame au Mexique*,1851

ISBN 978-4-89257-107-7

## ジャンガダ

ジュール・ヴェルヌ
安東 次男 訳

「夜は美しく、大筏《ジャンガダ》は流れのままに進む」――イキトスの大農場主の秘めたる過去、身に覚えのない殺人事件、潔白を示す暗号は解けるのか!? 圧巻の長篇小説。挿画84点を収録した完全版。

書容設計・羽良多平吉　ISBN 978-4-89257-087-2

## 永遠のアダム

ジュール・ヴェルヌ
江口 清 訳

SFの始祖、ヴェルヌの傑作初期短篇「老時計師ザカリウス」「空中の悲劇」「マルティン・パス」、歿後発表された「永劫回帰」に向かう表題作を収録。レオン・ベネット他による挿画多数収録。

書容設計・羽良多平吉　ISBN 978-4-89257-084-1

## 黒いダイヤモンド

ジュール・ヴェルヌ
新庄 嘉章 訳

石炭の町《コール・シティ》を襲う怪事件、地下都市の繁栄を脅かす敵の正体とは――風光明媚な土地、スコットランドの炭鉱を舞台に展開する、手に汗握る地下都市の物語。特別寄稿エッセイ・小野耕世

書容設計・羽良多平吉　ISBN 978-4-89257-089-6

## 憑かれた女

デイヴィッド・リンゼイ
中村 保男 訳

階段を振り返ってみると――それは、消えていた！　奇妙な館に立ち現れる幻の階段を上ると辿り着く別次元の部屋で彼女が見たものは……。イギリス南東部を舞台にした、思弁的幻想小説。

書容設計・羽良多平吉　ISBN 978-4-89257-085-8

## アルクトゥールスへの旅

デイヴィッド・リンゼイ
中村 保男・中村 正明 訳

「ぼくは無だ！」マスカルは恒星アルクトゥールスへの旅で此岸と彼岸、真実と虚偽、光と闇を超克する……。リンゼイの第一作にして最高の長篇小説！　改訂新版

書容設計・羽良多平吉　ISBN 978-4-89257-102-2

## 歳月

ヴァージニア・ウルフ
大澤 實 訳

十九世紀末から戦争の時代にかけて、とある英国中流家庭の人々の生活を、半世紀という長い歳月にわたって悠然と描いた、晩年の重要作。

解説・野島秀勝　改訂・大石健太郎
書容設計・羽良多平吉　ISBN 978-4-89257-101-5

## 店員

バーナード・マラマッド
加島 祥造 訳

ニューヨークの貧しい食料品店を営むユダヤ人店主とその家族、そこに流れついた孤児のイタリア系青年との交流を描いたマラマッドの傑作長篇に、訳者による改訂、改題を経た新版。

書容設計・羽良多平吉 ISBN 978-4-89257-077-3

## 烈しく攻むる者はこれを奪う

フラナリー・オコナー
佐伯 彰一 訳

アメリカ南部の深い森の中、狂信的な大伯父に連れ去られ、預言者として育てられた少年の物語。人間の不完全さや暴力性を容赦なく描きながら、救済や神の恩寵の存在を現代に告げる傑作長篇。

書容設計・羽良多平吉 ISBN 978-4-89257-075-9

## 物の時代 小さなバイク

ジョルジュ・ペレック
弓削 三男 訳

パリ、60年代——物への欲望に取り憑かれた若いカップルの幸福への憧憬と失望を描き、ルノドー賞を受賞した長篇第一作『物の時代』、徴兵拒否をファルスとして描いた第二作を併録。

書容設計・羽良多平吉 ISBN 978-4-89257-082-7